W0280177

MVZ
93

Zu diesem Buch

Budapest, 1937: Ein Pianist komponiert das «Lied vom traurigen Sonntag» und spielt es jeden Abend für die Gäste des jüdischen Gastronomen Szabo. SS-Brigadeführer Wieck, ein Stammgast im Restaurant, liebt die Melodie, die ihm so zu Herzen geht, ganz besonders. Der Pianist nimmt sich das Leben, Szabo wird nach Auschwitz deportiert. Wieck macht nach 1945 Karriere in der deutschen Wirtschaft. Und das «Lied vom traurigen Sonntag» wird noch heute in Szabos Restaurant gespielt. Die ebenso authentische wie melancholisch-heitere Geschichte erzählt von seiner Herkunft.

Zum Autor

Nick Barkow (geb. 1928) lebt jetzt als freier Autor in Hamburg, nachdem er zwanzig Jahre lang als Auslandsredakteur und Korrespondent u. a. in New York, London und Tokio für den «Stern» gearbeitet hat.

NICK BARKOW

DAS LIED VOM TRAURIGEN SONNTAG

ROMAN

ROWOHLT

Originalausgabe
Veröffentlicht im Rowohlt Taschenbuch Verlag GmbH,
Reinbek bei Hamburg, November 1988
Copyright © 1988 by Rowohlt Taschenbuch Verlag GmbH,
Reinbek bei Hamburg
Umschlaggestaltung Ingrid Albrecht
Gesetzt aus der Garamond (Linotron 202)
Gesamtherstellung Clausen & Bosse, Leck
Printed in Germany
880-ISBN 3 499 12484 x

Nick Barkow

Das Lied vom traurigen Sonntag

Für jemanden, der in Eile ist, könnte man das ganz einfach erzählen, wie eine Meldung in den Tagesnachrichten. Rasch also und nur das Wichtigste: Ein Herr Szabo hatte in Budapest ein Restaurant. In dem Restaurant spielte ein Pianist. Der erfand eine Melodie. Die wurde auf Schallplatte aufgenommen, wurde weltberühmt und löste eine seltsame Wirkung aus.

Der Herr Szabo ist tot. Der Herr Pianist ist auch tot. Verschiedene andere Personen sind ebenfalls verstorben.

Der Herr Szabo hatte einen Gast, der hieß Wieck, er war aus Berlin. Der Gast Wieck aß stets nur ein einziges, ganz bestimmtes Gericht, davon ließ er sich nicht abbringen. Der Herr Wieck lebt noch, er hat großes Ansehen gewonnen und noch größere Ehren erfahren.

Damit ist man, bis auf ein paar Details, hinreichend informiert.

Das Restaurant, welches Herrn Szabo gehörte, gibt es nach wie vor. Aber an Herrn Szabo erinnert nur noch das Gericht, das der Gast aus Berlin stets bevorzugt hatte.

Der Titel jenes Stückes, welches weltberühmt wurde, lautet auf englisch *Gloomy Sunday*, auf deutsch *Trüber Sonntag*, auf ungarisch aber heißt es *Szomorú vasárnap*, das ist *Das Lied vom Traurigen Sonntag*.

Das Restaurant liegt im XIV. Bezirk von Budapest.

Abends ist es stets gut besucht, mittags auch, aber abends ist es besser besucht. Ab achtzehn Uhr spielt ein Pianist, das ist natürlich ein anderer, es gab vor ihm und dem Herrn Komponisten diverse andere Pianisten in dem Restaurant; einer wurde, weil er ein großes, flächiges Gesicht hatte und ihm jede Art der Mimik überflüssig schien, von den Gästen scherzhaft Frankensteins Tastenkitzler genannt, er war ein herzensguter Mensch. Der lebt übrigens noch. Er ist Rentner in Wien, und sein Enkel fährt ein weißes Cadillac Cabriolet.

Abends, wenn das Restaurant im XIV. Bezirk voll ist, fordern die Gäste, wenn sie lustig sind, häufig den Pianisten auf, *Szomorú vasárnap* zu spielen. *Das Lied vom Traurigen Sonntag.*

Niemand weiß genau, wann die Leute abends in einem Restaurant lustig werden. Manchmal liegt es am Wein, manchmal am Barack pálinka oder am Wetter, an Hochdruckgebieten oder Tiefausläufern, am Beginn der Ferienzeit, am Ende des Urlaubs, am Ärger über ein fehlendes Ersatzteil des Lada, am Magensäuregehalt des Bürovorstehers, am zögerlichen Tod der Erbtante in Philadelphia.

Vielleicht hat es mit alldem etwas zu tun, vielleicht auch überhaupt nicht und liegt doch nur an dem milden Wein vom Balaton oder an dem aus der Gegend von Kecskemet. Man muß einen privaten Weinbauern kennen, möglichst über Jahre. Man muß auch dessen Keller kennen mit den hohen Fässern, bevor man sich für einen Wein entscheidet. Bitte, nicht vergessen, genügend leere Flaschen mitzubringen. Wenn man hinfährt, lohnt sich das unter sechzig Flaschen nicht, aber die lohnen sich.

Natürlich kann man einen Wein von seinem Bauern nicht so einfach in dieses Restaurant im XIV. Bezirk mitnehmen, das ist einfach undenkbar, ungehörig, rüpelhaft wie jemand, der während der Andacht in der Kathedrale satt und zufrieden und selbstvergessen rülpst.

Abends wird es manchmal lustig, und die Leute rufen dem Mann am Flügel zu, er möge doch bitte, es solle sein Schaden nicht sein, sie greifen in ihre Westentasche oder zücken die Brieftasche, ah, bitte sehr. Wenn der Herr Pianist so gütig sein wolle, dieses weltberühmte Lied seines Herrn Vorgängers, also bittschön, das sei ja so weltberühmt.

Dann verneigt sich der Pianist leicht zum Spender hin, der schon den Zipfel eines grünen Valutascheins gezückt hat, und unterdrückt einen Seufzer. Er haßt dieses Lied und er haßt den Tag, an dem er sich entschlossen hat, hier Pianist zu werden, in diesem Restaurant, wo jenes Stück an diesem Flügel entstand, um triumphal hinauszuziehen in die Welt, ein Labsal der letzten

Minuten, derart verstanden von Menschen in aller Welt, wenige ausgenommen.

Das Restaurant liegt im Parterre, gleich links von der Tordurchfahrt. Jetzt steckt in der Durchfahrt ein eiserner Pfahl im Boden. Der Hof soll kein Parkplatz für Opel und Wartburg und Zaporosze und Dacias und Trabbis werden und für Mercedes auch nicht.

Im Hof spielen die Kinder. Der Hof ist düster, und trüb ist er auch, nicht nur am Sonntag. Die Häuser des Hofes sind rußig, grau, unansehnlich sind sie, als seien sie nie gestrichen worden. Doch, gewiß, damals, als sie gebaut wurden, 1903, da sind sie gestrichen worden, wer weiß, in welcher Farbe. Die eisernen Geländer des Umlaufs auf jedem Stock sind gestrichen worden, grau, mehrmals im Laufe der Jahre, in allen fünf Stockwerken, wie die eisernen Treppen, welche außen von Stockwerk zu Stockwerk führen, die sind auch gestrichen worden. Schließlich sollen sie nicht verrotten, und Ölfarbe schützt.

Grau-schwarz ist keine schlechte Farbe für die Innenhäuser des Hofes und das Viereck, das sie bilden, für das Vorderhaus auch nicht. Früher kleideten sich alte Damen auch gerne in Grau und Schwarz, weil sie es für unschicklich hielten, ein anderes Alter vorzugaukeln als jenes, welches ihnen bekannt und vertraut war.

Die kleinen Mädchen, die im Hof spielen, haben einen roten Ball und tragen weiße Haarschleifen. Manchmal tragen sie auch grüne Haarschleifen oder rosarote, aber meist haben ihnen die Mütter weiße Schleifen ins Haar gebunden, die sind hier gerne gesehen.

An den Küchenfenstern hinter dem Umgang sitzen alte Leute und schauen den Kindern zu, denn sonst tut sich nichts Besonderes auf dem Hof. Dienstags und freitags kommt die Müllabfuhr, die holen die rechteckigen Blechkübel vom Hof, heben sie auf Karren und fahren sie zur Durchfahrt hinaus, vorbei am eisernen Pfahl.

Manchmal schauen die alten Leute zum Himmel hinauf und müssen dabei den Kopf schief halten. Sie sehen dann, ob der Himmel blau ist, oder wenn weiße Wolken drüber hinwegziehen, oder sie sehen die Flocken, die aus neblig-grünem Himmel auf den Hof mit den Kindern fallen, auf ihren roten Ball und auf ihre weißen Haarschleifen.

Mittags kommt Erzsébet, die Küchenhilfe. Sie tritt aus der Hintertür der Küche und sagt zu den Kindern, sie sollen in der anderen Ecke des Hofes spielen, nicht vor den Fenstern der Küche, wegen der Gäste.

Aber die Fenster zum Hof sind vergittert, und die Kinder kümmert das gar nicht, denn sie wissen, da ist nur dieses eine vergitterte Fenster, hinter dem Gäste sitzen, wenn vorne alles besetzt ist.

Abends, wenn die Gäste lustig sind und der Herr Pianist das Lied spielen muß, welches ihm stärker verhaßt ist als irgendein Lied, das er kennt oder noch kennenlernen möchte, nur weil die Gäste bereit sind, dafür eine Note mit dem Abbild des Herrn Washington hinzugeben, dann hört man das auf dem Hinterhof nicht. Man hört dort nur das Klappern der Pfannen und Töpfe in der Küche und gelegentlich die Flüche eines Kochs oder eines Kellners.

Die Gäste, die hierherkommen abends, sie kämen nie auf die Idee, zu ihrem Weinbauern mit Plastikkanistern zu fahren – oh, das tun viele. Die kennen aber auch die Fässer nicht, und denen ist es schon egal, ob es sich um einen Badasconyi Kekeyelü handelt, einen Debröi Harslevelü, einen Egri Bikaver, einen Somlóer, Sekszárder oder Szürkebarát, und ob der Tokajer nun ein Aszú ist, ein Furmint oder ein Szamorodner, ist ihnen auch gleichgültig. Hauptsache, er ist sehr süß und süffig. Auch die Jahrgänge sind ihnen gleichgültig, nur der Süffigkeitsgrad nicht. Wenn jemand zu ihnen sagen würde, daß man zu Krebsen einen Badasconyer oder Pescer Riesling trinken könne, abgekühlt auf acht bis neun Grad, aber zum Rind soll der Morer Ezerje niemals kälter als zehn Grad sein, dann würden sich bei jedem Wort ihre Mienen verfinstern, und ihre Gedanken würden stark antisemitische Züge annehmen.

Der Pianist, der dem Anblick der massengedruckten Abbilder des Herrn Washington nicht widerstehen mag, bewarb sich eines Tages als Pianist in diesem Restaurant, weil es für Pianisten ja seit dem Jahre 1936 einen Ruf hatte. Trauriger Sonntag. 1937 schnitt sich der Herr Komponist des Liedes die Pulsadern auf, sprang in die Donau oder vergaß den Gashahn abzudrehen, es ist auch möglich, daß er Tabletten nahm, was auch immer.

Der heutige Pianist hat gedacht, daß in dieses Restaurant mit diesem legendären Ruf aus aller Welt Pianistenkenner eilen würden in der Hoffnung auf eine neuerliche Entdeckung – aber alle wollen nur das bekannte Stück hören, von seinen eigenen Kompositionen will niemand was hören; die sind, das muß er zugeben, wenn er abends auf sein Motorrad steigt und heimfährt, eher für klassische Quartette geeignet.

Warum der damals das tat, was er tat, der teure verblichene Kollege, wie man das pietätvoll nennt, das weiß niemand.

Es gibt nur einen Grund, nämlich den, daß er der Komponist jenes notorischen Liedes war. Es fiel ihm mal ein, als das Restaurant halb voll war, Pessimisten würden sagen, als es halb leer war. Da ließ er spielerisch die Finger gleiten, da war ihm diese Melodienfolge eingefallen. Trauriger Sonntag. Es war an einem Mittwoch.

Ihm sagte die eingefallene Melodienfolge zu, sie sagte ihm einfach zu. Danach ging der Herr Szabo, der mal im Restaurant Gundel gelernt hatte, bevor er sich sein eigenes leisten konnte, zum Pianisten und sagte, das sei aber ein Stückerl, welches zum Herzen gehe, ob der Herr Pianist es, bittschön, nicht noch einmal spielen könne. Von wem das Stückerl denn sei?

Von mir, sagte der Pianist.

Da gehns her, sagte Herr Szabo. Also direkt selbst komponiert habens es?

Ja, Herr Szabo, sagte der Pianist.

Da gehns her, sagte Herr Szabo. Also bittschön, spielens es noch einmal, dann kostets ja keine Tantiemen. Direkt zum Herzen gehts, sagte Herr Szabo.

Bittschön, Herr Szabo, sagte der Pianist, ein kleiner, dünnhäutiger Mensch mit dunklen Haaren und hellen Augen, man nahm ihn gar nicht wahr, so unauffällig war er.

Nach Feierabend bat der Herr Szabo den Pianisten noch auf eine Flasche Wein, ganz privat. Das hatte Herr Szabo nie zuvor getan, und der Herr Pianist sagte, er fühle sich geehrt. Und danke sehr.

Da wurde der Herr Szabo weinselig, es war längst nach Mitternacht, und sagte, da gehns, sagte er, beinahe hätte ich daran gedacht, ob sich nicht abends eine Zigeunerbande mit dem Ruf des Restaurants vertragen könnte. Ein Pianist ist natürlich um mehrere Klassen besser für den Ruf eines Restaurants als eine Zigeunerbande. Da nehmen Sie das Gundel, sagte der Szabo. Im Gundel hatten sie stets einen Pianisten zum Essen. In Paris haben sie auch einen Pianisten zum Essen, und wenn die Restaurants in Paris eine ganz besondere kulinarische Extraklasse sind, dann haben sie einen Pianisten und einen Violinisten. Denken Sie nur ans Maxim. Legendär, sagte Herr Szabo und verdrehte dabei die Augen, aber dann kamen die Touristen aus Amerika ins Gundel, und die wollten unbedingt eine Zigeunerbande. O yes, my dear, haben Sie keine Zigeunerbande? Please, where is your Zigeunerband? Oh, you must have a Gipsyband, by all means, in Hungary they always have Gipsybands, we know that from the Movies.

Die Engländer, sagte Herr Szabo, die waren da viel vornehmer als die Amerikaner, die beim Gundel einkehrten, verstehen Sie? Die Engländer sagten immer nur, wenn sie was sagten, meist sagten sie ja nichts, aber wenn sie was sagten, dann sagten sie, interesting, you employ no Gipsies? Fear of pinching and all that, what old boy? In the Talkies they mostly employ Gipsies in Hungarian Restaurants.

No, was soll ich Ihnen sagen, sagte Herr Szabo, der junge Gundel hat dann den Pianisten entlassen und hat eine Zigeunerband engagiert. Geholt hat er sich nur den Primas der Primasse. Darunter hat natürlich die Qualität der Speisen gelitten. Weil, es verkaufte sich ja jetzt auch, wenn man in der Küche gewisse Sorgfaltspflichten vernachlässigte, denn die Leute aus Cleveland und Philadelphia sind halt auf die Zigeunerband schärfer gewesen als aufs Gulasch, und auf den Primas verrückter als auf an Palatschinka, den à la Gundel, verstehens, den hat der alte Herr erfunden, joi eine Freude, eine Delikatesse, eine kühne Komposition und so hauchzart. Also sind die Leute aus Philadelphia und Cleveland seliger von der Band geworden als vom Fogas, und der Palatschinka war schon ein schlichter Nachtisch, wenns auf dem Podium den Csárdás gespielt haben.

Aber anbauen hat er halt können, der junge Gundel, seufzte

Herr Szabo. Also schauen Sie sich schon an den Palast am Zoo, man möcht sich gleich die Schuhe ausziehen. Aber ein Pörkölt machens, daß die Lamas gegenüber auswandern möchten und die Elefanten sich gegenseitig die Rüssel zuhalten, und der Ponty war gleich so armselig, daß sie sich im Zoo nicht getraut haben, ein Aquarium zu bauen, aus Furcht, die Karpfen mögen sich ersäufen. Die Wildsäu habens verlegen müssen in ein abgelegenes Gatter, weil von den Gerüchen vom Wildschweinpörkölt mit Hagebuttensauce sind sie alle gleich schwermütig geworden, und der Zoodirektor hat den Tierarzt kommen lassen müssen, weil, sie haben gedacht, es ist eine Epidemie, aber es waren nur die Dünste aus den Kochtöpfen gegenüber, weil – das kommt halt davon, wenn man den Pianisten entläßt und engagiert eine Zigeunerband.

Also, sagte Herr Szabo, schauen Sie, mögen Sie noch ein Flascherl? Das ist, warum ich schon drauf acht, daß Sie hier spielen, besonders jetzt, wo Sie so ein zu Herzen gehendes Stückerl erdacht ham.

Genauso spielte sich das damals ab, und das waren genau die Worte des Herrn Szabo.

Es gibt nämlich Geschichten, die kann man sich ausdenken, aber man merkt dann gleich, daß sie ausgedacht sind. Sie haben etwas Pappiges, sind wie ein Karton ohne Inhalt. Man klopft drauf, und es klingt dumpf. So klingen ausgedachte Geschichten.

Aber wirkliche Geschichten, die kann man sich nicht ausdenken, die kommen daher, sie riechen frisch, sie glänzen, sie sind appetitlich, nahrhaft, man kann sie auf der Zunge zergehen lassen und mit etwas Champagner nachspülen. Den Champagner kann man auch weglassen. Weil wahrhafte Geschichten sind wie Champagner, sie prickeln auf der Zunge, sie beleben, man sagt *ah*, man richtet sich auf und ist erfrischt, man sieht die Welt anders als bislang. Weil, das macht die Wahrheit in der Geschichte, das ist ein sehr wesentliches Ingredienz, und die Wahrheit, die ist immer erfrischend. Es ist erstaunlich, daß viele Leute das Erfrischende und Belebende von Wahrheiten scheuen und sich mit der dumpfen Pappe des Ausgedachten begnügen, der Illusion eines Genusses, statt der Wahrheit des Genusses.

Der alte Herr Szabo ist schon lange tot. Die Deutschen holten ihn und brachten ihn nach Auschwitz, dabei hatte Herr Szabo gesagt, als ihm seine Nichte aus Tel Aviv geschrieben hatte, er solle kommen, solle alles stehen- und liegenlassen und über Rumänien nach Palästina kommen, denn den Deutschen sei nicht zu trauen. Wer Eisbein esse mit Sauerkraut und Erbspüree und sich im Zustand höchster Seligkeit die Bierseidel auf die Schädel schlage und dabei juchze und jodele, solche Leute brächten es auch fertig, kleine Kinder in einen Teich zu stoßen.

Nun, das ist schon lange her. Die Mahnungen der Nichte, auch wenn sie kulinarisch verpackt waren, um das Herz des Herrn Szabo anzurühren, hatten nichts genutzt.

Herr Szabo sagte stets, essen müssen die Leute, da kann man machen, was man will, essen müssen die Leute und trinken müssen sie auch. Und hat nicht ein bedeutender deutscher Philosoph gesagt, das hält Leib und Seele zusammen? Die Deutschen müßten auch essen, und wo in Budapest gebe es ein Lokal wie seines im XIV. Bezirk, weltberühmt geworden durch jenen Pianisten mit dem zu Herzen gehenden Stück? Es ist, sagte Herr Szabo, doch ganz gleichgültig, ob sich Leute stählerne Hüte aufsetzen mit Totenköpfen daran, sich silberne Litzen an die Kragen kleben, in Panzerwagen fahren statt in einem viel anständigeren Austro-Daimler oder einem Maybach, ob sie nun mit Messern herumlaufen und mit Schießgewehren, halbhohe, hartlederne Stiefel mit Nägeln drunter tragen statt Maßschuhe aus weichem Leder, angenehm für die Füße, sehr angenehm sogar, und nicht nur für Personen, welche den ganzen Tag ihre Füße strapazieren müssen, was ja die Deutschen bei ihrem Herummarschieren schließlich tun. Sollen sie doch rauhkehlig ihre Lieder singen von der schwarzbraunen Haselnuß, den Wildgänsen, welche durch die Nacht rauschen, von den kalten Winden im Westerwald, die orkanartig pfeifen, sollen sie doch ihre merkwürdigen Fähnchen flattern lassen, blutrot mit diesem Fummel darin – also wenn ein Mensch Hunger hat, muß er was essen.

Das sagte Herr Szabo wörtlich.

Irgendwann, das ist jetzt immer noch Zitat von Herrn Szabo, muß jeder Mensch einkehren, sein Koppel abbinden, den Kochtopf mit dem Totenkopf vom Schopf nehmen, sich an einen

Tisch setzen und sagen, nehmen wir jetzt Gulasch und danach eine Möhlspeis oder erst eine Suppen? Herr Ober, bringen Sie mal sechs Bier!

Essen muß der Mensch, das hält die Seele zusammen und die in Uniform auch.

Als Herr Szabo abgeholt wurde, also Worte haben die Deutschen, das macht ihnen schon keiner nach, wirklich eine große Kulturnation. Da war ja auch dieser Goethe, wie wunderbar der mit Worten umgehen konnte, und der Schiller, der Lessing, der Herder, der Wieland, der Klopstock, der Lenz, der Heine – wie sie alle hießen. Von Worten verstanden sie schon was, die Leute, da hatten sie eine bedeutende Tradition, auf die beriefen sie sich auch stets, wer wollte es ihnen verdenken, Volk der Dichter und Denker. Mit den Denkern kamen andere Länder schon mit, aber mit den Dichtern, welche immerfort neue Worte und schönere Worte erfanden, no, da kam so schnell keiner mit.

Abholen.

Als der Herr Szabo aus dem Restaurant im XIV. Bezirk abgeholt wurde, damals, nun ja, der Komponist war da schon längst tot, er hatte sich selbst mit dem Zeitlichen gesegnet, wie, ist ja egal, so was möchte nur die Herren Anatomen interessieren und dann die Statistiker, damit sie wissen, unter welcher Spalte sie es eintragen müssen.

Wie nun also die Deutschen kamen und wendeten ihr schönes Wort Abholen auf den Herrn Szabo an, da dachte er sich, was könne ihm schon passieren? No, was? Ich werde halt in eine Küche gesteckt werden, dachte er, werde Kartoffeln schälen, und die Schalen kriegen die Schweine, damit sie schön fett werden, dann macht man daraus ein Gulasch, wie es der Herr Rechtsanwalt Székely so gerne mochte, daß es weltberühmt wurde, und gestohlen habens ihm das auch noch; nun kursiert es um die Welt herum als Szegediner Gulasch und hat doch mit der ehrwürdigen Stadt Szeged gar nichts zu tun, nur mit dem Herrn Anwalt Székely.

Das war, dachte Herr Szabo damals, auch so eine Sache vom alten Gundel gewesen, Knoblauchwurst hat er reingeschnitten, hauchdünn, aber der junge Gundel hat natürlich die Knoblauchwurst gleich ganz reingeworfen ins Gulasch des seligen Herrn

Székely, was auf der Speisekarte des jungen Gundel prompt als Szegediner auftauchte; die Leute haben es gar nicht gemerkt, weil die Zigeuner alles vollgefiedelt haben, weil, dann gab es Geld von den Leuten aus Philadelphia, und gab es kein Geld, gab's keine Musik.

Schauens, sagte damals der Herr Szabo an diesem Abend nach dem traurigen Lied des Pianisten, da hatte Herr Szabo schon die dritte Flasche geöffnet, schauens, Herr Pianist, ein schönes Lied haben Sie da gemacht, ehrlich. Also, es gibt schon seltsame Entartungen. Reden Sie nicht, aber das wollte der Pianist ja gar nicht. Ich sage Ihnen, es gibt schon seltsame Entartungen im Leben und wissen Sie, wo man es gleich merkt? Nun, in den Kochtöpfen merkt man es gleich. Da weiß man am ehesten, wo es jetzt langgeht. Alle Deformationen der Gesellschaft, sagte Herr Szabo, und der Pianist nickte nur und wollte eigentlich gerne heimgehen, es war schon spät, aber andererseits hatte Herr Szabo noch nie mit ihm gesprochen, und Wein hatte er ihm auch noch nie angeboten, sieben Monate lang nicht, so lange war der Pianist schon in diesem Restaurant am Flügel Pleyel tätig. Also, am Kochtopf merkt man es zuerst, sagte Herr Szabo. Darauf wären Sie nie gekommen, nicht?

Nehmen Sie Frankreich, sagte Herr Szabo, wissen Sie, ich spreche mit Ihnen, weil Sie sich eine so schöne Melodie erdenken können, Melodien gehen ins Herz wie eine gute Speise, und ich werde Ihnen was sagen: Ich erkenn es an den Kochtöpfen und Pfannen, was da kommen wird, aber Sie, Sie werdens an den Melodien erkennen können, was uns bevorsteht. Sie sind ein Künstler, auf eine Art wie ich auch. Also nehmen Sie Frankreich, Marseille, da machen sie eine Bouillabaisse, weltberühmt ist sie geworden, alle Welt hat geschwärmt von der Bouillabaisse, die sie gekocht haben in Marseille. Nun, Herr Pianist, Sie werden auch nicht nur eine Ödenburger Schweinerippe kennengelernt haben in Ihrem Leben. Gewiß haben Sie auch gehört von der weltberühmten Bouillabaisse in Marseille, weil nur in Marseille haben sie alle Tiere gefangen, welche in eine Bouillabaisse gehören, welche Marseille weltberühmt gemacht hat. Schweigen wir mal von den Phöniziern und den Griechen, was herumgefahren sind in der Welt und sind dann heimgekehrt zu Frau und Kind, was schon im Vorgarten gewartet haben auf den liebenden Gemahl, der grade entdeckt hat Atlantis und Thule und wie alle die kalten Orte hießen damals, sie haben ihnen dann gleich eine ordentliche Bouillabaisse vorgesetzt, die alten Griechinnen ihren Herren von den Segelschiffen, was haben sich vergnügt am Strand von Thule mit den dickbusigen blonden Weibern und haben sie in die Hintern gekniffen, daß sie gequiekt haben wie die Schweine vor dem Abstechen. Aber ihre Seefahrerherzen haben nur geschlagen für die Frau Gemahlin daheim mit dem neunjährigen Sohn im Vorgarten von Marsilia, welchen der Herr Entdecker noch nie gesehen hat, weil er ja immerfort unterwegs war. Der Wein ist gut, Herr Pianist, nehmen Sie noch einen?

Nun, nehmens einen, es ist auf Kosten des Hauses, wird Ihnen nicht abgezogen von der Gage. Der Grundgütige schütze die Kochtöpfe und Pfannen vor dem Niedergang, sagte er, der Herr Szabo, und war schon in Seligkeit.

Man weiß, daß in Seligkeit Wahrheit ist, obwohl die Ureinwohner von Marseille immer auf einen anderen Verursacher der Seligkeit getippt haben, den vino, und dann haben sie angenommen, daß Seligkeit gleich Wahrheit sei, und auf eine Weise hatten sie schon recht gehabt, aber nur auf eine Weise.

Wie wollen Sie denn Ihr Stück nennen, Herr Pianist? fragte Herr Szabo, bittschön, ein Titel muß schon sein. Das Stück muß einen Namen haben, sonst taugt es nicht. Man muß den Namen sagen, dann kann man es wiederholen, sonst kann es keiner wiederholen, es kann ja sonst keiner sich wünschen zu hören. Das ist wie einer, der in eine Schallplattenhandlung kommt und sagt, er hätte da neulich bei einem Bekannten ein schönes Lied gehört auf Grammophon, er wisse nicht mehr genau, wie das ginge, aber er erinnere sich genau, es sei eine schwarze Platte gewesen mit einem Loch in der Mitte.

Nun, da lächeln Sie, Herr Pianist. So ist es schon, das Leben. Ein Stückerl muß einen Namen haben, dann kann man es rufen, das ist wie bei einem Menschen. Wenn er keinen Namen hat, kann man ihn nicht rufen. Man kann rufen, aber dann kommen viele Menschen, weil sie ja nicht wissen, wer grade gemeint ist, es könnte er ja gemeint sein, wer weiß, hingehen ist besser, vielleicht handelt es sich um einen Gewinn. Also, wie solls denn heißen, Ihr Stückerl?

Das war das erste Mal an diesem Abend, daß der Herr Pianist im Restaurant des Herrn Szabo etwas sagte, sonst hatte er nur geschwiegen und hatte daran gedacht, heimzugehen, aber andererseits hatte ihn der Herr Szabo fasziniert, weil der ja mit ihm richtig redete, und er hatte stets nur genickt und mal *soso* gemurmelt oder *aha* gesagt. Aber jetzt sagte der Herr Pianist etwas. Das ist es, was er sagte: Ich hab mir gedacht, ob man es nicht *Das Lied vom Traurigen Sonntag* nennen sollte, was meinen Sie, Herr Szabo?

Ausgezeichnet, ganz ausgezeichnet, Herr Pianist, das ist ein schöner Titel, da kann man sich gleich etwas drunter vorstellen, einen grauen Hinterhof in einem grauen Haus an einem traurigen Sonntag, man möchte nicht rausfahren irgendwohin, auch die Maikäferchen sind alle ganz trüb und dumpf und haben keine Lust, sich ihre schmalen Röckchen auszuziehen und einem ihre spitzgewordenen kleinen Brüste unter das Bettdeckerl zu geben, daß man daran – no, Sie verstehen, Herr Pianist, was ich meine. Man hat halt keine Lust auf irgendeine Lust, es ist ein lustleerer Raum, Herr Pianist, Ihr Trauriger Sonntag ist ein lustloser Sonntag, trübe, trübe. Ein schöner Titel und paßt auch so gut zu Ihrem Stück, richtig zu Herzen gehts. Aber Sie trinken ja gar nichts, Herr Pianist? Oder mögens einen Kaffee? Ich laß Ihnen einen machen. No, kommens, trinken wir noch einen Wein. Schöner Titel, *Das Lied vom Traurigen Sonntag*, werdens sehen, das wird jedem gefallen, sage ich Ihnen. Jedem wird es gefallen. Passen Sie auf. Man müßte eine Schallplattenaufnahme von machen lassen, da steht es dann gold auf rot auf dem Etikett, Trauriger Sonntag.

Also, das sag ich Ihnen, Herr Pianist, ich glaube schon, daß man die Wahrheit erkennen kann und die Zukunft an den Kochtöpfen, was reinkommt und was rauskommt – und an den Musikstükkerln. Sie und ich, wir können vorausblicken in die Zukunft, wir wissen, was kommt, das können nur Köche und Komponisten. Das ist nicht so einfach, sage ich Ihnen, diese Gabe hat nicht jeder, nur Köche und Komponisten haben diese Gabe, aber viele merken es nicht, denn dann haben sie die Gabe vielleicht nicht.

Schauen Sie, das mit der Bouillabaisse, der aus Marseille, wo sie zu jenen Speisen gehört, welche die Marseiller befähigt hat, in fremde Länder zu fahren, ihnen vollkommen unbekannte, fremde Personen totzuschlagen, oder blonde, dickbusige Weiber in die Hintern zu kneifen und zu vergewaltigen, nur damit sie billig zu einem Einkauf kommen, was sie daheim teuer verkaufen konnten, denn je billiger eine Ware im Einkauf ist, um so größer ist nachher der Profit.

Nehmen Sie den Escoffier, der hat es gleich gemerkt, daß etwas bergab ging. Der mußte also, eine begnadete Zunge hatte er, feststellen, daß die Pariser plötzlich anfingen, in eine Marseiller Bouillabaisse Muscheln hineinzutun. Also ich weiß nicht, Herr Komponist, ob Sie sich das vorstellen können, Muscheln in eine Bouillabaisse aus Marseille zu tun. Wissens, das ist wie wenn einer bei einem Orgelkonzert anfängt, auf dem Schifferklavier zu dudeln und dazu obszöne Liedchen trällert von den Damen in der Roten Laterne und von der Seligkeit, welche man in den engen Gassen und im Salon von Madame Erzsébet kaufen kann. Ich sage Ihnen, Herr Komponist, ich ringe nach Worten. Unvorstellbar einfach, ungehörig, ein Niedergang der Kultur. Eines Tages wird man passende Worte dafür finden, aber wahrscheinlich wird es dann jeder tun.

Der Herr Escoffier selig hat gewettert, geschrieben hat er dagegen. Schließlich hat er erklärt, daß diese üble Pariser Sitte sich nicht durchsetzen werde, es sei eine typische Pariser Mode, leichtfertig ersonnen, zerronnen wie gekommen – und?

Das sagte Herr Szabo zu dem jungen Pianisten.

Der Pianist ist tot, der Herr Szabo ist tot, daß der alte Gundel tot ist, weiß man noch von Herrn Szabo, und der Herr Escoffier ist auch tot, seine Worte leben noch als Erinnerung. Nur der Herr Brigadeführer Wieck lebt noch. Es geht ihm gut. Manchmal, abends wenn er Gäste hat in seiner Villa, dann spricht er von Budapest, er schwärmt vom guten Essen, den Weinen, das waren noch Zeiten, also einfach doll die Stadt. Eine wirklich dolle Stadt.

Herr Brigadeführer Wieck war oft in dem Lokal im XIV. Bezirk, und Herrn Szabo kannte er natürlich gut. Den Pianisten kannte er nicht mehr. Der war ja schon tot, als die Deutschen kamen. Aber sein Stück lebte noch, und der Herr Brigadeführer ließ es sich oft abends vorspielen auf dem Piano. Ist ja weltberühmt geworden, ein weltberühmtes Stück, rief er oft aus. Und hier am Ort entstanden.

Der Herr Brigadeführer Wieck hatte auch ein Lieblingsgericht in dem Lokal des Herrn Szabo.

Das war so: Man nimmt sehr dünn geschnittene Scheiben Schweinefilet, gut geklopft, läßt sie in Butter mit Knoblauch leicht anbraten; sie werden dann noch einmal leicht geklopft, mit etwas Zitrone beträufelt, dann legt man feingeschnittenen gekochten Schinken hinein und kleingehackten harten Schnittkäse, die Scheiben werden eingerollt zu Rouladen und kurz frittiert. Man kann sie mit einer Sauce aus saurer Sahne und gepulvertem Paprika servieren, oder mit Tomaten, aber die Tomaten müssen geschält werden, halbiert, mit viel Schnittlauch bestreut und Zitrone beträufelt werden, etwas gesalzen und darüber die saure Sahne glatt verstreichen – man kann es auch mit Kopfsalat servieren, aber in Bierteig frittierte Möhren sind eine Köstlichkeit, auch grob geraspelter Gemüsekürbis, wenn er säuerlich eingelegt ist, wie das die Händler in der Markthalle an der Duna tun, dann ist das ebenfalls sehr gut.

Der Herr Brigadeführer war oft zu Gast bei Herrn Szabo, aber immer wenn Herr Szabo sagte, bittschön, Herr Brigadeführer, mögen Sie nicht mal was anderes probieren? Schauen Sie, es gibt doch so prächtige Gerichte, die haben Herr Brigadeführer noch nie probiert.

Also Szabo! Nicht widersprechen! Servieren Sie die Rouladen!

Herr Brigadeführer Wieck war ein sehr feiner Mann, das hatte Szabo gleich erkannt. Der Herr General trugen eine maßgeschneiderte Uniform – maßgeschneidert, nicht von irgendeinem Schneider, sondern von einem wirklich guten Maßschneider, das sah man sofort am Schnitt, und wahrscheinlich war alles handgenäht, das Feinste vom Feinen. Die Totenköpfe auf den schwarzen Samtspiegeln waren Silber, hochpoliert, und die Eichenlaubblätter hatte der Herr Brigadeführer ebenfalls anfertigen lassen; jedenfalls waren sie von derart feiner Arbeit, das konnte eine deutsche Posamentenfabrik einfach nicht, das konnten nur die kleinen Posamentenmacher in einer Stadt wie Wien oder Budapest, die beherrschten noch diese Kunst von der seligen Ka-und-Ka-Zeit her, da legten die Herren Offiziere noch Wert darauf, daß ein gebildetes Auge die feinen Veränderungen am Einförmigen bemerkten, so daß einer sofort erkennen konnte, hier hatte keine ärarische Hand massengefertigt.

Eines Tages trat also ein deutscher Brigadeführer ins Restaurant, und er hatte alle Feinheiten eines maßgefertigten Tuches der Kaiserzeit – sehr ungewöhnlich, dachte Herr Szabo, weil ja schon seit Jahrzehnten keine Kaiserzeit mehr war. Aber laut sagte er es natürlich nicht, denn hier waren die Deutschen jetzt die Herren im Hause, und einen Herren muß man stets wissen lassen, daß man sein Knecht sei, sein alleruntertänigster Diener und Schweinehirte. So haben es die Herren gerne, das ist ihnen wie ein wärmendes Bad in der Sonne ihrer Eitelkeiten; in der Sonne ihrer Eitelkeiten dulden sie nicht einmal die Möglichkeit eines aufkommenden Schattens. Da werden die Herren sofort zu Bestien und strafen denjenigen, der in ihnen die Bestie geweckt hat, weil es ungehörig ist, in einem Herren die Bestie zu wecken.

Der Herr Szabo wunderte sich oft, warum die Herren von der SS als Symbol sich einen Totenkopf erwählt hatten, mit den gräußlichen Knochen.

Nun, dachte sich Herr Szabo, an den Symbolen, die zu wählen einen ja keiner zwingt, kann man sie schon erkennen. Da kommt ja nun keiner daher und sagt, verdammt, Sie müssen sich den Totenkopf als Symbol Ihres Lebenszieles wählen, Befehl von oben – nein, so ist es ja nicht. Das ist schon ein Programm. Das ist eine Weltanschauung. Es gibt Worte! Die macht den Deutschen keiner nach. Weltanschauung, Drang nach Osten, Blitzkrieg – das kann man einfach nicht übersetzen. Daran merkt man, daß ein Wort gut ist, also allererster Güteklasse ist – man kann es nicht übersetzen.

Die Uniform des Herrn Brigadeführers Wieck war auch, sozusagen, nicht übertragbar, war einzigartig.

Einen wirklich feinen, handgearbeiteten Totenkopf hatte der Herr am schwarzen Samtspiegel, aber natürlich alles vorschriftsgemäß, also nicht protzig, einfach eine Klasse feiner.

Er stellte sich vor, der Herr Szabo, was so ein Totenkopf für ein Symbol sei? Nun, man konnte damit schrecken. Aber die Verbreitung von Schrecken hat nie einen davon abgehalten, sich hinter Symbol und Fahne zu stellen, welche Sterben verheißen. Das mußte schön sein, unter diesem Symbol hineinzubrechen über eine stille Familie, die abends unter dem Licht eines bespannten Lampenschirms bei der Suppe saß, die drei Kinder, die liebe Mutter, der Herr Vater, die Serviette auf dem Schoß – und alle zu erschießen. Den Teddybär auch. Den Tod bringen zu können, jäh und unerwartet und überallhin, das mußte den Leuten einen Spaß bringen, und eine Lust auch, wenn sie dann losschießen konnten und das Glas zerklirrte, und die Anrichte brach zusammen, und die alte Großmutter wälzte sich kreischend in ihrem Blut und versuchte, das Enkelkind noch im Tode zu schützen, aber die Totenköpfe lächelten, sie merkten das und machten, das spricht man stolz aus, ganze Arbeit.

Nun, das ist ja wohl so, sagte sich der Herr Szabo, es müssen ja nicht gleich alle so sein, so müssen ja nicht gleich alle sein, es könnte sich ja auch ein Gütigerer verbergen hinter dem Symbol, einer der dünnhäutig sei und verletzlich allüberall, und sich deswegen im Rockschoß der Schreckensbringer und Totenkopfmacher verstecke, um nicht immer Tränen weinen zu müssen über das Unglück in der Welt.

Gutes könnte man auch unter derartigen Symbolen verbringen, also vielleicht ja Schlimmeres verhüten, aber da niemand weiß, was noch schlimmer ist, kann sich jeder vorstellen, er habe es verhütet.

Die anderen, die hatten auch so ein Symbol des Todes, das Kreuz, welches ein Gerät zur Hinrichtung von Menschen ist, ein Exekutionsgerät, aber ein sehr grausames. Man könnte natürlich auch eine wunder- und liebesbringende Gruppe zusammenbringen, um heilsame Worte zu verkünden, und sich zum Symbol wählen eine Garotte, einen Galgen, eine Maschinenpistole, eine Guillotine oder eine Giftspritze – bittschön, kann man alles machen, auch einen Scheiterhaufen, aber das Hinrichtungskreuz war schon von besonderer Art. Da starben die Menschen dran stundenlang und manche auch tagelang, man konnte hingehen sonntags, mit der ganzen Familie, und zuschauen, wie sich die da mühten, ihr Leben auszuhauchen, Wetten konnte man abschließen drauf, wie viele Stunden die das noch machten, ein bißchen langpäppeln konnte man sie, wenn man ihnen einen Schwamm mit Wasser hinaufreichte, und sich einen Spaß draus machen, wenn man Salzwasser nahm.

Szabo!

Zu Diensten, Herr Brigadeführer.

Szabo, sagen Sie einfach: Jawoll.

Jawoll, zu Diensten, Herr Brigadeführer.

Kann man Ihrer Rasse doch nicht austreiben. Also, Szabo, das Essen ist ja nun immer ganz ausgezeichnet, vor allem das Ding da, welches gerollt wird, also schreiben Sie mal das Rezept auf. Habe daheim davon gerühmt. Muß mir meine Frau in Berlin auch mal machen. Na, nun dalli, Szabo, schreiben Sie schon, bißchen hopp. Aber deutlich, mein Lieber, deutlich, daß man es auch lesen kann, und nischt auslassen oder vergessen. Und die genaue Mengenangabe. Na, los.

Zu Diensten, Herr Brigadeführer.

Das war kein gewöhnlicher Brigadeführer, soviel hatte Szabo gleich mitbekommen. Er kam auch mal mit einem anderen Brigadeführer, der hatte ein stark zerhacktes Gesicht, und wulstige Lippen hatte er auch, die beiden Herren amüsierten sich vorzüglich.

Szabo hielt sich sehr unauffällig in der Nähe auf und hörte, daß der andere Brigadeführer Schnefke hieß und in Prag das tat, was der Herr Brigadeführer Wieck in Budapest tat – er war verantwortlich für die Erfassung, also der Herr Szabo entschuldigte sich schon wieder, was für Ausdrücke die Deutschen benutzten, ein großes Kulturvolk, aber Ausdrücke hatten sie! Also, er war verantwortlich für die Erfassung von Wirtschaftsgütern in Böhmen und Mähren, was der Herr Brigadeführer Wieck in Ungarn betrieb. Da schau her, dachte sich Herr Szabo. Da wird schon was hängenbleiben.

Die Herren befahlen, was man daheim im Reich benötigte, damit es nicht arm wurde, dann mußten die Waggons rollen, verrechnet wurde später. Nur beste Qualität.

Das mit den Narben im Gesicht, da hatte sich Herr Szabo extra nach erkundigt, das hatten die Deutschen besonders gerne, das brachten sie sich absichtlich mit Säbeln bei, wenn sie besoffen waren, und ein Arzt mußte die Narben immer gleich vernähen, aber so, daß sie schön wulstig wurden und jeder sie sah. Man hätte denken können, der Mann sei mit seinem Opel gegen einen Baum gefahren und durch die Splitter der Frontscheibe entstellt worden. Aber das war kein Verkehrsunglück, das war Absicht und galt als Ausweis der Zugehörigkeit – wieder so ein Wort – zu einer ganz besonders elitären Denkweise. Klasse, einfach Klasse.

Der Herr Brigadeführer Wieck holte Waren aus Ungarn zusammen, und der Herr Brigadeführer Schnefke tat das in Böhmen und Mähren. Setzen wir einfach die Rationen für die einheimische Bevölkerung rigoros herunter, und sollen sie diesen Winter ihre letzten Mäntel noch einmal flicken.

Ah, wie oft hatte sich abends der Herr Brigadeführer das Lied spielen lassen vom Traurigen Sonntag.

Na, Szabo, dann sagen Sie mal dem Mann am Klavier, er soll mal wieder das schöne Stück spielen. Na, Sie wissen schon. Ist ja hier entstanden. Weltberühmt geworden, weltberühmt. Viel von gehört. Ausgezeichnetes Stück. Muß man aber am Ort des Entstehens hören, unbedingt vonnöten, dann wirkt das viel eindrucksvoller, man kann sich richtig reinversetzen. Musik, Szabo, das verstehen Sie nicht, Musik spricht zum Herzen, die geht direkt ins Gemüt. Sehen Sie, Gemüt haben nur wir Deutschen, das hat kein anderes Volk der Welt, das ist nur uns eigen, unserer Rasse, die ist allen überlegen und kommt vom Norden, nicht aus dem Süden reingemauschelt, Szabo, verstehen Sie das, ja? Wir Deutschen können uns ganz hinverströmen ans Leben, weil wir Gemüt haben, und bei Musik, da fühlen wir uns gemütlich und lassen die Pokale klingen und singen frohe Lieder.

Sehr schön, Herr Brigadeführer, sagte Szabo.

Wenn der Pianist anfing, das Lied für den Herrn Brigadeführer zu spielen, dann wischte sich der Herr Brigadeführer den Mund ab, warf die weiße Serviette mit einem kleinen Schwung auf den Tisch, lehnte sich zurück, schloß die Augen und ließ sein Gemüt durchströmen. Trauriger Sonntag.

Es war wirklich weltberühmt, das Lied vom Traurigen Sonntag.

Das kam, weil eines Tages vier Herren aus Wien hier gespeist hatten. Warum sie ins Lokal des Herrn Szabo gekommen waren, weiß niemand. Es ist möglich, daß sie bei einem Theater zu tun gehabt hatten, und abends waren sie dann einfach ins Restaurant von Herrn Szabo gegangen, die Herren aus Wien.

Das war ungefähr sechs Wochen, nachdem der Herr Komponist zum erstenmal diese Melodie gespielt hatte, mehr spielerisch, wie man weiß. Es waren an diesem Abend nicht gerade viele Gäste dagewesen, da konnte man so etwas schon mal machen – die Finger einfach spielerisch über die Tasten gleiten lassen und den Tönen lauschen, welche da entstanden.

Nun, am Abend hatte das Stück dann Herrn Szabo derart gerührt, daß er den Komponisten zu Wein eingeladen hatte und geplaudert hatte, wie er sonst selten plauderte. Das war wirklich sehr selten beim Herrn Szabo. Aber es lag wohl nicht daran, daß er das Restaurant noch nicht lange hatte, erst ein paar Jahre, das ist nicht viel für die Lebenszeit eines Restaurants.

Schlechte Restaurants erkennt man daran, daß sie kommen und dann gehen sie wieder. Mittelgute Restaurants kommen, bleiben eine kleine Weile und gehen dann wieder. Aber gute Restaurants kommen und bleiben sehr lange, und manchmal kommt auch ein Millionär und läßt sich daheim das Restaurant genau nachbauen und macht einen Kooperationsvertrag mit dem Restaurant am Ursprungsort. Er läßt alles genau vermessen, läßt sich Farbproben geben für die Glasintarsien, bestellt die Stühle und Tische beim Hersteller und engagiert einen Geiger und einen Pianisten, wie im Restaurant, welches ihn mal stark beeindruckt hat. Der Kooperationsvertrag besagt dann, daß in der Kopie des Millionärs, Tausende von Meilen entfernt, ein Kellermeister sein muß, und er muß die Weine so vorrätig haben und so pflegen, wie im Restaurant daheim.

Wenn der Geiger zufällig an jenem Abend, als der Millionär dort speiste und sich enthusiasmierte, wenn er also rein zufällig einen Riß hatte in der Ärmelnaht des Fracks, dann durfte Tausende von Meilen entfernt künftig der Geiger auch nur seine Violine streichen mit einem Riß in der Ärmelnaht, auch wenn er ein Neger war oder ein Chinese oder ein Japaner und nicht wie in Paris ein, na, was schon – Ungar natürlich.

So ein feines Restaurant zu werden und viel berühmter als das Gundel, daran dachte der Herr Szabo selten, schon nicht mehr, als der Herr Brigadeführer Wieck kam, weiß Gott kein unangenehmer Mensch, weiß Gott nicht, oder Wotan. Die Deutschen hatten sehr merkwürdige Ausdrücke. Gott durfte man bei denen nicht sagen, weil sie einen sofort barsch zurechtwiesen, das sei ein Jude und einen Juden duldeten sie nicht. So nannten sie dann Gott Wotan, also sollten sie es schon nennen, wie sie es wollten.

Die Herren aus Wien speisten, waren in angenehmer Stimmung, und schließlich ging Herr Szabo zum Komponisten und zischelte ihm zu: Gleich nach dem Kaffee mit Likör spielen Sie Ihr Stück, verstehens? Passen Sie gut auf, gleich nach dem Kaffee mit dem Likör spielen Sie unaufgefordert Ihr Stückerl. Verstehens? Schauens einfach, wann der Gyuszi den Kaffee und den Likör serviert, ich werde ihm sagen, zuzwinkern soll er Ihnen, verstehens, zuzwinkern. Dann spielens.

Ja, Herr Szabo, sagte der Komponist.

Er paßte auf den Gyuszi auf und auf den Tisch mit den Herren aus Wien, es stimmte ihn trübe, aufpassen zu müssen und seinen Gedanken auf dem Piano nicht freien Lauf lassen zu können. Aber der Gyuszi war ein netter Kerl, er hieß ganz förmlich Julius, aber wer nimmt schon gerne solche römischen Ausdrücke in den Mund, vom Kopf ganz zu schweigen, wenn man es auch ungarisch haben kann.

Dann kam der Gyuszi mit dem Tablett und zwinkerte, daß man annehmen könnte, es sei ihm eine Mücke ins Auge gekommen oder ein Kieselkorn, also bittschön – Trauriger Sonntag.

Es perlte der Traurige Sonntag vom Piano her, und die Wiener Herren, die gerade noch nach der Mehlspeis frohsam genug gewesen waren, um satt und voll Genügsamkeit zu schweigen, blickten auf, nein, sie hörten auf, was man horchen nennt. Sie horchten auf, erst fast ungläubig, langsam, widerstrebend. Wie soll man das in einem Bild wiedergeben? So vielleicht. Ein jeder kennt noch jene Wundermuscheln aus China. Alles aus Kunststoff, den man heute Plastik nennt, und als ganz guter Deutscher nennt man das Plaste.

Die sehen aus wie eine Muschel, haben einen Klebstreifen über der Vorderseite aus Papier, das soll man in ein Glas mit Wasser legen. Das Wasser sollte angewärmt sein, am besten wäre das aus dem Hahn, welcher einen roten Punkt hat, denn aus dem Hahn mit dem blauen Punkt kommt kaltes Grundwasser, aber gereinigt.

Gewärmtes Wasser ist besser.

Man läßt es in ein Glas ein, man wirft die Muschel hinein, das Klebpapier löst sich allmählich, das öffnet die Muschel, dann kommen, das Wasser aufsaugend, Blumen empor, grüne Stengel mit Blüten, die sind wundersam lila und schockierend rosa, und das Gelb ist alarmierend und jeder sagt *ah*.

Nun, so ähnlich war das bei den Herren aus Wien, als der Gyuszi den Kaffee serviert hatte mit dem Likör und der Komponist das Lied vom Traurigen Sonntag anstimmte.

Die Herren waren erschöpft vom Essen, ausgelaugt, waren verstummt, die Genüsse hatten sie angefüllt, hatten ihnen also den Kopf geleert, die Zunge getrocknet – jetzt perlte der Traurige Sonntag herüber, das machte die dehydrierte Zunge wieder schmiegsam, sie blühte auf, mit ihr blühten die Gedanken auf, wie wundersam lila und schockierend rosa gefärbte Blumen aus einer Wundermuschel aus China.

Die Melodienkette zog in sie ein über ein Organ, welches sie in ihrem Zustand der Sattheit nicht mehr als aufnahmefähig vermutet hatten, ihre Ohren. Die Herren aus Wien erwachten zu einer Wahrnehmung von Tönen. Dazu tat der Kaffee etwas und der Marillenlikör tat auch etwas, aber es wäre ungerecht zu sagen, daß es diese kulinarische Kombination war, welche wirkte, es wirkte vornehmlich die akustische Beeinflussung.

Am Ende des Pianostückes klatschten die Herren aus Wien und verbeugten sich, sitzend zwar, zum Pianisten hin, der sich von seinem Hocker erhob und eine Verbeugung machte, wie auf einer richtigen Bühne.

Bravo, rief einer der Wiener Herren, und von der Küchentür her beobachtete Herr Szabo die Wirkung und war sehr zufrieden.

Bald darauf schlenderte er wie rein zufällig – so etwas muß geübt sein – am Tisch der Herren vorüber, die ihn auch prompt zu sich baten und fragten, was das denn für ein Stück sei, welches der Herr Pianist soeben gespielt habe?

Ah, der Hauspianist? fragte Szabo, ja, unser Hauspianist, sagte er dann. Geht richtig zu Herzen, das Stückerl, findens nicht? No, sehr begabt der Herr Pianist, er spielt schon lange bei uns. Ist seine eigene Komposition, sagte er.

Was Sie nicht sagen, sagte einer der Wiener Herren, wohl der Rudelführer, denn er trug als einziger eine silbergraue Weste, die Westen der anderen Herren waren aus dem Stoff ihrer Anzüge, also das übliche. Und hat das Stückerl auch schon einen Titel? fragte er.

Aber gewiß, sagte Herr Szabo. Es heißt Das Lied vom Traurigen Sonntag. Er hat es mir zu Ehren so genannt.

Ah, sagte der Wiener Herr, haben Sie am Sonntag geschlossen?

Nein, sagte Herr Szabo, wir haben nie geschlossen.

Ah, sagte der Wiener Herr, und die anderen lächelten nachsichtig.

Herr Szabo ging weiter, und die Wiener Herren sprachen vornübergebeugt zueinander, manchmal nickten sie, dann lehnten sie sich wieder zurück, nahmen etwas Kaffee, beugten sich wieder vor.

Der mit der silbergrauen Weste winkte Herrn Szabo herbei.

Zu Diensten, sagte Herr Szabo.

Wissen Sie, sagte der Herr, wir möchten fragen, ob wir nachher Sie und den Pianisten noch an unseren Tisch einladen könnten, Sie möchten bitteschön unsere Gäste sein, und könnten Sie den Herrn Pianisten fragen, ob er das Stückerl noch einmal spielen möchte?

Aber gern, stets zu Diensten, sagte Herr Szabo. Ich werds ihm gleich ausrichten.

Herr Szabo ging zum Pianisten, flüsterte ihm etwas zu, der Pianist verbeugte sich dankend zu den Wiener Herren hin, und Herr Szabo strahlte.

Er hatte das Gefühl einer wichtigen Stunde.

Als der Herr Brigadeführer Wieck das Restaurant des Herrn Szabo betrat, hatte der merkwürdigerweise nicht das Gefühl einer wichtigen Stunde, seltsam eigentlich.

Vielleicht hatte sich ja der feine Instinkt für das Anbahnen inzwischen beim Herrn Szabo verwachsen, oder es hatte sich ausgewachsen, man ist ja im reiferen Alter gelegentlich andersfühliger als im unreifen Alter, es gibt da schon gewaltige Unterschiede in einem und demselben Menschen; man wähnt zwar gewöhnlich, man sei bereits im frühen Alter reif und unveränderbar, das ist aber keineswegs der Fall. Den höchsten Grad an nicht mehr veränderbarer Reife erreicht jeder Mensch erst in der Sekunde seines Todes, auch diejenigen, welche durch Verkalkung in einen höchst unerträglichen Zustand von Kindlichkeit und Lallsprache verfallen sind.

Nun, dieser Zustand war Herrn Szabo verwehrt worden, und hätte er geahnt, als der Herr Brigadeführer Wieck zum erstenmal das Restaurant im XIV. Bezirk betrat, daß hier nicht ein hungriger General eingetreten war, um die Feinheiten der Szabo'schen Speisekarte mit Lust und Gusto zu probieren, sondern der Engel des Todes – vermutlich hätte Herr Szabo auch dem Engel des Todes diese oder jene Empfehlung für die Menufolge gegeben, eine passende Vorspeise empfohlen, die Reihenfolge der Weine und zum Nachtisch vielleicht...

Er hätte dem uniformierten Engel gewiß einen amüsanten Abend auf Tellern und Schüsselchen bereitet, mit Gläsern und Tassen und dem feinen Besteck mit der Silberauflage, den gestärkten Servietten, hätte darauf geachtet, daß auch dieser Gast mit der äußersten Aufmerksamkeit umsorgt werde, weil, jeder hat halt einen Beruf und warum sollte man jemanden, nur weil er einen Beruf ausübte, den man selbst nicht gern ergriffen hätte, warum sollte man ihm deswegen die höchste Qualität an esserischem Genuß verweigern, einen Abend mit feinen Düften, angenehmen Anblicken und wohltemperierten Speisen, vielleicht vorweg eine Tschorba? Vom Karpfen?

Wenn Herr Szabo etwas empfahl, dann war es für ihn eine Selbstverständlichkeit, nur das anzubieten, was er glaubte, gerade diesem Gast besonders offerieren zu können. Es gab ja Restaurants, Szabo kannte das, da bekam das Bedienungspersonal aus der Küche den Befehl, heute die Házias nyúlpástétom zu empfehlen, weil morgen sei sie schon verstunken und die Tüzdelt pulykamell szeletek vörösboros szilvával müsse heute auch unbedingt weggehen, und zwar aus dem gleichen Grund. Dann pflegten die Kellner mit einem Lächeln, welches man gewöhnlich für die Ermordung der reichen Erbtante reserviert, von

Tisch zu Tisch zu gehen, würden die Augen verdrehen, sich zum Gast herabbeugen, dorthin, wo man sein geneigtes Ohr vermutete, und sagen, heute gebe es nur eine Sache, nur eine einzige Sache käme heute in Frage, weil, das sei dem Herrn Koch gelungen, wie alle hundert Jahre nur einmal: Házias nyúlpástétom als Vorspeise und danach Tüzdelt pulykamell szeletek vörösboros szilvával – aber bitte das Vadsertés csipkeizzel, also bittschön, davon gebe es gute Gründe, heute abzuraten. Man könne sich da nicht näher auslassen, schließlich sei man hier ein Angestellter nur und dem Herren Besitzer verpflichtet – aber mehr als dem Herrn Restaurateur fühle man sich natürlich dem geschätzten Gast und seiner reizenden Begleitung verpflichtet. Also bittschön, Sie verstehen schon, was ich meine, danach Túróspalas cinta? Zweimal? Sehr recht.

An solchen Abenden fiedelten die Zigeuner besonders lebhaft und verdrehten die Augen.

Natürlich könnte man dem Engel des Todes, wenn er denn ahnungslos ein Restaurant dieser Art betritt, das Velös töltött csirke andienen, weil man aus der Küche weiß, daß das Bries nun wirklich schon die Grenze des Genießbaren überschritten habe, in welchem Falle man etwas mehr Knoblauch rantun mußte.

Es blieb aber dabei stets ein schwer wägbares *Vielleicht*.

Das kennt man vom alten Zoltán. Als der sich zum Sterben niederlegte, da lag der Alte mit seinen verhärmten, aber würdigen Gesichtszügen in weißen Kissen, die Flammen der Kerzen züngelten unruhig und warfen zuckende Schatten an die Wand, da öffnet er den zahnlosen Mund, ein letzter Wunsch, die Weisheit eines, der im Begriff ist, die Schwelle zum ewigen Schweigen zu überschreiten, das Gesinde bekreuzigt sich, und die Töchter beißen in ihre Taschentücher, und er spricht, der alte Zoltán zur Kati, seiner Frau und künftigen Witwe, er sagt, geh, sagt er und seine Zunge ist schwer, zieh dir an das Festkleid aus Taft, welches du immer getragen hast, wenn wir gegangen sind zu den Galas in den Ballhäusern, und lege an deinen Schmuck aus Gold und die funkelnden Steine und Pretiosen und lege auf das Rot auf deine Lippen, und färbe deine Wangen mit dem duftenden Puder aus Paris.

Die Kati sagt, alle sind ganz entsetzt über das, was da spricht aus dem alten Zoltán, jetzt soll sich die Frau umkleiden wie zu einem Festball, und die Geigen spielen auf zum Walzer, und die feinen Herren in Frack und Monokel schauen auf die Weiber und taxieren sie wie auf einem Ferkelmarkt, nach Gewicht und Gewinn. Die Kati ist ganz entsetzt und sie sagt, aber Zolty, was soll ich anziehen das Tafetene mit Rüschen und soll mir röten die Lippen, und der Zoltán sagt und richtet sich etwas auf, wie im Zorn, also möchtest du dich gehen schön machen und blühend, wie du immer warst. Aber Zolty, sagt die Kati, und Tränen ersticken schier ihre Stimme, warum soll ich mich schön machen, wo jeden Augenblick kann hereintreten der Engel des Todes.

Da richtet er sich vollends auf im Zorn, der Zoltán, und schreit, man kennt seine Wutanfälle schon, und gefürchtet hat man sie, solange man denken kann, ein jeder im Hause, und er schreit: Na, vielleicht nimmt er dich!

Das ist das schwer wägbare *Vielleicht* beim Eintritt des Todesengels.

Könnte irgend jemand annehmen, wenn man dem Engel des Todes eine Velös töltött csirke anbietet mit einem vergammelten Bries, was man kaum noch mit Extragaben an Knoblauch zu verdecken vermag, daß er daran, nun, daß er sich dann gleich selbst bedienen müßte?

Im Ernst, das kann niemand annehmen, weil, man weiß nie genau, in welcher Gestalt der Engel des Todes in ein Restaurant kommt oder in die Stube des Zoltán oder sonst irgendeine Örtlichkeit betritt, um seinem Beruf nachzugehen. Also wird man Herrn Szabo verzeihen oder nachsehen müssen, wenn er beim Betreten des Brigadeführers Wieck höchstens mit der feinen Intuition eines Genußbringers dachte, welche Kombination von Speisen gerade für diesen Herrn in dem maßgeschneiderten Gewand eine besondere Wohltat und Erquickung sein könnten.

Später, als der Herr Brigadeführer öfter kam und immer dieses Rollfleisch haben wollte, sich schier auf gar nichts anderes mehr einließ, da dachte der Herr Szabo doch schon darüber nach, wie es wohl käme, daß einer, kaum sei er in eine Uniform geschlüpft, sich gleich vom Verstand verabschiedet habe; weil, niemand sei ja gezwungen, sich von seinem Verstand zu verabschieden, wenn er sich uniform kleidet, selbst wenn es von einem erstklassigen Maßschneider hergestellt worden sei per Hand.

Habe die Ehre, Herr Brigadeführer, zu Diensten. Wie gewöhnlich?

Szabo, mauscheln Sie nich immer so rum, sagen Sie laut und deutlich, welchen Tisch möchten Sie? Ober! Speisekarte für Herrn Brigadeführer! Heute Bier? Sehen Sie, Szabo, so spricht der Mann, aber nicht Buckel hier, Buckel da, küß die Hand, habe die Ehre, zu Diensten.

Da fiel Szabo die Geschichte von diesem Stallgefreiten von den Honved ein. Der schlurfte durch die Stadt, mißmutig, schlecht rasiert, die Uniform hängend wie ein Arbeitskittel, und an dem Oberleutnant aus Wien vorbei, seine Litzen und Kinkerlitzen waren noch brandneu. Wie nun der Stallgefreite ohne irgend etwas zu sagen, in Gedanken in Hortobágy bei seiner armen Mutter oder einer reschen Piroska, den Leutnant nicht sah, nur die Weiten der Puszta sehnsuchtsvoll ahnte, die Enten, die Häuser mit Stroh, den Geruch der Weiden und Bäche, die Zartheit der Heimat fühlend, angeschrien wurde von dem belitzten Hämerl: Können Sie nicht grüßen?

Da wurde der Stallgefreite von den Honved plötzlich aus seinen Gedanken gerissen. Er hielt jäh inne, drehte sich ganz langsam um zu dem Hämerl, nahm seine Hände aus den Taschen und sah diese Komposition in Hellblau und Silber und die mit Blitz und Donner sprühenden Blicke durch einen Kneifer. Er legte die linke Hand auf seine Brust, neigte den Kopf schuldbewußt nach rechts, beugte sich mit dem Oberkörper vor, wie man das als Demutsgeste vor den Altaren in Kirchen gewohnt ist. Er fragte den Herrn Offizier, während er in Eile sein Gewissen erforschte, also in der Haltung äußerster Demut: Entschuldigen Sie, Herr Oberlaitnant – von wem soll ich Sie grießen?

Wenn also der Brigadeführer Wieck tadelnd sein Buckel hier, Buckel da schnarrte, küß die Hand, habe die Ehre, zu Diensten und so weiter, dann erinnerte sich Szabo manchmal an diesen Honved und hielt sich sehr zurück, um nicht zu sagen: Entschuldigen Sie, Herr Brigadeführer – für wen halten Se mich? Von wem soll ich Sie grießen?

Warum sollten denn ein Pianist, ein Engel des Todes, ein Ka-

und-Ka-Oberleutnant aus Wien, ein Zigeunerprimas, ein Lama im Zoo oder ein Brigadeführer der SS aus Berlin – warum sollten sie nicht schlechte Laune haben dürfen? Schlechte Laune rührt oft nur daher, daß einem eine Weltanschauung im Kopf herumgeht und verträgt sich nicht recht mit dem, was im Leben Freude bringt.

Der Pianist mußte an diesem Abend den Herren aus Wien noch zweimal Das Lied vom Traurigen Sonntag pianieren, und jedesmal war die Wirkung auf die Herren aus der österreichischen Hauptstadt enorm.

Dann war der letzte Gast gegangen, Szabo sperrte die Tür zu, verabschiedete das Personal aus der Küche und schickte auch den Gyuszi weg und den Istvan.

Man saß bei den Herren aus Wien am Tisch, und dem Pianisten war etwas beklommen zumute.

Herr Szabo hatte das Gefühl, am heutigen Abend bahne sich etwas an, rätselhaft erschien ihm was, aber er hatte damals noch einen Instinkt, so könnte man das wohl nennen, und dieses Ungewisse ließ ihn besonders liebenswürdig auftreten, er spendierte Champagner, servierte ihn den Herren selbst.

Der mit der silbergrauen Weste sprach derweil zum Pianisten, das Stückerl, was er da komponiert habe, sei wirklich ein beachtenswertes Stück, es gehe gleich tief zum Herzen hinein, aber nicht im Sinne eines oberflächlichen Schunkelliedes, wie das vom Wien und der Wein und auch nicht von jener tieftrüben, das Hirn verklebenden Sentimentalität einer Reblaus und auch nicht von anfeuernder Natur, wie das Wiener Blut, von dem schon jeder wisse, daß es die Berufshymne der Vampire aller Welt sei.

Da lachte der mit der silbergrauen Weste, und der Pianist seufzte, aber zustimmend.

Sozusagen ihr Standeslied, die Erkennungsmelodie ihrer angeborenen Leidenschaft, sagte der mit der silbergrauen Weste ergänzend, damit seiner Ansicht nach jeder den Scherz gleich richtig verstehe, nämlich als Scherz.

O ja, sagte der Pianist. O ja.

Ja, aber mit Ihrem Liederl ist das anders, sagte ein anderer von den Herren aus Wien.

Ja, sagte der Pianist, er flüsterte es fast, denn er war ein eher stiller und zurückhaltender Mensch. Wissens, sagte er, das Lied ist mir wie ein vertrauter, lang zurückgehaltener Kummer, eine Schwermut, welche ich bisher für mich behalten habe, daß sie wachsen konnte, und ich trage sie mit mir herum, schwerer wird sie und schwerer, und sie ist mir so vertraut, daß ich sie nicht missen möchte.

Der eine der Herren aus Wien notierte sich dezent die Pianistenworte vom vertrauten, lang zurückgehaltenen Kummer, den Schmäh mit der Schwermut ließ er weg, aber diese Worte, fand er, könne man irgendwann noch mal benutzen. Schließlich, er wußte bereits, worum es ging.

Herr Szabo suchte im Keller einen der feineren Champagner aus und entschied sich für einen aus dem Jahre 1928, weil er wußte, daß der 28er Jahrgang ein besonderer auch bei Champagnern war, nun, sieben Jahre war er jetzt alt.

Der 29er war auch kein schlechter Jahrgang, aber eher von der Art, daß er etwas Reife durch Liegenlassen noch vertragen könnte.

Herr Szabo kam mit einer Serviette und der edel angestaubten Flasche, zeigte sie den Herren, welche *ah* sagten. Es war aber daraus nicht zu entnehmen, ob sie den Jahrgang kannten und schätzten, oder ob sie einfach *ah* sagten, weil die Konvention allenthalben gebietet, in einem derartigen Falle *ah* zu sagen – es kann auch Verlegenheit sein, wenn einer sagt *ah* oder wenn das vier sagen.

Sie sagten jedenfalls, was der Herr Szabo erwartet hatte, aber es kümmerte ihn nicht weiter, als er die Drähte löste, eine Ecke der Serviette um den Hals der 28er Flasche band und dann den Korken löste, so daß er mit einem milden Blub sich trennte von dem gläsernen Hals aus Reims.

Es ist das Äußerste an ordinärem Verhalten, weiß ein jeder, wenn man einen Champagnerkorken so rausbolzt, daß er wie ein feucht gewordener Schuß aus einem Mörser an die Decke knallt. Das machen Autorennfahrer oder Fußballer oder ganz ordinäre Soldaten, wenn sie im Krieg einen Weinkeller finden und plündern, um sich für ihre nächste Mordrunde in fröhliche Stimmung zu bringen. Aber in einem feinen Restaurant unter Kennern tut man das nicht, gebildete Leute tun das auch nicht, höchstens Philologen oder Soziologen. Oder Mediziner, wenn sie es denn zum Kassenarzt gebracht haben, und Psychologen tun das vermutlich auch, weil es ihnen ja das höchste auf Erden ist, wenn sie so armen, hilflosen Menschen tief in den seelischen Eingeweiden herumwühlen können und alles durcheinanderbringen.

Herr Szabo hatte die ganz feinen, schlanken, eleganten Kelche auf den Tisch gestellt und goß ein.

Welch Duft, welch unvergleichlicher Duft!

Dann hob er das Glas, er wünschte langes Leben allerseits, und er hebe sein Glas auf das Wohl der Gäste, weil, ein bescheidener Restaurateur sei stets nur so gut wie seine Gäste – am liebsten hätte er jetzt gleich wieder den jungen Gundel als Beispiel herangezogen, tat das aber doch nicht.

Man muß zur Ehre des Herrn Szabo sagen, daß er dem Herrn Brigadeführer Wieck später niemals ein Glas Champagner auf Kosten des Hauses anbot, woraus man sehen kann, daß in ihm doch noch Rudimente eines gewissen Instinktes schlummerten.

Die Herren aus Wien lobten die ganz ausgezeichnete Qualität des Champagners, der mit der silbergrauen Weste kam aber erst viel später auf den Sinn der Sache zu sprechen, als er plötzlich sagte: Also, meine Herren, gestatten, daß ich mich vorstelle, ich bin Direktor Novak von der Lindstroem Schallplattengesellschaft. Er fingerte vergebens in seiner Westentasche und wandte sich dann in barschem Ton an seinen Nebenmann: Schwitz, geben Sie den Herren mal meine Visitenkarte.

Was Schwitz tat, schließlich hatte er stets Visitenkarten von Herrn Direktor Novak dabei, weil er wußte, daß der Herr Direktor Novak niemals seine Visitenkarten dabeihatte, wenn man irgendwohin ging oder irgendwohin fuhr.

Schon gut, Schwitz, sagte der Direktor Novak. Sehr aufmerksam von Ihnen.

Also sie seien, das müsse man ganz offen aussprechen dürfen, von diesem Stück des Herrn Pianisten ganz und gar berührt worden, von diesem Stückerl, welches er dem Herrn Wirt gewidmet habe, jedenfalls was den Titel angehe. Nun sei es ja so bei Personen, welche sich von morgens bis abends mit Musik beschäftigen müßten, aber auch mit Schellack-Einkäufen, günstigen Preßmöglichkeiten, einem guten Vertriebsnetz, den neuesten Entwürfen aus der Reklameabteilung und mit bedeutenden Künstlern und Interpreten. Also da gibt es ja schon arge Exzentriker darunter, das können Sie mir glauben, sagte er, arge Exzentriker. Aber Künstler müssen ja wohl so sein, sonst merke man nicht, daß sie Künstler sind, woran sollte man es sonst merken, fragte er. Woran? Ah, antwortete er sich selbst, man merkt es wahrscheinlich am starken Haarwuchs. Meist haben ja die Herren Künstler nicht gedient, und zum Friseur kommen sie auch selten, weil sie die Nächte im Kaffeehaus verbringen müssen. Von da gehen sie morgens heim, schlafen tagsüber und gehen erst wieder aus, wenn die Friseurgeschäfte bereits geschlossen haben.

Da entwickelt sich schon ein starker Haarwuchs an Kinn und oberem Teil des Kopfes, sagte einer.

Sehr wahr, sehr wahr, lieber Svoboda, sagte der Herr Direktor Novak.

Der Herr Direktor Novak erhob sein Glas und sagte, auf das Wohl des edlen Spenders, ein wahrhaft köstlicher Abend. Daß wir die Bekanntschaft mit diesem entzückenden Stück machen durften, ist uns allen eine ganz besondere Freude.

Das sei nämlich so, wie er bereits einleitend ausgeführt habe, weil man ja nun immerfort mit Musik zu tun habe, da sei es schon etwas äußerst Rares, wenn einem plötzlich ein Stück von jener Eindringlichkeit begegne, wie das hier am heutigen Abend geschehen sei. Darüber seien sich alle Herren, die eher zufällig in diesem Restaurant eingekehrt seien, durchaus einig, äußerst rar. Man sei auf gewisse Weise, weil die Musik das tägliche Brot der Herren sei, beinahe etwas abgestumpft gegen Klimpern und Tirilieren, und flotte Oboensoli und kräftige Paukenhiebe, man müsse sich auch immer gleich eine gültige Meinung dazu machen, wobei die Gültigkeit der Urteile keineswegs getrübt werden dürfe dadurch, daß das Ohr ja nun durch ewiges Hörenmüssen den Reizen der Musik gegenüber etwas abgestumpft sei für die Wahrnehmung der feineren Nuancen – das sei aber hier und heute abend nicht der Fall gewesen, und zwar bei allen Herren, beeilte er sich hinzuzufügen. Und die anderen nickten dazu lebhaft, zustimmend nickten sie auch.

Große Ehre, sehr geehrt, sagte Herr Szabo. Dann schaute er den Herrn Pianisten an und sagte: Sagen Sie doch auch etwas.

Aufgescheucht aus seinen Gedanken, die letzten Worte eher mechanisch noch im Ohr, sagte der Pianist: Sehr geehrt.

Was sich als vollkommen ausreichend erwies.

Das Stück, wie bereits gesagt, habe die Herren also trotz all jener Behinderungen, welche ihr Beruf so mit sich bringe, beeindruckt, und zwar derart, daß sie erwägten, von dem Stück, welches den treffenden Titel Trauriger Sonntag habe, eine Schallplattenaufnahme zu veranstalten. Er sagte wirklich veranstalten, als müßte man zu diesem Behufe eine Anstalt aufsuchen.

Herr Szabo war beeindruckt und sagte, was die vier Herren aus Wien angesichts des Champagners gesagt hatten, er sagte *ah*.

Nur, daß sein *ah* wie mit einem kleinen, unsichtbaren Fragezeichen verziert klang, eines, welches man deutlich spürt, aber in sonst keiner Weise nachweisbar bemerken kann. Wohingegen das *ah* der vier Herren angesichts des Champagners eher wie ein *ah* mit einem fast sichtbaren Ausrufezeichen geklungen hatte.

Also, fuhr der Herr Direktor Novak fort, wäre es doch nun interessant, die Ansicht der beiden Herren zu hören. Bitte sehr.

Herr Szabo erhob sich und goß erst einmal ringsum Champagner nach, was ein vierfaches *Danke sehr* zur Folge hatte.

Aller Augen, auch die des Herrn Szabo, die aber nur halb, die andere Hälfte ruhte beim Eingießen auf dem jeweiligen Champagnerglas, waren auf den Herrn Pianisten gerichtet.

Es gibt berühmte Aussprüche anläßlich bedeutender Augenblicke. Es gibt allerdings bedeutende Diskrepanzen darüber, was ein bedeutender Augenblick ist und ob das in diesem bedeutenden Augenblick gesprochene, oder wohl eher entfahrene Wort, tatsächlich so bedeutungsvoll ist, wie der Augenblick den Anschein hat.

Meist ist es ja mit bedeutenden Augenblicken so, daß man erst viel später erfährt oder weiß, daß sie bedeutend waren, das heißt fürderhin sind.

Im Augenblick, wo einem das bedeutende Wort entfährt, weiß man über den Augenblick nur so viel, daß er ein Augenblick wie jeder andere Augenblick ist, ein Dutzend-Augenblick, ein kleiner Ruck auf dem Sekundenzeiger, von dem bekanntlich einer wie der andere ist, sonst käme keine ordentliche Uhrzeit zustande.

Oft ist es aber so, daß die im Augenblick gesprochenen Worte derart banal sind, daß man sie zu historisch bedeutsamen Zwekken nicht mehr benutzen kann, weil sie etwa lauteten, da solle man sich gleich niederlegen, oder da lecke einer einem am Gesäß oder Beelzebub ihm noch eins, eher von der niederen Qualität. Jedenfalls nicht so, wie man sich bedeutende Worte in bedeutenden Augenblicken vorstellt.

Der Herr Brigadeführer Wieck in Budapest, welcher oft Gast bei Herrn Szabo war und bekanntlich jener Form des Rollfleisches besonders zugeneigt, die Herr Szabo ihm gerne hätte ersetzt durch ein anderes Gericht, hier und dort mal, als dieser Herr Brigadeführer mit dem Deutschen Kreuz in Gold auf der rechten Brusttasche der maßgeschneiderten Uniform, den Namen des Gastwirtes Szabo auf der Liste der – das ist jetzt Zitat – Liste, der einer Sonderbehandlung zuzuführenden Personen, sah, wie er es persönlich angeregt hatte, sagte beispielsweise: ach. Und nach einer kleinen Weile: na also.

Zunächst hatte der Herr Brigadeführer Wieck ja bereits das Rezept für jenes Rollfleisch-Gericht aus dem Restaurant des Herrn Szabo erhalten und seiner lieben Frau in Berlin zugeleitet, so daß für ihn kein wirtschaftlich verwertbares Interesse an der Person des Gastwirtes Szabo bestand, der hatte auch sonst das Stadium seiner Nützlichkeit hinter sich. Für das Deutsche Reich gab es ebenfalls kein wirtschaftlich verwertbares Interesse an der Person des Gastwirtes Szabo, eine Prüfungsfunktion – Gott schütze die Worte der Deutschen, wer soll sie sonst schützen vor ihnen – also, eine Prüfungsfunktion, welche zu den Obliegenheiten des Herrn Brigadeführers gehörte, da er als Leiter der Wirtschaftsabteilung Ungarn des Reichs- und Sicherheitshauptamtes nach Budapest geschickt worden war.

Zwar ging dem Herrn Brigadeführer Wieck durch den Kopf, als er die Liste der abzuschiebenden Personen durchlas, die laut Geschäftsordnung über seinen Schreibtisch zu gehen hatte, daß der Herr Szabo aus dem Restaurant im XIV. Bezirk nun endlich der Endlösung zugeführt werde – da ging ihm rasch und eher flüchtig durch den Kopf, ob sich das goldbewehrte Gebiß des Gastwirtes nicht irgendwie anderweitig noch verwerten ließe. Aber Zahngold ist, wie man weiß, von geringem Goldwert, und er wußte aus seiner Erfahrung in dem ehemaligen Ka-und-Ka-Fürstentum Auschwitz, daß die deutschen Banken einen festen Verwertungsvertrag mit seiner vorgesetzten Dienststelle hatten; das Wort *fest* hieß, daß der Vertrag zwar hinsichtlich der ökonomischen Daten zu bestimmten Zeiten einer Revision betreffs einer Änderung dieser Daten unterzogen werden müßte – später, aber viel später nannte man so etwas eine Inflationsgleitklausel, ein Wort des geschätzten Brigadeführers Schnefke, mit dem der Herr Brigadeführer Wieck mal bei Herrn Szabo gewesen war zum Zwecke der gehobenen Nahrungsaufnahme – die Worte sind ja wirklich alle nicht zu fassen.

Also die Worterfinder in Geistesgeschichte der teutonischen Stämme wirken stark nach, aber die Denker sind allmählich verdrängt worden, wofür man auch ein Wort erfunden hat, annihiliert. Wen dieses Wort als fremdartig stört, weil man nicht recht weiß, was man sich unter dem Begriff, welcher der römischen Justiz entstammt ist, vorstellen kann, dem sei gesagt: auslöschen ist unser Wort.

Szabo, mauscheln Se nicht immer so. Das heißt: Brigadeführer! Jawoll! Ein Bier, wie üblich? Ober!

Aha und na ja, sagte Brigadeführer Wieck, als er den Namen des Gastwirtes auf der Abschiebeliste sah, und das goldene Gebiß würde nach der Vergasung der Bank zur Vermarktung ordnungs- und vertragsgemäß zugeführt werden, so weit war alles in Ordnung.

Das waren zum Beispiel zwei historisch bedeutsame Ausdrücke, historisch bedeutsam insofern, als sie für die jähe und friedlose Beendigung eines Lebens von historischer Bedeutung waren, Szabos Leben.

Der Herr Pianist, als sich alle Augen auf ihn richteten, die des Herrn Szabo aber nur halb, sagte: Oh, wirklich? Er sagte das keineswegs so, wie sich das liest, er sagte es nicht gelangweilt, weniger fragend, er sagte es eher so wie jemand, der einen Knicks macht dabei, also mit einer gewissen Melodie und einem Fragment von Rhythmus, wobei sich, das mag zugegeben sein, bei zwei Worten nicht viel Rhythmus entwickeln kann und spannungsgeladene Melodiebögen auch nicht. Er sagte einfach: Oh, wirklich. Er sagte es auch nicht faktisch oder wie jemand im Basar, dem man einen zu hohen Preis genannt hat und der daraufhin sagt, das könne ja wohl nicht ganz der Wirklichkeit entsprechen. Er sagte es auch nicht wie ein englisch gebildeter Mensch, er stammte schließlich aus Buda. Weil, wenn er aus Bath gestammt hätte, statt aus Buda, und hätte *oh, really* gesagt zu einer Mitteilung, die er soeben erhalten hätte, dann wäre das nur die feinere Umschreibung für den Ausdruck gewesen, diese Mitteilung sei ja nun eine ausgemachte und infame Lüge.

Er war sich der Tragweite keineswegs bewußt, daß er nun per schwarzer Schallplatte eine Art Weltstar werden würde, sein Liederl ein Weltliederl, wofür man sehr viel später im Laufe des Jahrhunderts die Ausdrücke Bestsellerhit und Superhit erfand, welche so klangen, als wäre man auf einen alten Autoschlauch getreten, unachtsam, in welchem sich noch Reste von Luft befanden, die aber jetzt unter dem unvermuteten Druck zischend entwichen. Oder pfeifend, dumpf und müde.

Der Herr Direktor Novak nahm diese Worte als Zustimmung auf, und Herr Szabo, ohne weitere Worte zu äußern, schloß sich per Mimik dieser Meinung an.

Das sei ja nun wirklich schön, sagte der, welcher Schwitz hieß und immer die Visitenkarten dabeihatte.

Also dann auf gute Zusammenarbeit, sagte der Herr Direktor Novak, und die anderen Herren in der Runde nickten.

Herr Szabo faßte sich als erster und sagte: Ja, wie wollen wir das nun machen?

Ja, sagte der, welcher Svoboda hieß, wie wir das so gewöhnlich tun, wir machen einen Vertrag, dann buchen wir ein Aufnahmestudio, am besten gleich hier in Budapest, dann wird der Herr Pianist dort das Stück aufnehmen, und wir werden es dann vervielfältigen und pressen und vertreiben.

Und was kommt für den Herrn Pianisten dabei heraus? fragte Herr Szabo.

Das hängt ganz vom Verkauf ab, sagte Herr Direktor Novak. Das ist ja nun mal so: Zunächst ist der Herr Interpret, dabei wies er mit der Hand auf den Herrn Pianisten, auch der Komponist, also der Urheber. Also, da stehen ihm schon zweimal Tantiemen ins Haus.

Die Augen des Herrn Szabo leuchteten bei diesen Worten kaum merklich auf. Herr Szabo, das muß man sagen, fühlte sich berufen und bemüßigt, hier für die Interessen des Herrn Pianisten einzutreten, dem als schöpferischer Mensch die Welt der pekuniären Verbindungen fremd sein mußten. Da er, der Herr Szabo, aber mit der Welt der pekuniären Verbindungen durchaus bekannt, ja vertraut war, hatte er das Gefühl, sich mit seinen im Leben erworbenen Kenntnissen schützend vor den Herrn Pianisten stellen zu müssen mit Front zu den Herren aus Wien von der Lindstroem Schallplattengesellschaft.

Was er denn tat.

Herr Szabo war übrigens blond. Er hatte mäßig Locken, und die Farbe seines Haares konnte sich auch nicht mit jener nassen Blässe eines Germanen-Siegfrieds vergleichen, welche deutsche Menschen als Merkmal einer auserwählten Rasse empfanden.

Der Herr Brigadeführer Wieck hatte dunkle Haare, glatt mit Pomade nach hinten gekämmt, ohne Scheitel. Er hatte ein rundes Gesicht und flinke braune Augen. In seinem Personalbogen beim Hauptamt stand, daß sein rassisches Gesamtbild nordisch sei, und unter Ziffer C des Punktes Vier konnte man lesen, *Einstellung zur nat. soz. Weltanschauung: vollends ausgerichtet.* Wirklich: *nat. soz. vollends ausgerichtet.* Stand da wörtlich.

Der Herr Szabo hatte blonde Haare mit einem Schimmer zwischen rötlich und brünett, grüne Augen und ein eher längliches Gesicht, aber von der SS hätte er nicht als rassisches Gesamtbild die Einordnung nordisch erhalten.

Nicht, daß der Herr Szabo je in seinem Leben so etwas wie ein frommer Jude gewesen war, ein Reform-Jude war er auch nicht. Sein Vater war halt jüdisch gewesen und seine Mutter auch, und so waren er und seine Geschwister halt auch jüdisch, wer denkt schon darüber groß nach. Wenn Herr Szabo chinesische Eltern gehabt hätte oder indische, oder wenn seine Eltern vom nordamerikanischen Stamm der Irokesen gewesen wären, wäre er halt chinesisch gewesen, indisch oder irokesisch.

Er war halt jüdisch.

Nun schön, da gab es zu der Zeit und vorher wohl auch schon, verschiedene Grade der religiösen Zuwendung, da gab es schon ein Angebot, und man konnte sich entscheiden, was man sein wollte. Bei den Christen konnte man sich ja auch entscheiden, ob man katholisch sein wollte oder evangelisch-lutherisch, ein Reform-Christ, ein Baptist, ein Presbyterianer oder Church of England, zu irgend etwas konnte man sich überall entscheiden.

Alles, was Herr Szabo im Leben wollte, war, gute Speisen auf einen angenehm gedeckten Tisch zu bringen, um Menschen glücklich zu machen, ob sie nun nordische Eskimos waren, Bojaren von der Donau oder Neger vom Stamme der Haussas, ihm war es egal, glücklich sollten sie werden und satt bei ihm. Auf angenehmste Art.

So konnte er einfach nicht orthodox sein, denn sonst wäre ständig ein Rebbe in der Küche herumgehüpft und hätte *Wai* geschrien über ein Kotelett mit Paprikasahne, weils von einem Tier stammt, welches man als Orthodoxer nicht mal anschauen durfte.

Das mit den Glaubensrichtungen war ihm, dem Herrn Szabo, nicht angenehm; er war ein Mann der Zunge und der Phantasien vom Herd, es paßte ihm einfach nicht, irgendeine Richtung nur einschlagen zu müssen, welche andere ihm vorgaben aus Gründen, die er nicht einzusehen vermochte. Das war wie mit dem jüdischen Kaufmann, der sich einen Austro-Daimler gekauft hatte, Achtzylinder mit Kompressor, und der ging nun zum Rabbiner und fragte ihn, ob er nicht die Broche sprechen wolle über seinen neuen Austro-Daimler, aber der Rabbiner war ein Orthodoxer, er empörte sich und schimpfte und sagte, es sei eine vollendete Schande im Auge des Gerechten, über ein Automobil sprechen zu sollen eine Broche, den Segensspruch. Er warf den Kaufmann raus.

Also ging er zum nächsten Rabbiner und fragte den, ob er nicht kommen könne, um über den neuen Austro-Daimler, Achtzylinder mit Kompressor, eine Broche zu sprechen. Nun, der Rabbiner sagte, das sei schon ungewöhnlich an sich, also eigentlich sei doch die Broche bestimmt nicht für ein Auto gemeint, aber andererseits gebe es ja nun mal Automobile, und warum solle man nicht eine Broche drüber sprechen, andererseits sei es nun mal ein arg profaner Gegenstand, er müsse erst mal vier Wochen darüber nachdenken.

Also ging der Kaufmann zu einem Rabbiner von einer Reformgemeinde, welcher ihm als liberal empfohlen worden war, und fragte, ob er bittschön sprechen könne eine Broche über seinen neuen Austro-Daimler, Achtzylinder mit Kompressor. Der Rabbi war ganz aufgeregt. Wieviel PS der Wagen habe, wie rasch er beschleunigen könne, wie die Federung sei, was die Spitzengeschwindigkeit sei und wie der Kompressor funktioniere, und was für einen Ton die Maschine habe bei voller Fahrt, und er erhielt Auskunft über jedes technische Detail, und der Kaufmann war sehr beglückt, einen aufgeschlossenen und modernen Rabbi gefunden zu haben, und nach anderthalb Stunden fragte er, ob er nun sprechen wolle eine Broche über den neuen Austro-Daimler. Da sagte der Rabbi: Entschuldigen Sie, was ist eine Broche?

Ihm, dem Herrn Szabo, war jede Richtung zuwider, weil, sich über Richtungen zu streiten, das verursacht nur Magendrücken, und ein bedrückter Magen ist kein genußreicher Esser, und ein bedrückter Magen, infolge von Streitigkeiten über vollends unsichere Richtungen, macht nur griesgrämig – ein Fanatiker kann kein angenehmer Esser sein, nur ein schlechter Gast, einer der Natron genießt, sonst nichts. Der Herr Szabo hätte andererseits auch den programmatischen Satz in den Statuten gewisser Reformvereine abgelehnt, von ihnen werde ein Messias weder erwartet noch gewünscht.

Eine Mahlzeit, welche nur aus extrasaurem Natron bestehe, werde von ihm weder gewünscht und dürfe auch nicht erwartet werden.

Was wäre das für eine Zeremonie: Als Vorspeise ein kleines Häufchen weißes Pulver, statt Suppe vielleicht eine Tablette, als Hauptgericht wieder eine Messerspitze voll Pulver und als Nachspeise eine halbe Tablette? Auf einem weißen Teller? Unästhetisch. Er hätte Apotheker werden müssen, mit einem ausgesprochenen Hang zu Tiegeln und Dosen, er war aber Restaurantbesitzer mit einer verfeinerten kulinarischen Bildung, erworben in Jahrzehnten täglichen Kochens und Essens.

Da wäre ja nun noch etwas, sagte Herr Direktor Novak mit der silbergrauen Weste von der Lindstroem Schallplattengesellschaft, als verantwortlicher Produzent von Musik müsse man an alles denken.

Jetzt, dachte Herr Szabo, kommt er mit den Knochen und den Knorpeln.

So gehört, sagte Herr Direktor Novak, es ja nun einmal zu den Tatsachen, daß der junge Herr Komponist und Pianist zwar ein Stück geschrieben und gespielt habe, das verschiedenen Personen zu Herzen gehe, das sei unabweisbare Tatsache. Von diesem Stück wisse aber noch niemand etwas, der Herr Komponist und Interpret sei jedermann unbekannt, so wie er noch vor drei bis vier Stunden ihm und seinen Herren unbekannt gewesen sei. Für ihn als erfahrenen Unternehmer der Schallplatten-Industrie sei das eine Variante mit einer unendlichen Reihe von Unbekannten, der gegenüber stehe nur das Interesse, welches das Stück in ihnen erweckt habe. Aber würde es diese Erweckung auch bei anderen Personen hervorrufen, wenn sie in ein Schallplattengeschäft träten?

Man kann es ja im Rundfunk senden lassen, sagte Herr Szabo, da hört es gleich jeder, der einen Rundfunkempfänger hat, und kann sich entscheiden, ob er es will oder nicht. Die meisten Leute hören ein Stück im Radio, und dann gefällt es ihnen, und sie gehen in ein Schallplattengeschäft und kaufen sich die Platte, damit sie es daheim auf ihrem Grammophon abspielen können, dann müssen sie nicht Tag und Nacht am Apparat warten, bis es mal wieder gespielt wird. Denn vielleicht sind sie in diesem Augenblick gerade nicht da, weil sie einmal müssen, oder der Briefbote hat an der Tür geläutet und fragt, ob hier der Kisch Istvan wohne, dann müssen sie sagen, nein, ein Kisch wohne hier nicht, aber drei Nagy, der Nagy Zoltan wohne im dritten Stock hier, der Nagy Sandor wohne im Hinterhaus Parterre rechts und der Nagy Pal wohne im zweiten Stock links, der sei zwar vor anderthalb Jahren verstorben, aber die Witwe habe noch immer das Namensschild an der Tür, falls Post für ihn kommen sollte. Dann hört er natürlich nicht, wenn das Stück wieder einmal im Radio aufgeführt wird. Also ist es das beste, er geht gleich ins Schallplattengeschäft und kauft sich das im Radio gehörte Musikstück, damit er unabhängig wird und einen eigenen Willen entwickeln kann über das Anhören des Liedes.

Ja, aber das Stück muß erst einmal im Radio gespielt werden, sagte Herr Direktor Novak. Das ist gar nicht so einfach. Es werden täglich überall in der Welt Stücke auf Schallplatten aufgenommen, Hunderte, jeden Tag, soviel Stunden kann ein Sender gar nicht senden, wie Schallplatten aufgenommen werden.

Geben Sie dem Mann tausend Schilling, dann wird er es spielen, sagte Szabo. Ein bißchen muß man schon hineinstecken in so eine Sache. Der Herr Direktor wird sich ja wohl auch kein Auto kaufen und dann kein Geld fürs Benzin ausgeben wollen. Was nützt ihm das schönste Auto, wenn er kein Benzin kauft, sondern daran sparen will? Er kann sich natürlich auch eine herrliche Kutsche kaufen und sich dann weigern, ein Pferd einzuspannen, weil es Hafer frißt, nur daß Autos natürlich bessere Fortbewegungsmittel sind heutzutage, aber ohne Benzin laufen sie auch nicht. Sagte Herr Szabo.

Tausend Schilling sind viel Geld, sagte Herr Direktor Novak. Und dann kann einem das auch als Bestechung ausgelegt werden.

Ich will Ihnen was sagen, sagte Herr Szabo, als Bestechung wird es einem nur ausgelegt, wenn die Summen zu gering sind. Dann kann sich ein jeder empören, was, ich bin ihm nur hundert Schilling wert? Dann ist er beleidigt und schreit, das sei empörend. Aber wenn man eine geregelte Summe hinlegt, also gleich etwas Ordentliches drangibt, dann fühlt sich jeder geehrt und sieht eine Bestätigung seines Lebenswertes und fühlt sich verpflichtet, sich für so ein schönes Stück Geld erkenntlich zu zeigen. Dann spielt er das Stück und macht auch noch einen Diener und sagt, wenn ich wieder mal etwas für Sie tun kann, schauen Sie ruhig herein, und grüßen Sie bitte auch Ihre liebreizende Frau Gemahlin, sie wird wirklich jedes Jahr jünger. Also, wenn man Sie so beide über den Ring bummeln sieht, dann denkt ein jeder, was für ein glückliches Paar, daß es so etwas in unserer Zeit noch gibt. Aber wenn Sie ihm hundert Schilling geben, wird er empört *Bestechung* rufen und die Gendarmen. Man muß da ein feines Gefühl haben.

Na, sagte Herr Direktor Novak, Sie scheinen da wirklich ein feines Gefühl zu haben.

Das ist eine Sache der Lebenserfahrung, sagte Herr Szabo. Schauen Sie, in jede Speise gehört etwas Salz und etwas Gewürz auch, aber es muß im angemessenen Verhältnis stehen; wenn es zuwenig ist, dann schmeckt man nichts, und wenn es zuviel ist, dann wird es einfach ungenießbar, es legt sich lähmend auf die Geschmacksnerven, es tötet die Empfindsamkeit, und die ganze schöne Speise war umsonst; man schmeckt kein Huhn mehr, keine Ente, keinen Hasen, keine Gans und das Halpaprikás kapros savanyúkáposztával schmeckt wie ein Kopfschmerzmittel mit feingeschnittener Einlegesohle...

Entschuldigen Sie herzlich, sagte der Herr, welcher Schwitz genannt wurde, aber was ist das für ein Gericht mit dem Namen, den Sie so fließend ausgesprochen haben?

Es war dem Herrn Szabo unangenehm, in einem so bedeutenden Gedanken unterbrochen zu werden, andererseits fand er, daß man jemandem, der die Hilfe der Aufklärung verlangte, die hinausgeschriene Hilfeleistung nicht verwehren könnte. Ihm kam das vor, als würde man an der Duna entlanglaufen, hörte Hilfeschreie aus den graugrünen Gewässern, welche dem Lied nach blau sein sollten, hielte inne in seinem Lauf, beugte sich über die gußeisernen Gitterstäbe, spähte ins Halbdunkel hinab und sagte zu dem quirlenden Irgendwas, nicht wissend, ob es nun die Schwelle zum Leben oder zum Tod hin durchblubbern sollte: Bitte entschuldigen Sie, ich muß zum Friseur, weil wir heute Operettenkarten haben, und zwar für die Königliche. Wenn ich mich jetzt nicht beeile, wird meine Frau mit mir schimpfen, weil, sie hat die Karten nur durch sehr gute Beziehungen erhalten und teuer waren sie auch, da muß man pünktlich sein, denn vor Beginn des ersten Aktes schließen sie die Türen und machen sie auch bis zum zweiten Akt nicht auf. Da steht man dann auf den weinroten Teppichen in den Gängen und schaut sich den vergoldeten Stuck an, und die Frau beschimpft einen ohne Unterbrechung. Also, ich bitte Sie schon sehr herzlich, zu verstehen, daß ich in Eile bin, und kann Ihnen auch gar nicht zu Hilfe kommen, vielleicht versuchen Sie Ihr Glück beim nächsten Passanten, bittschön entschuldigen Sie vielmals, einen guten Abend auch.

Also sagte Herr Szabo, das sei ein Fischpaprikasch vom

Hecht, etwa ein Kilo in Scheiben geschnitten und entgrätet und dann mit Paprika bestreut, daß es gut einzieht, dann gibt man ein Pfund Sauerkraut in einen Topf und läßt es langsam köcheln, dann nimmt man feingeschnittene Zwiebeln und dünstet sie in Fett und bestreut sie mit Paprikasch, dann gibt man nach einer Stunde die Zwiebeln ins Sauerkraut und rührt um, dann gibt man die Scheiben Hecht hinein und läßt alles gut dünsten. Man serviert es mit saurer Sahne und Dill, schauens, das ist Halpaprikás kapros savanyúkáposztával. Ich denke, ich hole jetzt noch eine Flasche Champagner, wenn die Herren mich entschuldigen wollen.

Aber gerne, danke herzlichst, sagte Herr Direktor Novak, ein angenehmer Abend.

Der Herr Brigadeführer Wieck verlangte natürlich niemals Halpaprikás kapros savanyúkáposztával, immer nur dieses Rollfleisch, das Herr Szabo aber nicht für die Krönung der von ihm betreuten Töpfe und Pfannen in seinem Restaurant des XIV. Bezirks hielt, eher für einen Patzer, also im Durchschnitt etwas am unteren Rand des kulinarischen Genusses; es müssen auf einer Speisekarte auch Gerichte stehen, welche nicht an die feineren Zungen appellieren, sondern an die gröberen, diejenigen, welche noch vervollkommnet werden müssen, man sollte vorsichtigerweise sagen: könnten. Möglich wäre es, aber eine Garantie gibt es da nicht. Man fängt klein an und erweitert dann seine Genußfähigkeiten von einer solchen Roulade, wie der Herr Brigadeführer Wieck sie bevorzugte, wann immer er sich bei Herrn Szabo niederließ und abträglich gemeinte Bemerkungen über etwas an Herrn Szabo machte, was Herrn Szabo nun wirklich nicht interessierte, denn auf seltsame Weise war Herrn Szabo jener Reformrabbiner nahe, der zwar wußte, was ein Austro-Daimler mit Kompressor ist, nicht aber ein Segensspruch, besagte Broche.

Sie wußten voneinander noch gar nichts, der Herr Szabo, der gerade im Keller Champagner suchte, und der Herr spätere Brigadeführer Wieck, der an diesem Tage, als der Herr Szabo die Herren aus Wien zu Besuch hatte und ahnte, daß sich hier eine größere Stunde anbahnte – also wer weiß denn nun schon wirklich, wann eine größere Stunde tatsächlich auch eine solche ist? Aber ahnen kann man es.

An diesem Tag im fernen Berlin trat der junge Prokurist einer Import-Exportfirma namens Wieck, und jungverheiratet mit einer namens Elfriede, Anna, Louise, ohne jeglichen Zwang, aus sportlichem, aber hauptsächlich aus geschäftlichem Interesse, in den 1. SS-Reitersturm der 4. Reiterstandarte feierlich ein und erhielt die Stamm-Nummer 478234. Weil, er hatte nämlich ein Pferd. Das teure Sattelzeug dazu hatte er auch bereits, das hatte seine liebe Frau in die Ehe eingebracht, denn ohne ein Pferdebesitzer mit Sattelzeug zu sein, konnte man nicht so einfach in einen SS-Reitersturm eintreten, das war eine Elite-Einheit, die hockten oben auf den Gäulen und sahen auf die Herren, welche zu Fuß bei der SS laufen mußten, herab. So ein Pferd verändert die Perspektiven ganz gewaltig und die Aussichten auch.

Er bezahlte drei Mark Eintrittsgebühr und hielt das für eine sichere Investition, denn wenn man irgendwo hineintreten konnte nur, wenn man ein eigenes Pferd und Sattelzeug besaß, dann konnte das keine proletische Freizeitvereinigung sein, sondern wäre wohl eher ein Betätigungszirkel, in welchem man Gleich-Ambitionierte vermuten durfte. Wer, wenn er keine Ambitionen hat, hält sich schon ein Reitpferd, auf dem Balkon etwa oder im Schrebergarten? Da muß man schon ausreichend über Grundstücke und finanzielle Mittel verfügen, wer das hatte, mußte auch über einen erweiterten Bildungshorizont verfügen. Wieck hatte die Städtische Höhere Handelsschule absolviert.

Später, nachdem er einen Offiziersanwärterlehrgang – also Worte haben die Leute – absolviert hatte, stand in seiner Stammakte: Schlanke, soldatische Erscheinung, zeigt Frische und Lebhaftigkeit, vereint mit ernster Lebens- und Pflichtauffassung. Führerpersönlichkeit. Sehr gut erzogen. Gewandte Umgangsformen. Beliebter Kamerad.

Dabei hatte Herr Szabo noch Glück, daß er den Herrn Brigadeführer Wieck nicht früher getroffen hatte, das verlängerte das Leben des Herrn Szabo um einige Jahre und bereitete vielen Gästen im Restaurant des XIV. Bezirks von Budapest manch frohen und gesättigten Abend.

In der Zeit wurde der SS-Kavallerie-Offizier Wieck als still und bescheiden gelobt, weil er vorbildlich tapfer, unter rücksichtslosem Einsatz des Lebens jede ihm gestellte Aufgabe meisterte.

Das mit dem rücksichtslosen Einsatz des Lebens, das betraf nicht das Leben des Herrn Kavalleristen Wieck, das betraf die Leben von ein paar hundert Frauen, Kindern, Greisen und jüngeren Männern in einer Reihe von Ortschaften da hinten irgendwo in Rußland. Da waren, um ein Beispiel zu nennen, eintausendachtzehn Personen dieser jüdischen Art gefangengenommen worden, als sie friedlich und verängstigt in ihren Häusern und Hütten saßen. Aber dann unternahmen 440 von ihnen, seltsamerweise nur die Kinder, die alten Weiber und die ganz alten Männer den Versuch einer Massenflucht, während die jüngeren und noch arbeitsfähigen Gefangenen einfach da blieben, wo sie waren, ausgesondert an einem anderen Ort. Nur die Fußkranken, Gebrechlichen, Kleinkinder und alten Weiber versuchten eine Massenflucht. Nun wurden sie unter rücksichtslosem Einsatz des Lebens niedergemacht. Alle.

Man hätte sie auch wegen Seuchengefahr erschießen können, vorsorglich zur Verhinderung einer Seuche, denn Seuchen sind ja außerordentlich gefährliche Massenerkrankungen, das weiß ein jeder, und dagegen hilft nur Hygiene, also Sauberkeit und Prophylaxe. Seuchenbedrohte Personen müßten sich siebenmal täglich waschen, aber wenn die Seife knapp ist und man auch nicht weiß, wo man das viele Wasser herbekommen soll, dann kann man sie auch siebenmal täglich erschießen, das mindert die Gefahr einer Seuche. Nur rascher und gründlicher.

Außerdem gab es da noch die Statistik.

Allgemein wird die Bedeutung der Statistik übersehen, obwohl man weiß, daß es die Lüge gibt, die gemeine Lüge und dann, wie gesagt, die Statistik. Eine Lüge ist an sich verwerflich, eine gemeine Lüge ist unter Umständen auch noch verwerflich, aber eine Statistik ist die reinste Wahrheit, demoskopisch ermittelt, nach wissenschaftlichen Grundsätzen aufgestellt von einem Amt, in welchem viele verdiente Personen mit Pensionsberechtigung tätig sind.

Selbst die harmlosesten Staaten müssen eines Tages alle ihre

Bürger zählen und nachsehen, was da jeder auf Eid verdient, und hat er auch nichts Anzugebendes unterschlagen? Wie viele Schlafzimmer hat er, Fahrräder, geschiedene Frauen, Kochtöpfe (Pfannen sind separat aufzunehmen), Kühlschränke, Nähmaschinen, und welcher Nachweis ordentlich abgeführter Religionssteuern kann vorgelegt werden. Das braucht man für die Statistik, für sonst nichts, denn schließlich kommt es darauf an, ob man mehr Kühlschränke planen soll, längere Fahrradwege, ob man die Scheidungsgesetze ändern soll, Schulen bauen muß oder lieber Autobahnen, ob infolge mangelnder Schulbildung auch ausreichend Hilfsarbeiter für die Industrie heranreifen.

So ergab der Zwang zu Statistik, daß Personen nach ihrer Schutzinhaftierung entweder wegen Massenflucht erschossen werden durften oder aber wegen Seuchengefahr. Eine Einheit, die ihre Gefangenen immer nur wegen Massenflucht erschoß, hätte sich eines Tages amtlich fragen lassen müssen, was die Vorgesetzten gegen die Gefahr einer Seuchenerkrankung täten, ob hygienische Gesichtspunkte keiner Überlegung mehr wert seien, wo es doch um die Volksgesundheit gehe?

Anders: Waren die Leute, welche nicht massengeflohen oder in Seuchenverdacht geraten waren, jetzt in Lagern konzentriert, dann durften sie laut Vorschrift nur noch an Herzinsuffizienz sterben, Kreislaufversagen oder allgemeiner Altersschwäche.

An sich waren die Regeln der Statistik ganz einfach und simpel zu handhaben, und sie wurden auch schlicht gehalten, damit schlichte Leute sie ganz einfach handhaben konnten. Man darf in den Anweisungen solche Regeln nicht komplizieren, sondern muß die Verordnungen schlicht und verständlich herausgeben. Denn wenn jeder sich erst umständlich fragen muß, wenn ihm etwas empfohlen wird, ob das nun rechtmäßig sei und ob es nicht eine Verordnung gebe, die der soeben erhaltenen Verordnung entgegenstehe, dann kann kein geordneter Staat zustande kommen.

Der Herr Szabo, der jetzt im Keller seines Restaurants eine Flasche Champagner 1928 gefunden hatte, hatte nicht die geringste Ahnung, versteht sich, daß weit weg in Berlin zu dieser Stunde ein junger, emporstrebender Syndikus, weil er ein Pferd hatte mit Sattelzeug, in den 1. SS-Reitersturm der 4. Reiterstandarte eingetreten war und die Stamm-Nummer 478 234 erhalten hatte.

Wäre irgend jemand zu ihm gekommen, als er die Treppen nach oben ging, die Flasche sorgsam tragend – man sollte solche Flaschen recht vorsichtig zu Tisch tragen und nicht etwa wie sportliche Keulen schwingen, vorsichtig muß man sie schon tragen –, hätte in diesem Augenblick irgendjemand zu ihm gesagt, Herr Szabo, entschuldigen Sie, wenn ich Sie unterbreche, aber gerade tritt in Berlin ein Syndikus Wieck mit Pferd in den Reitersturm ein – Herr Szabo wäre wohl höflich nickend an ihm vorübergegangen und hätte sich im nachhinein gedacht, es gebe schon arges Unglück in der Welt, wenn Leute solche Einfälle haben müßten, nur um eine Konversation zu beginnen.

In diesem Augenblick fiel Herrn Szabo auf, daß der Herr Pianist bisher fast nichts gesagt und noch weniger von dem guten Champagner getrunken hatte. So beschloß er, den Pianisten, um den es ja ging, zu einem Glas mit vollen Zügen zu ermutigen.

Er öffnete am Tisch die Flasche, goß ein und sagte: Auf den Herrn Pianisten!, so daß dieser gezwungen war, sein Glas zu erheben, wie das auch die Herren aus Wien taten, sie lächelten ihn dabei an, erwartungsvoll erfreut, auf das Wohl des Herrn Pianisten, sagten sie. Das waren nun fünf gegen einen, und darum trank der Pianist sein Glas leer, wie erregend das prickelte.

Es sei ja wohl so, sagte Herr Szabo, daß man die wohllöblichen Absichten der Herren aus dem charmanten Wien kenne, und niemand verstünde besser als er, der Herr Szabo, was die Herren bewegt habe, denn auch ihm sei dieses entzückende Stück des Herrn Pianisten gleich ins Gefühl gegangen, und zwar aufs angenehmste. Er dürfe wohl sagen, daß er, der Herr Szabo, dieses Stück zum allerersten mal gehört habe, und zwar im gleichen Augenblick wie auch der Herr Komponist, obwohl der Herr Komponist das möglicherweise bereits mit seinem inneren Ohr vernommen habe, bevor er seine begnadeten Finger spielerisch über die elfenbeinenen Tasten gleiten ließ und diese Melodienfolge zum allerersten mal öffentlich der Welt zum Geschenk machte.

Bravo, sagte da Herr Schwitz sehr laut, er war sehr heiter, und der Herr Svoboda sagte: Sehr zum Wohle.

Ja, kommen wir doch zur Sache, sagte Herr Direktor Novak. Natürlich könne man einem Herrn Redakteur der Rundfunkgesellschaft etwas zustecken, dieser Betrag müsse dann aber leider von den Tantiemen des Komponisten und des Vortragenden abgezogen werden.

Halb, sagte Herr Szabo.

Sie meinen? fragte Herr Direktor Novak.

Halb abgezogen, sagte Herr Szabo. Die andere Hälfte trägt die Firma, weil sie ja am Verkauf des Produktes so interessiert sei, wie der Herr Komponist und der Herr vortragende Künstler auch, also sei die Investition zu teilen, nicht brüderlich, sondern ehrlich, fifty-fifty.

Herr Szabo war fest entschlossen, für den Pianisten zu kämpfen, der stets so bescheiden und musisch herumsaß und dem es an Ellenbogenkraft mangelte, wofür er aber zauberhafte Melodien ersinnen konnte. Jeder hat irgendwo Stärken und Schwächen, die Pflicht der Menschen guten Willens muß es sein, wußte Herr Szabo, anderer Menschen Schwächen auszugleichen.

Nun, sagte Herr Direktor Novak, das läßt sich regeln, kein Zweifel. Alles läßt sich regeln bei gutem Willen, man muß nur guten Willen haben.

Prost, sagte da der Herr Pianist und hob sein erneut gefülltes Glas. Prost, sagte er.

Prost, sagten alle und waren sehr erstaunt, denn mit solchen Äußerungen des Herrn Pianisten hatte niemand gerechnet, bislang hatte er still dabeigesessen und immerzu auf die weiße Tischdecke geschaut. Aber infolge des Champagners und der kämpferischen Worte des Herrn Szabo schien er jetzt ein Faktor in den Gesprächen zu werden, so empfand es Herr Direktor Novak, der schon viele Verkaufsgespräche in seinem Leben geführt hatte, man konnte sie gar nicht alle zählen.

Also: Wir verpflichten uns, von dem Stück eine Schallplattenaufnahme in einem anzumietenden Studio in Budapest zu machen, wobei der Herr Pianist für die Rückseite vermutlich auch etwas beitragen kann, und verpflichten uns, das Musikstück auf Schallplatte zu vertreiben, wobei es bei uns üblich ist, daß wir auch die Noten zu dem Stück vertreiben und daran das Worldcopyright erwerben.

Das was? fragte der Pianist etwas zu laut und fast lustig schon.

Das Worldcopyright, sagte der Svoboda, das heißt, wir verkaufen das Stück weltweit in Ihrem Namen und rechnen einmal im Jahr die Tantiemen ab.

Zweimal im Jahr, sagte Herr Szabo.

Also gut, zweimal im Jahr, sagte Herr Direktor Novak, das ist für uns zwar ein größerer Arbeitsaufwand, aber warum sollen wir es in wenigen Ausnahmefällen nicht auch zweimal im Jahr tun? Warum nicht? Vier Prozent.

Bittschön, sagte Herr Szabo, im Augenblick habe ich eine sehr schlechte Akustik gehabt. Ich habe nur gehört, daß Sie was mit Prozenten gesagt haben, und wenn ich es recht verstanden habe, sagten Sie etwas von zwölf?

Nun, zwölf sind wohl arg übertrieben, sagte Herr Direktor Novak, das bekommt ja ein berühmter Operettenkomponist für Schallplatten, welche seine Frau, die berühmte Soubrette singt...

...aber da sind ja dann noch das gesamte Orchester, und der Chor muß ja auch noch bezahlt werden, sagte Herr Szabo. Aber hier haben wir es nur mit einem Herrn Musiker zu tun, der auch noch der Komponist ist, da sind nicht gleich siebzig Personen zusammenzuholen für die eine Aufnahme, die müssen auch noch einstudiert werden, und wenn drei Zahnschmerzen haben, muß überhaupt die gesamte Aufnahme verschoben werden, und alles fängt von vorne wieder an, Studio mieten, Mikrofone einstellen, Techniker bestellen und so weiter. Hier handelt es sich um einen einzigen Komponisten mit einem einzigen Stück, und wenn wir die Rückseite in Betracht ziehen, sind es zwei, sagte Herr Szabo. Da erschienen ihm zwölf Prozent durchaus angemessen. Also zwölf Prozent, auch wenn man in Erwägung ziehe, daß es sich um ein noch unbekanntes Stück handele. Aber die Herren müßten ja wohl arge Anfänger sein, was sie ja nun gewiß nicht seien, wenn sie nicht sofort ahnten und spürten, ach was, wüßten, daß es sich hier um eine Rarität sondergleichen handele, und die letzte Bedingung sei nur, daß auf dem Etikett stehen müsse, das Lied vom Traurigen Sonntag sei entstanden im Restaurant des Szabo in Budapest im XIV. Bezirk.

Das läßt sich machen, sagte der Herr Svoboda.

Ja, meinen Sie? fragte Herr Direktor Novak.

Ohne Zweifel, das läßt sich machen, wiederholte Herr Svoboda, ich lasse das daheim gleich von der graphischen Abteilung entwerfen, das scheint mir kein Problem zu sein.

Und juristisch gibt es auch keine Probleme, lieber Schmiehl? fragte Direktor Novak den vierten der Herren, der meist geschwiegen hatte.

Juristisch sehe ich gar keine Probleme, sagte Herr Schmiehl. Wissen Sie, Herr Direktor Novak, sagte Herr Schmiehl, wir lassen den Herren einen Vertragsentwurf zukommen, dann haben sie Zeit, alles recht zu bedenken, die Herren stehen unter keinerlei Zeitdruck, so kommen wir wohl zu einem guten Abschluß.

Also zwölf Prozent für die Platte, für die Noten und für Lizenzvergaben, für andere Arrangements zehn Prozent, sagte Herr Szabo.

Acht, sagte da eiskalt der Herr Direktor Novak und war entschlossen, notfalls die zwei Flaschen Champagner des Jahrgangs 1928 zu zahlen, seinen Borsalino zu nehmen und zu sagen, habe die Ehre, es hat nicht sollen sein.

Also gut, acht, lenkte Herr Szabo ein. Acht für alles ist doppelt soviel wie vier. Warum nicht? Und auf der Schallplatte steht, daß das Lied vom Komponisten des Restaurants Szabo im XIV. Bezirk von Budapest stammt, wo es ersonnen worden ist und allabendlich gespielt wird.

Ja, das formulieren wir schon, sagte der Herr Schmiehl, das muß alles in juristische Formeln gegossen werden, das machen wir schon.

Der Titel lautet: Das Lied vom Traurigen Sonntag, sagte Herr Szabo.

So soll der Titel sein, sagte Herr Direktor Novak, wir haben schon so viel von der schönen blauen Donau und den zwitschernden Vöglein auf der Weide, da tut ein trauriger Sonntag mal recht gut als Titel.

Also, dann sind wir uns ja einig geworden, sagte Herr Szabo. Nun gestatten Sie mir aber, daß ich jetzt noch einen Champagner der ganz besonderen Art auffahre, nämlich Jahrgang 1912, wenn Sie gestatten.

Aber Szabochen, du bist ja ganz prächtig, sagte der Pianist mit schwerer Zunge, also ganz schwer war sie noch nicht, aber man konnte doch bemerken, daß sie schwerer war als gewöhnlich. Und Szabochen hatte er sich auch noch nie gewagt zu sagen. Es war erstaunlich.

Herr Szabo beeilte sich, den Champagner des Jahrgangs 1912 zu holen, die Flasche war bereits arg verstaubt, aber der Korken war in hervorragendem Zustand.

Er öffnete die Flasche mit nicht geringerer, aber auch nicht mit gesteigerter Aufmerksamkeit, weil dem Kenner alle Flaschen gleich wert sind.

Das perlte nun wie andere Champagner, aber der Duft, der den Kelchen entstieg, wenn man sie dem Mund zuführte, mithin in die Nähe der Nase, der war von einer Art, daß Herr Schwitz seufzte: Paradiesisch, der Herr Schmiehl sagte: Wohl wahr, der Herr Svoboda, auf bescheidene und kaum wahrnehmbare Art, keuchte wie ein gut ausgerittenes Pferd, und der Herr Direktor Novak sagte: Also davon kann man ja nur träumen.

Szabochen, kreischte der Pianist ganz unangemessen, du bist ein Maikäferchen; in der ungarischen Sprache ist das ein Synonym für Liebling, also ein ganz herziger Mensch.

Das war ein rundherum gelungener Abend, und sehr erfolgreich war er auch, sagte Herr Direktor Novak, nachdem er das Glas mit dem 1912er abgesetzt und geseufzt hatte. Ein rundum erfolgreicher und bedeutsamer Abend.

An diesen Abend, kicherte der Pianist, jetzt kicherte er wahrhaftig, werden noch viele, viele Menschen denken. Es wird ihnen nicht alle Stunden des Lebens versüßen, aber eine Stunde ganz bestimmt. Aber auf diese eine Stunde kommt es an, sagte er.

Das wäre wirklich wunderbar, sagte der Herr Direktor Novak.

Weil, beeilte sich Herr Szabo hinzuzufügen, es kommt ja nun nicht auf jede Stunde des Lebens und des Tages an, aber auf manche ganz bestimmte Stunde, wann immer die ist. Ein Lied, welches einem eine ganz bestimmte, bedeutsame Stunde des Lebens versüßt, daß man auf ihr hinübergleiten kann in eine andere Stunde, wie auf einer sanften Woge des Glücks und nicht, als würde man von einem blöden und besoffenen Kutscher über Kopfsteinpflaster in einer schlecht gefederten Kutsche gepeitscht werden – ein solches Lied ist eine wahre Wohltat, und ein jeder wird es erkennen, entstanden ist dieses Lied hier im Restaurant, dessen Besitzer sein Glas erhebt und vor Ihnen steht oder umgekehrt, vor Ihnen steht und sein Glas erhebt. Es möge nützen.

Es möge nützen, riefen alle Herren aus Wien, welche sich ebenfalls erhoben hatten, sehr selig waren sie und voller Heiterkeit.

Der Herr Pianist erhob sich, er wurde größer und größer, als er je war, denn er war auf einen Stuhl gestiegen, was die Herren in ihrer Seligkeit aber nicht bemerkten, nur Herr Szabo, aber der sagte nichts. Sie wußten nur, daß sie plötzlich zu dem Herrn Komponisten aufsehen mußten, sie taten das gerne mit den perlenden Gläsern in ihren Händen, und der Herr Pianist, der stille Mensch, geriet in eine Verzückung, die man nicht von ihm erwartet hätte, niemand, er selbst vermutlich auch nicht, und er sprach mit einer rhythmischen Zunge, welche nicht seine eigene zu sein schien, sondern eine fremde:

Gondüzö borocska mellett
Vigan illan életem:
Gondüzö borocska mellett
Sors, hatalmad nevetem.

Was sagt er, was sagt er, rief der Schwitz dem Herrn Szabo zu, der mit verklärten Augen, Seele im Herzen, aufschaute zum Herrn Pianisten auf dem Restaurantstuhl, aber immer noch höflich genug war, die Frage des Herrn aus Wien zu hören und auch zu beantworten.

Ist das wieder so ein interessantes Rezept für ein Gericht? Sprechen Sie doch, bitte, sprechen Sie doch.

Das ist Petöfi Sándor, unser Dichter, flüsterte Herr Szabo heiser vor Ergriffenheit. Es geht um Wein.

Aah, um Wein, sagte der Herr Schwitz.

Und der Herr Pianist fuhr fort:

És mit ámultok? ha mondom,
Hogy csak a bor istene,
Akit én imádok, aki
E kebelnek mindene.

Da sank Herr Szabo auf seinem Stuhl zusammen, und es kamen ihm die Tränen.

Die Kameras und Scheinwerfer aller Fernsehgesellschaften waren aufgestellt und eingerichtet. Jeder TV-Kanal hatte an den verschiedensten, als besonders übersichtlich erachteten Punkten der Carl-August-Schnefke-Halle Technik installiert, und zwar die beste. Gewaltige Ströme von festen Kabeln ergossen sich aus der Halle zu den ringsum parkenden Übertragungswagen, mobile Studios mit Parabolantennen auf den Dächern, damit die Feierstunde via Satellit direkt und live in die guten Stuben des Vaterlandes übertragen werden konnte, in ausgezeichneter Qualität. Gestochen scharf und Dreikanalton.

Die Festansprache anläßlich der Verleihung hielt der Föderalpräsident persönlich, er hatte ein edles Gesicht, sehr telegen, das lobten alle Kameramänner, nie hätten sie sein Gesicht in der abträglichen Perspektive, von unten her in die Nasenlöcher, gezeigt.

Auf diese Art, das wußten die Männer, kam das elegant silbergraue Haar des Präsidenten besonders zur Geltung, welches er sich von seinem Friseur aus einer der südlich gelegenen Landesmetropole viermal in der Woche stylen ließ. Der wurde viermal wöchentlich mit einem Hubschrauber der Streitkräfte in die Hauptstadt geflogen und zurück natürlich auch. Ohne den fliegenden Figaro wäre das wunderbar gestylte Haar des Herrn Präsidenten gewiß nicht zu voller Wirkung in der Öffentlichkeit gelangt.

Die Bühne war mit einer Marmorauflage dekoriert worden, es waren üppige exotische Blumenarrangements aus Honduras eingeflogen worden. Dazu Büsche mit Rosen aus der Gegend von Nizza.

Links und rechts vom Rednerpult, das von hinten betrachtet aussah wie die Kanzel eines Raumschiffs, aber von vorne sah es solide aus und äußerst schlicht, einfaches deutsches Eichenholz, das sollte ein Gewimmel von Mikrofonen verbergen, glimmende Lichtpunkte, Schalter und Hinweistafeln, denn das Gesicht des Herrn Föderalpräsidenten durfte, das war eine strikte Anweisung aus dem Föderalamt für das Meinungswesen, durch keinerlei Technik optisch behindert werden.

Links und rechts vom Rednerpult standen Offiziere des hauptstädtischen Wachregiments, zwei Oberste in Elite-Gala-Uniform. Sie standen wie Statuen und hatten das auch lange üben müssen, sie durften sich stundenlang nicht rühren oder gar mit den Augen blinken. In ihren Fäusten hielten sie genau abgewinkelt nach rechts und genau abgewinkelt nach links Föderalfahnen, und zwar so, wie es auf den Millimeter exakt von der Protokollabteilung des Föderalministeriums für Wehrhaftigkeit entworfen worden war, denn aus der obersten Leitstelle für das gesamte föderale Heer kamen die Befehle und von sonst nirgendwoher.

Diese Halle war einst zu höchsten repräsentativen Zwecken errichtet worden, man hatte an nichts gespart, nicht an Marmor und edler Kunst, man hatte sich zur kühnsten Architektur entschlossen, also einer konservativen, man hatte vor allem ein sorgsam erdachtes und erprobtes elektronisches Überwachungssystem zur Verhinderung unliebsamer Störfälle durch irgendwelche mißgünstig gesonnenen Personen installiert, das Beste vom Besten der elektronischen Überwachungsindustrie, und zwar so, daß es niemandem auffallen konnte.

Das gesamte sicherheitsüberprüfte Personal der Carl-August-Schnefke-Halle war in hellblauen Samt gekleidet mit silbernen Litzen, schwarzen Samthosen und weißen Handschuhen aus Glacé, die Schuhe waren aus Lack und hatten silberne Schnallen der altmodischen Art, welche aus England importiert worden waren, weil dort der vorzüglichste Silbergehalts-Standard herrscht, garantiert und seit mehr als 350 Jahren strikt überwacht, ohne Ansehen der Verarbeiter.

Die Sitze der Halle waren mit weinrotem Samt bespannt, sie waren aus elfenbeinernem Schleiflack, denn in dieser Carl-August-Schnefke-Halle ließ der Staat nur Feierlichkeiten stattfinden, welche zu den vornehmsten der Gesellschaft gehörten, also ein Rockkonzert hätte hier niemals stattfinden dürfen, höchstens Heldengedenktag, Tag der Föderalen Einheit, Totensonntag, Staatsbegräbnisfeiern oder die Verleihung von ganz seltenen und ausgezeichneten Würden, wie das heute der Fall war.

Es spielte das Staatliche Sinfonieorchester unter dem Edlen Freiherren von Karaben-Nemcy. Er duldete mit seinem Taktstöckchen keinen Unsinn, auch nicht an der Scala, oder der Met oder dem Opernhaus von Sydney, weil die Banausen da unten besonders hohe Gagen für etwas zahlten, was sie für Kultur halten wollten.

Vor dem Eingang, gleich hinter den Säulen aus türkischem Marmor, denn auch die griechischen Statuen und Tempel waren einst aus türkischem Marmor gehauen worden, hatte der vitalste Künstler des Landes, der nie Figuren unter vier Meter fünfzig erstellte, die Statue seines Freundes und Mäzens Carl-August-Schnefke plazieren lassen.

Es erwies sich als gut, daß der Herr Szabo aus jenem Restaurant im XIV. Bezirk von Budapest bereits seit vierzig Jahren zu Asche verbrannt war und auf einen Weg gekippt, im tiefen Winter, in jenem ehemaligen Fürstentum Galiziens, damit deutsche Landser in diesem strengen Winter nicht mit ihren genagelten Stiefeln ausrutschten, sondern festen Halt auf dem Eis fanden, denn nichts ist der Würde eines deutschen Soldaten abträglicher, als auszurutschen und auf den Arsch zu fallen.

Wenn der Herr Szabo aus jenem Restaurant im XIV. Bezirk von Budapest nicht bereits fast vierzig Jahre tot gewesen wäre und seine Asche nützlichen arischen Zwecken zugeführt, wenn er hiergewesen wäre und hätte einen Blick in die Vorhalle werfen dürfen auf die Statue des größten Plastikers des Landes, er hätte es sehr schwer gehabt, nicht laut und erschrocken auszurufen: Jessas, der Herr Brigadeführer Schnefke!

Nun sorgt ein grundgütiger Gott seit jeher dafür, daß Menschen rechtzeitig sterben; zwar weiß man nie, ob es der richtige Zeitpunkt war und ob ein derart betroffener Mensch nicht eigentlich noch hätte ein paar Jahre länger auf Erden wirken und Gerichte erfinden und servieren können – aber man soll Gott nicht hinterfragen, ihm mit bohrenden Fragen nachstellen und seine Güte und Weisheit anzweifeln, wie das manchmal Leute in

Todesanzeigen tun, wenn sie in gotteslästerlicher Form mitteilen, der Teure sei leider viel zu früh verblichen.

Wenn Herr Szabo noch gelebt und sein lästerliches *Brigadeführer Schnefke* ausgestoßen hätte, weil, er kannte ihn ja von dem Besuch im Restaurant mit dem Brigadeführer Wieck, den mit der ewigen Roulade, dann wären sofort aus allen Ecken Herren im Cut an ihn herangetreten, denn für den Föderalen Abschirmdienst bestand bei solchen Gelegenheiten auch Zwang zu Abendgarderobe, sie wären an Herrn Szabo herangetreten, sie hätten ihn mit allem Nachdruck, aber äußerst unauffällig entfernt und strengen Verhören unterzogen: Woher wissen Sie, daß es sich um den Brigadeführer Schnefke handelt? Welcher Vereinigung gehören Sie an? Woher beziehen Sie Ihre Befehle? Ist Ihnen nicht bekannt, daß der Herr Industriepräsident Schnefke seit seiner schmählichen und heimtückischen Ermordung nicht mehr öffentlich mit seinem SS-Generalsrang angeredet werden darf? Ist Ihnen nicht die Anordnung der Föderalkanzlei bekannt, wonach es als Beleidigung gilt, Personen noch mit ihrem ehemaligen Rang in der Waffen-SS öffentlich zu nennen? Ah, schau an, Sie sind aus Budapest? Sie kennen den Herrn Brigadeführer Schnefke aus Budapest? Aha, geben Sie also zu, ein bezahlter Agent des Internationalen Bolschewismus zu sein! Also geben Sie es schon zu! Was? Er war bei Ihnen im Restaurant mit dem Herrn Brigadeführer Wieck? Und Herr Brigadeführer Wieck hat bei Ihnen immer dieses Rollfleisch gegessen? – Wir überweisen den Mann mal zu einem psychiatrischen Gutachter. Das ist ja ein gravierender Fall. Anweisung, daß das nicht in die Presse kommt. Ausweispapiere beschlagnahmen. Er kommt in den Isolationssektor. Bitte, unterschreiben Sie hier die Quittung für die abgenommenen Wertsachen.

Der Tod schafft schon mancherlei Erleichterung, das muß man anerkennen. Und mit Gott über den Termin zu hadern ist piefig.

Weil, Er weiß das besser, Er ist schließlich immer auf der Seite der Mächtigen, der Machthabenden, weil Er selber ein Mächtiger und Machthabender ist, wer wird schon unter seinen Rang gehen? Das kann man von niemandem verlangen, nein, das kann man nicht.

Nun, die Herren von der Lindstroem Schallplattengesellschaft ließen dem Herrn Szabo im Namen des Herrn Pianisten eines Tages einen Vertragsentwurf zukommen, und der Herr Direktor Novak hatte dem ein Handgeschriebenes beigefügt, er bedanke sich noch einmal, auch im Namen seiner Herren, für den denkwürdigen und unvergeßlichen Abend, das von einem glücklichen Zufall gefügte Treffen. Anbei, wie besprochen, der Vertragsentwurf zwischen der Lindstroem Schallplatten-Gesellschaft, fortan Veranstalter genannt, und dem Herrn Pianisten, dessen Name bitte ordentlich einzufügen sei, weil man merkwürdigerweise, es sei schier nicht zu fassen, vergessen habe, ihn zu notieren. Herzlichst und mit dem Ausdruck der vorzüglichsten Hochachtung, Direktor Novak, Generalbevollmächtigter.

Der Herr Pianist kam wie jeden Abend herein mit der Miene bescheidener Geschäftigkeit, als sei er als Person gar nicht vorhanden, als sei er nur eine Mechanik, welche dem Piano aus der Fabrik Pleyel Töne zu entlocken habe, weil sonst niemand da sei, um dem Instrument Töne zu entlocken. Wenn Herr Szabo sich vorstellte, daß dieser bescheidene Mann vor nicht allzu langer Zeit auf einem Stuhl seines Restaurants gestanden und den Petöfi Sándor zitiert hatte mit einer Verve, die nur ein Musiker hervorzubringen imstande ist, nämlich mit Rhythmusgefühl, mit einer eigenartig zurückhaltenden und doch bestimmenden Melodik, der Herr Szabo hätte, wenn er solche Szene in einem Film gesehen und gehört hätte, das alles glatt für Kitsch gehalten. Und zwar für einen Kitsch, wie man ihn nur in den Hauptstädten für Plattheiten zu produzieren vermochte, das waren einst Hollywood und Babelsberg, die Lehranstalten der bedeutendsten Fernsehproduzenten späterer Jahre, auf die sich die auch ständig beriefen, ehrfurchtschaudernd.

Schauen Sie, rief er, als sich zwischen Herrentoilette und Abwaschküche der Herr Pianist in seinen dunklen Anzug zwängte. Schauen Sie, die Herren aus Wien haben das Vertragswerk zugesandt!

Der Herr Pianist kämpfte an gegen die Knöpfe an dem Bund seiner schwarzen Hose, weil sich das weiße Hemd stets in diversen Ausuferungen dazwischenlegte und das Zuknöpfen behinderte, was den Herrn Pianisten irritierte, zumal er wegen der kleidungsbedingten Unpäßlichkeit nicht so auf die Freundlichkeit des Herrn Szabo eingehen konnte, wie er sich das eigentlich gewünscht hätte.

Schließlich war das ein feierlicher Augenblick im Leben eines jeden Pianisten, man darf wohl hinzufügen, wäre es auch ein feierlicher Augenblick im Leben eines jeden anderen Menschen gewesen.

Wer hat keine Träume und Wünsche, die tagsüber kommen und deswegen Tagträume genannt werden? Na, wer?

Ich bin gleich soweit, Herr Szabo, sagte der Herr Pianist und hatte endlich die widerspenstigen Zipfel des Hemdes verstaut, seine Kleidung geordnet.

Es ehrt den Herrn Pianisten, daß er sich jetzt nicht in Tagträume verfing, wo das Vertragswerk eingetroffen war, sondern an seine Arbeit am Piano dachte. Es hätte den Herrn Pianisten auch geehrt, wenn er während seiner Arbeit am Piano zwischen zwei beflügelten Melodienbögen in Tagträume ausgebrochen wäre. Es ehrt jeden jederzeit, in Tagträume auszubrechen.

Der Herr Pianist hätte sich ja auch vorstellen können, daß er nun so berühmt ist, daß er zu seiner ersten Konzertreise auf dem Hauptbahnhof in Philadelphia eintrifft, alles ist schwarz voller Menschen, alle sprechen ungarisch, weil ja Philadelphia fast soviel ungarische Einwohner hat wie Buda und Pest zusammengerechnet, mal abgesehen von den Zigeunern, das waren zwar auch Ungarn, aber mehr von der ambulanten Art, vor allem waren sie Zigeuner und zogen von Restaurant zu Restaurant. Während ein richtiger Ungar zwar auch von Restaurant zu Restaurant zieht und von Pince zu Pince, aber dort an den Tischen sitzt und nicht herumgeht und den Bogen streicht.

Die Menschen von Philadelphia jubeln, sie tragen ihn auf ihren Schultern direkt ins Städtische Konzerthaus, welches über und über geschmückt ist mit Blumen in Grün, Rot und Weiß. Man küßt ihm die Hände, der Präsident der Vereinigten Staaten ernennt ihn zum Ritter der Ehrenlegion, der Präsident von Frankreich setzt ihm feierlich einen Indianerkopfschmuck derer vom Stamme der Sioux auf, samt vierzehn Ehrendoktorhüten. Oder umgekehrt.

Ah, das ist nett, Herr Szabo, sagte der Herr Pianist.

Wir sprechen nachher, sagte Herr Szabo. Bleibens noch auf ein Flascherl Wein nachher.

Danke, Herr Szabo, sagte der Herr Pianist.

So verlief der Abend wie fast jeder andere.

Die meisten Abende verlaufen wie die meisten Abende auch, weswegen jeder hofft, einer möge mal nicht so verlaufen wie jeder andere auch. Diesem Zweck dienen nationale Umwälzungen, wobei die Fahnen gewechselt werden müssen, die Hymnen, viele gelehrte Schriften, vor allem aber die Anführer und die mittlere Führungsschicht in den Ämtern, das bringt einen Aufschwung in Bevölkerungsschichten, welche von einem Aufschwung nie gewagt hätten zu träumen, weil sie sonst als Chaoten niedergemacht worden wären, Sozzenhunde, Subversivelemente, Defätisten, nun ja, das weiß man schon, es gibt Leute, die sparen nicht mit Ausdrücken, sonst mit allem anderen, aber mit Ausdrücken sparen sie nie. Was gemeine Ausdrücke anlangt, da sind sie von einem Erfindungsreichtum ohnegleichen, und Deutschland gehört zu den bedeutendsten Kulturnationen der Welt überhaupt. Sollte daran einer zweifeln, wird er abgeholt.

Nicht, daß so etwas plötzlich über ein bescheidenes und arbeitsames, pflichtgetreues Volk herniederbricht wie irgendein Unwetter, mit dem nicht mal die Meteorologen gerechnet haben. Nein, nein, so etwas kündigt sich lange vorher an, man müßte es eigentlich merken, es werden Abhandlungen darüber angefertigt, moralische Begründungen fürs kommende, unabwendbare Unheil geliefert, welches aber in Wirklichkeit ein Heil ist. Die Wissenschaftler müssen Überstunden machen, um alles in die richtige Reihe gelangen zu lassen, wenn es denn herniederstürzt, sie müssen Zwischeneiszeiten erfinden und jeden nur denkbaren Unsinn; in anderen Geistesdisziplinen schwimmen ergraute Professoren durch Dorfteiche, gefolgt von winselnden Graugänsen, damit man weiß, daß eine überlegene Rasse eine überlegene Rasse ist und die unterlegene Rasse halt unterliegen muß, das hat ja schon das Beispiel der Graugänse bewiesen.

Die letzten Gäste waren gegangen, das Personal auch, da saßen nur der Herr Szabo und der Pianist an einem Tisch, und Herr Szabo studierte das von den Wiener Herren übersandte Vertragswerk, weil der Pianist gesagt hatte, wissen Sie, Herr Szabo, lesen

Sie das mal durch, Sie können das besser beurteilen, Sie kennen die Welt besser als ich, weil ich ja nur ein Pianist bin.

Nur, das dürfen Sie nicht sagen, sagte Herr Szabo, denn dann wäre ja jeder Mensch nur ein Soetwas oder ein Soetwas. Aber jeder Mensch ist ein Etwas, das *Nur* kann man sich sparen. Das *Nur* ist ganz ungehörig zu denken und auszusprechen auch. Also sagen Sie mir nie wieder oder zu irgend jemand, nicht einmal zu sich selbst, Sie seien nur ein Pianist. Ja, nun, da schauens her, die Herren aus Wien kommen nicht gegen ihre Natur an. Da haben sie doch glatt hineingeschrieben, daß, wenn sie einen Betrag aufwenden müßten, welcher der akustischen Förderung des Stückes diene, der Herr Künstler davon sechzig Prozent tragen müsse und die Musikfirma vierzig Prozent, weil sie ja mit dem gesamten Betrag in Vorlage treten müßten. Also, Herr Pianist, hören Sie sich diese Worte an, die zahlen das nicht einfach einer Person im Rundfunk, sie treten damit in Vorlage. Der Herr Direktor Novak schreibt dazu in einem Brief, das sei, weil doch damit Zinsen verrechnet werden müßten, es sei für den Herrn Pianisten so, als habe er sich den Betrag von der Bank pumpen müssen. Wenn man kein Geld habe, müsse man sich Geld kaufen, aber das koste natürlich Geld und er bitte um Verständnis für diese völlig normale Transaktion.

Steht irgend etwas drin, wann die Aufnahme gemacht werden soll? fragte der Herr Pianist.

Das nicht, sagte Herr Szabo, aber ich denke, wenn ich das recht besehe, daß sie sich ansonsten an alle Bedingungen so ungefähr gehalten haben, auch das mit der Abrechnung zweimal im Jahr steht richtig darin, die Prozente so wie vereinbart auch. Soweit ist alles in Ordnung. Also ich denke, so könnte man das schon machen.

Möchten Sie nicht mein Herr Impresario werden, Herr Szabo, und für Ihre Mühe zehn Prozent nehmen, weil, viele Künstler haben einen Impresario, und die nehmen zehn Prozent.

Nun hören Sie, Herr Pianist, sagte Herr Szabo. Das dürfen Sie nie wieder zu mir sagen, das kränkt mich. Man kann nicht, wenn man einem anderen Menschen mit Rat hilft, weil man andere Einsichten und Erfahrungen hat als er, gleich darauf eine Gebühr erheben, sagen wir zehn Prozent, wie Sie eben vorgeschlagen haben. Das würde uns Menschen ja den Charakter eines Stückes Ware geben, aber das sind wir ja nun nicht, Sie sind keine Orange, wenn ich das mal so ausdrücken darf, ich bin kein Stahlträger, wie man ihn am Bau verwendet. Sie sind kein Autoreifen, und ich bin kein Kamm aus Kunstharz. Wir brauchen nur beide vor den Spiegel im Vorraum zu treten, neben der Garderobe, und ein einziger Blick würde genügen, uns den Beweis für die Richtigkeit meiner Ansichten zu liefern. Da wir keine Ware sind, wäre es ja nun schon beleidigend, wenn wir uns zu einer solchen machten und uns gegenseitig bezahlten für eine Freundlichkeit.

Ich bitte um Entschuldigung, Herr Szabo, sagte der Herr Pianist. Es war nicht so gemeint.

Weiß schon, sagte Herr Szabo, man plappert manchmal das dümmste Zeug nach, dabei wäre es doch viel nützlicher, nur das klügste Zeug nachzuplappern.

Das liegt vielleicht daran, sagte der Herr Pianist, daß es davon nicht soviel gibt.

Oh, da täuschen Sie sich aber, sagte Szabo. Davon gibt es genügend. Nur läßt sich das dümmste Zeug, weil es so leicht verdaulich ist, es belastet nicht, sehr bequem nachplappern, darum wird es auch in einer Lautstärke nachgeplappert, die erstaunlich ist. Da kommt man nicht gegen an. Man braucht, um dummes Zeug nachzuplappern, auch ein kleines Gehirn. Wenn das Hirn klein ist, ist am Kopf mehr Platz für das Maul, ist auch mehr Platz für die Stimmbänder, dann kann man besser schreien, vor allem, wenn das alle tun. Wohingegen wenn man mehr Hirn hat als Maul, ist nicht soviel Platz am Kopf, und dann ist das Maul kleiner, und man kann es nicht so aufreißen und so schreien wie die anderen.

Der spätere Herr Brigadeführer hatte außerordentliches Vergnügen bei seinem Reitersturm von der SS, da konnte man angenehm laut singen, konnte im Chor den Führer hochleben lassen, auch laut Heil rufen, wenn der Befehl dazu erscholl. Das war ein freies Mannesleben. Wir reiten für den Führer, sangen die jungen Herren, und die Stimme des Blutes wallte in ihnen schon, wenn sie in ihre schwarzen Reithosen stiegen. Es war beglückend, den Anbruch einer neuen Zeit zu erleben.

Als der Herr Wieck in die Partei eintrat, welche nationalsozialistisch hieß, die Arbeiter und deutsch hatte man auch noch im Titel untergebracht, vergaß er anzugeben, daß er bei der Firma Moritzburg die praktischen Kenntnisse des Im- und Exporthandels erworben hatte, denn der alte Herr Moritzburg war gleich nach dem Ausbruch der neuen Zeit von jungen Männern des örtlichen SA-Sturms abgeholt worden, die hatten blonde Haare und blaue Augen und sahen allesamt sehr ordentlich aus. Sie hatten ihn in den Keller des Sturmlokals gesteckt, hatten den alten Mann drei Tage lang täglich viermal mit Knüppeln bearbeitet. Am vierten Tag freigelassen, hatte Herr Moritzburg die Überzeugung gewonnen, daß die neue Zeit gesundheitsschädlich sei und war mit einem D-Zug nach Holland gefahren.

Er wäre sehr erschrocken gewesen, hätte er je erfahren, daß sein junger Herr Wieck den Herren vom SA-Sturm geraten hatte, sich den alten Moritzburg doch mal ordentlich vorzuknöpfen. Womit der junge Herr Wieck aber nicht gerechnet hatte, war, daß schon vor ihm einer aus der Firma den SA-Sturm angerufen hatte. Kaum war der alte Herr Moritzburg mit Frau und zwei Kindern in Holland, da hatte der Kollege bereits die Firma für sich arisiert und fuhr den Mercedes vom Moritzburg; der Herr Wieck war zu spät gekommen. Woraus er den Schluß gezogen hatte, man müsse in die SS eintreten, das sei eine schärfere Truppe, irgendwie mehr Elite als die Infanteristen des Führers.

Schließlich hatte der Knabe Wieck in der Schule gelernt, daß die großen Tiere die kleineren Tiere fressen und sich von ihnen ernähren. Nur die starken Tiere kommen weiter im Leben, weil sie die schwächeren Tiere niedermachen, denn stärkere Tiere gehören zu stärkeren Rassen, und gegen die Stimme des Blutes kommt niemand an. Das ist Natur und Gesetz auch. Wenn irgend jemand auf die Idee kommt zu zweifeln, daß der Mensch kein Tier ist, na, das werden wir ja gleich sehen! Eintragung ins Klassenbuch, was? Nämlich der Mensch ist ein Affen-Derivat, fragen Sie nicht so dämlich, ein Derivat ist kein Reservat, das ist ein Auszug der besten Eigenschaften, vereint in einem höheren Lebewesen, sozusagen eine Abzweigung.

So hatte der Jüngling Wieck gelernt, daß man für das Leben

lerne und nicht für die Schule. Wenn also der ganze starke Affenkram für etwas gut sein sollte, dann doch wohl für das Leben, oder?

Diesmal war ihm ein stärkeres, schnelleres Tier zuvorgekommen, aber das nächste Mal würde er das stärkere, schnellere Tier sein.

Es ging aufwärts mit dem jungen Herrn Wieck, er bekam auch regelmäßig bessere Beurteilungen seiner Vorgesetzten, er wurde auch außer der Reihe in höhere Führungsränge gehoben. Er durfte bald Sonderbefehle und Richtlinien erlassen. Jetzt gehörte er zur SS-Totenkopf-Reiterstandarte im besetzten Polen, da konnte man leider sehr wenig arisieren, obwohl doch der Krieg der Vater aller Dinge ist.

Richtlinien für Tanz- und Unterhaltungsabende.

1. «Ich erwarte, daß sämtliche Führer des Standortes an diesen Abenden teilnehmen, da es außerordentlich nützlich erscheint, gerade bei dieser Gelegenheit die Männer zu beobachten und zu erziehen; vor allem auch die persönliche Haltung der Unteroffiziere den Männern gegenüber und umgekehrt zu überprüfen. Es ist ganz selbstverständlich, daß genauso wie bei den Offizieren auch bei den Unteroffizieren und Männern – auch bei den besten Freunden – die militärische Haltung zu wahren ist. Es ist ein unmöglicher Zustand, wenn junge Männer zu einem Unteroffizier oder Wachtmeister, der vielleicht aus demselben Dorf oder derselben Stadt ist, an den Tisch herankommen, ihm kameradschaftlich auf die Schulter klopfen, mit dem Zeigefinger an den Kopf tippen und damit ihren Gruß entboten haben. Hier hat die Erziehung der Zugführer und Stabsscharführer energisch und unerbittlich einzuhaken. Diese kameradschaftliche Gefühlsduselei, die nichts mit Weltanschauung zu tun hat, verschwindet sofort.
2. Diese Abende, die in allen Standorten, auch in den kleinsten, durchzuführen sind, sind dazu da, um dem Mann sein Privatleben, auf das er genau wie jeder Führer seinen Anspruch hat, zu gewährleisten. Kommißdienst verschwindet daher. Diese Abende können nur gelingen, wenn ein ausgesuchtes, erlesenes Programm den Rahmen gibt. Keinen Schund und keine

miesen Vorträge. Selbstverständlich können Ballette, Tanzpaare usw. miteingefügt werden. Es darf den Männern aber nur Bestes gezeigt werden. Schlechte Dinge sehen sie sowieso jeden Tag. Ich verbiete unter strengster Strafandrohung, daß nachher polnische Artistinnen oder Tanzmädchen zu diesen Abenden herangezogen werden. Wir haben mit der polnischen Bevölkerung nichts zu tun. Der Reichsführer hat bei der letzten Kommandeur-Besprechung nachdrücklich darauf hingewiesen, daß er in dieser Beziehung keine Rücksicht kennt und jede Konsequenz aus einem SS-unwürdigen Verhalten gegenüber einer Polin ziehen wird. Das Strafmaß des Reichsführers darf als bekannt vorausgesetzt werden.

3. Selbstverständlich hat der Einheitsführer mit allen Mitteln darauf hinzuwirken, daß rassisch gut bewertete, volksdeutsche, hübsche Mädchen, Deutsch-Russinnen usw. eingeführt werden. Ich weise auf die volksdeutschen Dörfer in der Umgebung der Standorte hin und auf die Angestellten der Zivilverwaltung und sonstigen Dienststellen. Es findet sich bestimmt für unsere Männer irgendeine Frau, die paßt, wenn die nötige Aufklärung und Betreuung durch die Offiziere vorhanden ist. Ich begrüße es auch außerordentlich, wenn sämtliche Offiziere ihre Bekannten einführen.

4. Für das Auftreten und Verhalten der Unteroffiziere und Männer sowie für tadellosen Anzug und Haarschnitt ist sofort eingehender Unterricht der Schwadronschefs und Einheitsführer anzusetzen. Es ist begrüßenswert, wenn die Unteroffiziere sich weiße Wäsche und lange Hosen anschaffen. Das geht ohne weiteres, wenn sie sich ihren Wehrsold einteilen. Ehrgeiz vor allem bei den jungen Unteroffizieren ist zu wecken. Ich habe z. T. einen Haarschnitt gesehen, der katastrophal war. Ich ordne an, daß im Laufe dieser Woche sämtliche Einheiten zum Haarschneiden geführt werden bzw. Friseure verpflichtet werden, die einen einwandfreien Haarschnitt unter Aufsicht der Einheitsführer gewährleisten. Es ist vor allem der Nachrichtenzug aufgefallen, der junge Burschen zu einem Abend gehen ließ, die nach Friseuren und Kaffeehauskellnern ausgesehen haben. Auch wenn die Einheit noch so weit in der Provinz stationiert ist, muß der Einheitsführer gerade in die-

sen Dingen besonderen Wert auf Körperpflege und äußeres Aussehen des Mannes legen. Ich glaube kaum, daß ein Soldat der Waffen-SS, der etwas auf sich hält, mit einem schmierigen Rock und einem unsauberen Hemd ein junges Mädchen auffordern mag, und daß er dabei Erfolg haben wird. Sporen sind beim Tanzen grundsätzlich verboten.»

Der Sonderbefehl, den der ehemalige Syndikus des Herrn Moritzburg, was wir aber nicht weiter erwähnen wollen, selbst verfaßt hatte, verschaffte ihm bei seinen Vorgesetzten, vor allem aber bei der Reichsführung, höchstes Lob und eine Abstellung – also schon wieder so ein Wort – in die Wirtschaftsabteilung der Reichsführung der SS ein.

Allerdings auch Ärger mit der Sekretärin, die, kaum hatte sie es abgetippt, zum SS-Führer Wieck bemerkte, da seien aber viele Verstöße gegen die Rechtschreibung des Duden drin.

Da brüllte er sie an, sprang von seinem Schreibtisch auf, schlug mit der Faust auf die Schreibplatte, daß der Aktenlocher ungefähr vier Zentimeter emporgeschleudert wurde und von einem Schreibfederbehälter sämtliches Gerät herunterplumpste: Merken Sie sich das ein für allemal, der Duden ist unser Unglück!

Die zwangsverpflichtete Sekretärin, einstmals Assistentin eines Geschichtsprofessors, schrie: Heil Hitler, fing an zu kichern und rief: Deutschland muß endlich dudenfrei werden. Sie wurde sofort in die Abteilung Statistik des Konzentrationslagers Ravensbrück versetzt. Als Häftling. Nach ihrer – also jetzt kommen schon wieder solche Worte – Überstellung und Einlieferung wurden ihr die Haare geschoren, sie erhielt ein weiß-blau-kariertes Kopftuch, denn die Reichsführung hatte angeordnet, daß die Häftlingsmädel adrett auszusehen hätten. Die Kosten für die Kopftücher sollten an den Rationen eingespart werden, wie alles andere auch. Was an Rationen eingespart würde, sollte durch Arbeit wettgemacht werden. Denn Arbeit mache frei, das sei ein Grundsatz.

Es ist bedauerlich, daß der Herr Szabo niemals diese Verfügung aus der früheren Dienstzeit seines geschätzten Gastes, des Brigadeführers Wieck, gelesen hatte, die übrigens sorgfältig im Föderalen Militärhistorischen Institut aufbewahrt wird. Wie sollte er auch. Aber hätte er sie gelesen, hätte er sicher gedacht, das sei ein solide ausgewogenes Stück deutscher Gründlichkeit, denen entginge gar nichts, sie würden alles bedenken, und zwar vorher, und das dann entsprechend planen und ausführen.

Wie nun der Herr SS-Führer Wieck nach Berlin in die Wirtschaftsabteilung des Hauptamtes versetzt worden war und sich dank seiner bei Moritzburg erworbenen Kenntnisse sehr nützlich machte, wurde er auch manchmal zu Besprechungen mit Staatssekretären eingeladen. Da war dieser Herr Staatssekretär aus Württemberg, jeder Zoll ein korrekter Beamter, unbestechlich auch im Blick, Verwaltungsadel, der hatte bei einer Besprechung über die bevorstehenden Aufgaben des SS-Führers Wieck in Ungarn vorsichtig angedeutet, er müsse immerfort zur Kenntnis nehmen und paraphieren, daß jüdische Bürger abgeholt und nach Osten transportiert würden, fast täglich. Es falle ihm schwer, seine Pflicht zu tun, wenn er gewissen ausländischen Diplomaten zu erklären habe, warum nun diese Juden abgeholt werden mußten.

Ja, aber Herr Staatssekretär, sagte da der Herr SS-Führer Wieck, Sie sind ein erfahrener Beamter, einer unserer höchsten SS-Offiziere und ein vorzüglicher Verwalter auswärtiger Angelegenheiten, das hat ja der Führer wohl durch seine Ernennung ausdrücklich anerkannt. Ob er denn etwa lieber als Pensionär unter einem Birnbaum sitzen wolle, während Deutschland um seine Schicksalsfragen ringe.

Ich werde mich doch nicht zurückziehen, pensionieren lassen, antwortete der Herr Staatssekretär dem Herrn SS-Führer Wieck, wenn deutsche Männer für das Vaterland bluten müssen. Das ist eindeutig die moralisch schlechtere Position, das ist einfach eine unanständige Position. Man läßt nicht Menschen in einen Krieg ziehen und setzt sich unter einen Birnbaum, wenn es um Schicksalsfragen der deutschen Nation geht. Ich gebe ja schließlich mit meiner Unterschrift die Zustimmung zum Abtransport von Juden aus Bulgarien, Rumänien, Frankreich, Holland, Belgien nach Schlesien. Aber was da mit ihnen geschieht, das weiß ich nicht so recht.

Da sagte der Herr SS-Führer Wieck zu dem Herrn Staatssekretär, er warf ihm einen Blick zu, den er als kühn oft genug einstudiert hatte, und der niemals seine Wirkung auf Untergebene verfehlte: Was in Auschwitz geschieht, Herr Staatssekretär, da können Sie ein ganz ruhiges Gewissen haben, das geschieht auf saubere und anständige, SS-mäßige Weise, das kann ich Ihnen versichern.

Ach, das ist gut zu hören, sagte der Herr Staatssekretär, wirklich gut aus kompetentem Mund zu erfahren. Da kann ich also ganz beruhigt sein?

Das können Sie, Herr Staatssekretär, sagte der SS-Führer Wieck zum Herrn Staatssekretär, das geschieht alles auf saubere und anständige, SS-mäßige Weise.

Ach, es ist gut, das aus berufenem Mund zu erfahren, weil ein Mensch der Tat, wie Sie Herr Kamerad, natürlich ganz andere Einsichten vom Geschehen haben muß, als wir hier im Ministerium. Sie haben mich sehr beruhigt und haben mir Mut und Zuversicht für künftige Verhandlungen in dieser Angelegenheit gegeben.

Dann stand der Herr Staatssekretär auf und drückte dem Herrn SS-Führer Wieck fest und nachhaltig die Hand und sagte: Ich danke Ihnen für diesen Besuch, er war mir moralisch sehr wertvoll.

Das war der Beginn einer angenehmen Verbindung, später auch mit dem Sohn des Mannes, der nicht unterm Birnbaum sitzen wollte.

Nun, bei den Schallplattenaufnahmen gab es keinerlei Probleme, auch nicht solche technischer Art. Zu den Aufnahmen war der Herr Direktor Novak nach Budapest gekommen und der Herr Schwitz und der Herr Svoboda, nur der Herr Schmiehl war in Wien geblieben.

Es wurden an zwei Tagen jeweils zweimal Aufnahmen des Stückes vom Piano genommen, und die Techniker winkten dem Herrn Pianisten nach jeder Aufnahme zu, das sei so in Ordnung, das habe er sehr gut gemacht, denn die fremde Atmosphäre in dem Aufnahmestudio hatte ihn verwirrt und anfänglich verunsichert.

Am Abend des zweiten Tages lud der Herr Szabo alle Herren ins Restaurant ein, und das Festmenü für diesen Abend hatte er selbst zusammengestellt.

Zuerst gab es Hideg borleves csészében, das ist eine kalte Weinsuppe aus Weißwein, schaumig gerührtem Eigelb, Zitrone, Orange, Nelken und so weiter, weil, es war ein warmer Sommertag.

Danach gab es Töltött tojás parajjal, das sind mit Spinat gefüllte Eier auf einem Spinatbett, mit Eiern, saurer Sahne und geriebenem Käse überbacken.

Dann gab es Nyúlcomb vadasan pácolva, gebeizte Hasenkeulen, also, das ist schon ein kompliziertes Rezept, dazu servierte Herr Szabo Balatonfüredi rizling.

Es gab Tejfeles, snittlinges fejes saláta, das ist Kopfsalat mit saurer Sahne, zwei harten Eiern, etwas Senf eingerührt, Zitronensaft und Paprika, Schnittlauch, sehr kalt serviert.

Dann Gesztenyés palascinta meleg csokoladémártással, das ist Palatschinka mit Kastanienpüree gefüllt mit warmer Schokoladensoße, später noch Túrókrém friss eperrel, das ist Quarkcreme mit frischen Erdbeeren – göttlich.

Eine getane Arbeit erfordert ein gutes Essen, sagte Herr Szabo. Da er sich auf seine Köche verlassen konnte, aß er mit am großen runden Tisch, und für den Herrn Pianisten, der auch mit essen mußte, wurde ein Aushilfspianist für einen Abend engagiert, der machte seine Sache so gut, daß er nicht weiter störte.

Der Herr Pianist war sehr still, aber das kannte man ja von ihm. Jedenfalls war er stiller als all die anderen Herren am Tisch, besonders der Herr Schwitz war sehr aufgeschlossen, und der Herr Direktor Novak nahm zum Schluß den Herrn Szabo beiseite und sagte, er danke sehr für diese ausgezeichnete Einladung und die wunderbare Harmonie, ob der Herr Szabo bitte, aber auf Kosten der Lindstroemfirma, nicht noch einen so wundergguten Champagner aus dem Keller holen wolle, wie man ihn damals getrunken habe, als der Herr Pianist auf den Stuhl gestiegen war und den Petöfi Sándor zitiert hatte. Aber, fügte er mit Nachdruck hinzu, nur unter der Bedingung, daß der Champagner auf Kosten des Hauses Lindstroem geht.

Der Herr Szabo mußte sich doch etwas überwinden, dem Vorschlag zuzustimmen, denn ein guter Champagner zum Ende eines guten Essens gehörte seinem Verständnis nach zu den Pflichten des Gastgebers, aber bittschön, die Herren waren Gäste gewesen und waren Freunde geworden. Nun, man sollte mit solchen Begriffen nicht zu leichtfertig umgehen, fand Herr Szabo, merkwürdig, wie leichtfertig Leute mit Worten umspringen, wo sie doch verderblicher seien als frische Schlagsahne, kaum falle ein Sonnenstrahl darauf, schon mache sich die Sahne auf den Weg, Käse zu werden, und die Fliegen kämen und täten ein übriges, also mit Begriffen gehe der Mensch aber noch viel leichtfertiger um.

So erhob der Herr Direktor Novak das Glas und sprach, weil man bei irgendwelchen Gelegenheiten immerfort das Glas heben muß und feierlich reden, er trinke auf das gute Gelingen und daß das aufgenommene Stück des Herrn Pianisten die Welt beglükken möge.

Da sagte der Pianist, als erwache er wie aus einem Schlummer: Wenigstens in einer Stunde beglücken möge.

Wenigstens in einer Stunde beglücken möge, sagte Herr Direktor Novak, darauf erhebe ich mein Glas.

So wurde im Restaurant des Herrn Szabo das Gelingen der Aufnahme des Stückes gefeiert, welches auf ungarisch hieß *Szómorú vasárnap*, das ist wörtlich übersetzt *Das Lied vom Traurigen Sonntag*; auf deutsch sollte es heißen *Trüber Sonntag* und in den englisch sprechenden Ländern *Gloomy Sunday*. An sich klang der Titel auf ungarisch ja viel angenehmer, poetischer auch, und wenn es wenigstens geheißen hätte *Das Lied vom trüben Sonntag*, oder *The Song of Gloomy Sunday*, dann hätte das weniger sachlich geklungen, aber der Herr Svoboda hatte gesagt, das kriege man aus graphischen Gründen einfach nicht alles aufs Etikett drauf, denn da müsse ja auch noch hin: *As composed and played in the Restaurant of Mr. Szabo in Budapest*, und an sich hätte man noch gerne ein *famous* hinzugefügt, aber das hätte auch nicht mehr aufs Etikett gepaßt, es gäbe halt Grenzen, die könne man nicht überschreiten, weil der Platz nicht ausreiche. Das sei wie mit den Deutschen, welche auch ein Volk ohne Raum seien angeblich, sagte Herr Svoboda, dabei hätten die überhaupt keine Ahnung, wie viele Sardinen in eine Büchse gingen. Die Bevölkerungsdichte in Holland sei viel größer, aber die Holländer seien dafür sehr nette und hilfsbereite Personen, umgänglich seien sie auch, sie dächten nicht immerfort daran, fremde Völker zu befreien und zu holländisieren, sagen wir mal, die Luxemburger heim ins Reich zu holen oder die Belgier und die Portugiesen schon gar nicht, weil die Portugiesen ja bereits das Problem mit den Sardinen in der Büchse gelöst hätten, und zwar vorbildlich und friedlich.

Der Herr Svoboda ging an diesem Abend richtig aus sich heraus, der Herr Direktor Novak flüsterte dem Herrn Schwitz zu, er kenne den Herrn Svoboda gar nicht wieder, daheim in Wien sei er doch immer relativ zurückhaltend.

Die Herren aus Wien waren gegangen, das Restaurant geschlossen, das Personal hatte der Herr Szabo heimgeschickt, jetzt saß er mit dem Herrn Pianisten am Tisch und sprach, er wisse nicht, was im Herrn Pianisten vorgehe, aber er sei so merkwürdig still?

Da sagte der Herr Pianist, das sei das Lied, es ginge ihm gar nicht aus dem Sinn, als wolle das Lied eine Botschaft geben, also eine Nachricht, aber er verstünde die Nachricht nicht, das sei merkwürdig und beunruhigend zugleich, da wolle etwas Nachricht geben und man verstünde es einfach nicht.

Machen Sie sich keinen Kopf, das kommt noch, sagte Herr Szabo, eines Tages haben Sie es verstanden, man darf Dinge nicht forcieren. Wenn man sich immer anstrenge und wolle etwas ganz genau verstehen, dann rücke es immer weiter von einem ab, es lasse sich nicht erhaschen, aber wenn man es denn überhaupt nicht mehr verstehen wolle, weil man nicht könne, plötzlich sei die Nachricht da, sagte Herr Szabo.

Schauen Sie, Herr Pianist, sagte er, da habe ich Ihnen doch diese Geschichte von dem Herrn Escoffier und der Bouillabaisse aus Marseille erzählt, das mit der Pariser Unsitte der Muscheln drin, nicht? Also da war mir immer, als wollte der Herr Escoffier etwas sagen, was ich nicht verstünde, denn schließlich, warum sollte sich einer erregen, wenn die Leute in Paris in eine Bouillabaisse Muscheln reintun wollen, sollen sie Muscheln hereintun, und wenn es ihnen schmeckt, ein Stückerl Kernseife mitkochen. Nun, warum sollten sie nicht ein Stückerl Kernseife reintun oder ihren sauren Hering essen mit warmer Schokoladensauce drüber? Aber später habe ich das verstanden, die Nachricht vom Herrn Escoffier. Schauens, Herr Pianist, was er uns hat sagen wollen, war ganz einfach, Sie können auch drauf kommen, ich werd Ihnen helfen. Also, Sie machen eine Bouillabaisse ewig nach einem guten Rezept, weil gute Rezepte sind ausgereift. Sie sind durch die Erfahrung in allen Nuancen ausgekostet, verfeinert zur Perfektion hin, weil, es kommt nämlich nicht darauf an, daß man, hei, etwas erfindet und dann, hopp, wirft man es weg und erfindet, hei, wieder etwas und tut es noch rascher, hopp, weg, und, hei, was Neues und, hopp, noch rascher weg und, hei und hopp und heihopp, heihopp, heihopp. Sie verstehen schon, Herr Pianist?

Ehrlich gesagt, noch nicht, sagte der Herr Pianist.

Schauens, bei heihopp kann sich nichts zur Perfektion entwikkeln. Es kann sich nur etwas zur Vollendung entwickeln, wenn man es behutsam und ständig verbessert, also man fängt, sagen wir mal, hei, mit etwas an. Dann ist es da, wie es flüchtig erfunden wurde. Jetzt muß man es aber durch Nachdenken und Probieren immerfort verbessern in allen Nuancen immerfort, und am Ende ist es dann in seiner Vollendung etwas völlig anderes als es in dem Zustand war, in dem es, hei, erfunden wurde. Das verstehens schon, nicht?

Nun ja, sagte der Herr Pianist eher zögerlich. Aber vielleicht, wenn sie doch plötzlich anfangen, Muscheln in eine Bouillabaisse zu tun, vielleicht ist das auch ein Schritt zur Perfektion hin, Herr Szabo, warum nicht? Könnte es sein?

Aber, mein lieber Herr Pianist, sagte Herr Szabo, schauen Sie, die Bouillabaisse hatte doch bereits über Jahrhunderte den Zustand der Perfektion erreicht, sie war vollendet, vollkommen und bis ins Allerfeinste ausgereift. Wenn jetzt in Paris, Herr Pianist, Sie müssen sich vorstellen, in Paris, plötzlich, schwupp, Muscheln hineingetan werden, wo glauben Sie denn kommen in den Sommermonaten die Muscheln her? Na, woher wohl? Na, aus der Konservendose, mein lieber Herr Pianist, woher wohl? Die armen Tierchen würden ja den Transport in der Sommerhitze gar nicht überstehen, die würden ihre kleine Muschelseele aushauchen unterwegs, vielleicht gleich hinter Le Havre, und wenn eine Muschel ihre Seele ausgehaucht hat, dann merkt man das daran, daß sie stinkt. Ganz vornehme tote Muscheln klemmen sich derart zu, daß der Geruch nicht nach außen dringt, deswegen darf man auch geschlossene Muscheln nicht essen, wenn sie beim Kochen nicht aufgegangen sind.

Ach, so ist das, sagte der Herr Pianist.

Ja, so ist das, sagte Herr Szabo. Wenn sich nun durchsetzt, daß eine Bouillabaisse nicht mehr im Zustand der Vollendung bereitet werden darf, sondern man, schwupp, Muscheln aus der Dose reinwirft, dann ist das doch so etwas wie ein Betrug an der Vollendung. Das ist dann keine Vollendung mehr, das ist die Illusion einer Vollendung, das ist keine Bouillabaisse mehr, sondern nur noch das vorgetäuschte Geschmacksbild einer ehrwürdigen Bouillabaisse, eine Suppe, die so tut, als sei sie eine Bouillabaisse, das verstehen Sie schon, Herr Pianist, nicht?

Ja, sagte der Herr Pianist.

Sehr gut, sagte Herr Szabo, jetzt sind wir schon einen schönen Schritt weiter. Also welche Nachricht hat uns der Herr Escoffier zukommen lassen wollen? Vielleicht hat er selber die Nachricht nur geahnt, aber formulieren hat er sie nicht können, so wie es Ihnen geht mit der Nachricht von Ihrem Lied. Sie ahnen die Nachricht schon, aber formulieren, also in Worte fassen können Sie sie noch nicht, das müssen dann andere tun, aber daß Ihnen eine Nachricht im Kopf herumgeht, das leuchtet mir schon ein, weil Sie doch neulich, als Sie den Petöfi Sándor so wunderbar deklamiert haben, daß mir gleich die Tränen gekommen sind, da haben Sie etwas gesagt von einer Stunde, welche das Lied den Menschen versüßen wird, oder so ähnlich haben Sie gesagt, Herr Pianist, und vorhin haben Sie auch wieder von der einen Stunde etwas gesagt. Passens auf, das wird die Nachricht sein.

Vielleicht, Herr Szabo, ich weiß nicht, sagte der Pianist.

Nun, wir werden sehen, sagte Herr Szabo. Bleiben wir also erst mal bei der Nachricht des Herrn Escoffier, feine Zunge, sehr feine Zunge. Also lautete seine Nachricht: Paßt auf, Personen dieser Erde, man fängt jetzt an, euch Illusionen von Speisen vorzusetzen, statt Speisen. Wissen Sie, ich stell mir das so vor, wenn das weitergeht, wie es der Herr Escoffier nicht hat als Nachricht mitteilen können, sondern er hat es nur empfunden. Also da gehen Sie in ein solches Restaurant in der Zukunft, Sie haben Hunger und möchten etwas speisen, und mit Genuß. Sehen Sie, das muß schon ein Ende haben. Essen können Sie daheim. Sie schneiden sich einen Kanten Brot ab, oder Sie kochen sich zwölf Kartoffeln und tun Topfen drüber, und dann sind Sie satt. Aber in einem Restaurant, wie es der Herr Escoffier vorhergesehen hat, da werden Ihnen jetzt Illusionen geliefert. Und zwar in ganz großem Stil. Mit Gesten, die können gar nicht pompöser sein, denn wenn die Geste ganz pompös ist, dürfen es die Preise auch sein, nein, das müssen sie sogar. Sie setzen sich an den Tisch. Der Herr Geschäftsführer kommt und sagt, da könne er heute nur zur Serie L'Oiseau raten, wissens, das heißt Pfau. Er rät also zur Serie Pfau. Sie verstehen schon Pfau, das sind jene Gockel, die immer in den Schloßgärten herumlaufen und sich entsetzlich langweilen, dann machen sie den Hintern breit und richten ihre langen Schwanzfedern auf zu einem Fächer, und die Damen und Herren sagen: Ah, so schön möchten sie auch einmal den Hintern breit machen können. Also ein Pfau schmeckt schon gar nicht, tut gar nichts, ist zu nichts nutze, außer daß er manchmal den Hintern breit macht, dann richten sich seine Schwanzfedern auf. Je mehr Schwanzfedern er hat, desto beliebter ist er, es müssen nur im Schloßpark alle Himbeersträucher gerodet werden, Stachelbeeren und Johannisbeeren, damit der Pfau daran nicht hängenbleibt und sich Schwanzfedern ausreißt, denn sonst schaut er, wenn er den Hintern breit macht, aus wie einer, der beim Lachen lauter Zahnlücken hat. Das wird als Mangel empfunden, und für Mängel zahlt keiner was, das muß der Hersteller auf seine Kosten beheben.

Oder der Geschäftsführer sagt, auch die Serie La Lyre sei eine beachtenswerte Alternative. Also das ist die Leier, verstehens, Herr Pianist. Er sagt, man könne einen Pfau haben oder eine Leier, aber in Serie, das seien jeweils 23 Gänge.

Joi, denken Sie, Herr Pianist, das schaffen Sie gar nicht. Dann gehts schon los. Aber keine Sorge, Herr Pianist, das schaffens schon, weil es ist ja nur die Illusion einer Mahlzeit. Da kommen die Kellner. Jeder trägt einen gewaltigen Teller, und die Servietten liegen, wie es sich gehört, und die Kellner sehen alle aus wie Tangotänzer, welche eigentlich Bademeister sein möchten oder Konfektionsverkäufer, aber gelandet sind sie bei der Postverwaltung und dürfen jetzt Einschreibebriefe austragen. So kommen sie daher. Auf jedem Teller, nein, auf jeder Platte ist eine gewaltige, blankgeputzte Haube, oben mit einem Griff daran. Jetzt stellen sie das alles vor Sie hin und Ihre Freunde. Dann gehen sie in Habachtstellung, Sie denken schon, jetzt nehmen die gleich alles wieder weg, dann heben sie mit einem Ruck sämtliche Dekkel auf, und Sie schauen auf den Teller, Herr Pianist.

Verstehe, Herr Szabo, sagte der Pianist. Ich schaue auf den Teller.

Also wenn Sie Ihre Brille nicht dabeihaben, sehen Sie gar nichts, nicht viel jedenfalls, aber wenn Sie keine Brille brauchen, oder Sie haben sie aufgesetzt zum Essen, damit Sie mit der Gabel nicht immer danebenstochern, dann sehen Sie dort etwas. Da liegt ein Krebsschwanz. No, das ist nicht das einzige, was da liegt. Da liegt auch noch ein frisches grünes Blatt. Rundherum liegt ein Tupferl Erdbeermarmelade, damit es farblich zur Geltung kommt, aber die Marmelade ist mit Erdbeeressig vermengt, daneben liegt ein blankpolierter Champignon, aber klein-klein. Das ist der erste Gang.

Nicht möglich, Herr Szabo, sagte der Herr Pianist.

Ich sags Ihnen, so ist es. Das geht nun so weiter, neunzehnmal. Immer klein-klein, und die Tangokellner von der Post hauen mit einer Kasernenhofdisziplin die großen blankpolierten Hauben in die Luft, daß Sie denken, gleich kommen die Janitscharen hereinmarschiert mit ihren Schalmeien, mit Glockenspiel und Kesselpauken, und die Herren Kellner marschieren hinter ihnen her und schlagen die blankpolierten Hauben im Takt dazu, um den Leibhaftigen auszutreiben, weil der ja bekanntlich ein feines Ohr hat und Lärm nicht mag.

Herr Szabo, entschuldigen Sie, sagte der Pianist, entschuldigen Sie bitte, aber warum tun die das neunzehnmal, wo doch der Pfau oder die Leier dreiundzwanzig Gänge haben?

Gut, daß Sie es erwähnen, Herr Pianist, weil zwischendurch kommen sie ohne ihre Kesselbecken und stellen Ihnen ganz kleine Eierbecher hin, und darauf ist ein Klacks Wassereis, das heißt Sorbet. Also werden Sie fragen, was soll ich denn zwischen einem Gang Entenherz mit zwei Blatt Feldsalat auf einer in Champagner geschwenkten Scheibe Austernpilz, zwei Wilderdbeeren und einem Häuferl saurer Sahne, was man mit Madeira Jahrgang 1896 beträufelt hat, und dem nächsten Gang, sagen wir einer hauchdünnen Scheibe in Riesling gedünstete Steckrübe, auf der drei Krabben liegen und mitten darin eine Pistazie aus den königlichen Gärten des Schah von Persien in einem Nest von feingehobelten Gurken – also, werden Sie fragen, was soll ich mit dem Eierbecher Wassereis anfangen, welches aus kanarischen Wildtomaten gepreßt ist mit Sherry des Jahrgangs 1903, weil nur der Jahrgang 1903 sich dafür eignet, alle anderen nicht. Also das gehört sich so, Herr Pianist. Ich hoffe, ich habe damit Ihre Frage befriedigend beantwortet?

Ja, Herr Szabo, sagte der Pianist.

Nun also. So wird es eines Tages in den Restaurants zugehen. Illusion statt Speisen, Zeremonie statt Geschmack, und nach jedem Winzding auf einem großen Porzellanteller wird der Herr Geschäftsführer kommen und fragen, ob die Herrschaften zufrieden sind. Was bleibt ihnen übrig, als zu sagen, das sei ja alles sehr interessant, wirklich sehr überraschend, modern und neu. Der Herr Geschäftsführer geht jedesmal davon und hält sie für gebildete Personen.

Sehen Sie, Herr Pianist, das ist die Nachricht, die uns der Herr Escoffier hat zukommen lassen wollen, als er gegen die Pariser Unsitte mit den Muscheln in der Bouillabaisse polemisiert hat, aber er hat es vergebens getan. Er hat sagen wollen, es kommen schreckliche Tage auf die Menschheit zu, und wenn diese schrecklichen Tage vorbei sind, dann nimmt die verzerrte Fratze der Apokalypse ein anderes Gesicht an. Waren vorher die Lüge, der Betrug und der stinkende Schein für alle Menschen bestimmend, so wird das hinterher äußerst verfeinert und nur noch denjenigen serviert und vorgetischt, die wegen ihrer Blödheit dafür ganz viel Geld bezahlen können, denn das ist jetzt die Elite der Menschheit; war früher die Elite noch an den Dingen des Lebens interessiert und nahm daran Anteil, so besteht die Elite jetzt nur noch aus hohler Illusionsgier, sie hält den Schein für Wirklichkeit und Wahrheit, und das Denken hat man ihnen mit Geldscheinen aus dem Kopf getrieben.

Das muß ja schrecklich werden, sagte der Pianist.

Schauens, sagte Herr Szabo, das war die Nachricht, die uns der Herr Escoffier hat zukommen lassen. Ich denke, auch in Ihrem Stück vom Traurigen Sonntag steckt eine bedeutende Nachricht, vielleicht ist es eine Sache von Leben und Tod, es geht also um die letzten Dinge im Leben, was fängt man zwischen Geburt und Tod mit sich an oder läßt mit sich anfangen. Schauen Sie, Herr Pianist, so ist das.

Aber das ist ja alles schrecklich, Herr Szabo, sagte der Pianist, ich weiß schon, was Sie meinen, aber es erschreckt mich zutiefst. Vielleicht wirds ja doch nicht ein Gaukeln in den Abgrund der Absurditäten.

Herr Pianist, sagte der Herr Szabo, schauen Sie, Sie können ganz beruhigt sein, es wird! Schauen Sie sich um, farbenfroh gehts um uns zu im 36er Jahr, wo Sie auch hinschauen, die Blaukreuzler, die Pfeilkreuzler, die Hakenkreuzler, die ganzen Kreuzlermacher jubeln die schönsten Blödheiten an die Menschen, die Menschen pfeifen nicht etwa und rufen auch nicht buh, sie huldigen ihnen, küssen ihnen die Fußspitzerln und rufen Hosianna in der Höh und Heil. Bald werden sich alle vereinigen und werden zu Gelbkreuzlern und werden die Menschen vergiften, und wenns dann wieder mal mißlungen ist, die Menschheit vollständig auszurotten, werden sie sich verfeinerter Blödheiten erinnern und es besser unter die Leute bringen als mit dem, was sie jetzt machen. Vielleicht erfinden sie eine Krankheit, verstehens, sie konstruieren in einem Labor einen unheilbaren Virus, der nur die ärmeren Einkommensschichten befällt, aber nicht die Wohlhabenden, die züchtig leben und hygienisch, zwischen zwei Gängen essen sie gehorsam Sorbet aus Champagner mit dem sirupisierten Saft von exotischen Früchten. Ich sags Ihnen, Herr Pianist, denn ich habe es aus der besten Quelle, vom Herrn Escoffier. Er konnte es nur nicht so schön voraussehen wie ich, denn ich habe seine Nachricht verstanden: Wer Muscheln in eine Bouillabaisse tut und ißt, der erfindet immerfort Todesarten und neue unheilbare Krankheiten.

Das möcht ich nicht erleben, sagte der Pianist.

Aber Herr Pianist, sagte Herr Szabo, Sie dürfen nie im Leben aufhören, neugierig zu sein, hören Sie, niemals! Alles können Sie, nur aufhören neugierig zu sein, das dürfen Sie nicht. Nur so können Sie lernen.

Mich schaudert, sagte der Pianist.

Mehr Neugier, sagte Herr Szabo.

Über die Monitoren der Fernsehgesellschaften der Carl-August-Schnefke-Halle kam das Signal, 180 Sekunden bis live, dann tickte es per Chronometer ab 179, 178, 177, 176, die Scheinwerfer flammten auf, die Kameramänner nahmen ihre schwenkbaren Geräte fester in den Griff, die Kommentatoren prüften den Sitz des Mikro-Mikrofons am Revers 36, 35, 34, 33, 32, aus den Übertragungswagen draußen vor der Halle ertönte es über die Regie-Mikrofone von Kameramännern und Kommentatoren, 18, 17, 16, 15, 14, Achtung, zehn Sekunden bis live.

Dann begannen Kommentatoren in schwarzen, feierlichen Anzügen zu sprechen. Sie trugen weiße Hemden und silbergraue Krawatten und sahen jovial aus und vertrauenerweckend, das hatten sie jahrelang gelernt auf den Kommentatoren-Schulen, und nur diejenigen, welche mit den höchsten Diplomen abgeschlossen hatten, wurden von den Anstalten übernommen und durften vertrauenerweckend und jovial zur zufriedenen Bevölkerung des Landes sprechen.

Guten Abend, meine sehr verehrten Damen und Herren. Wir übertragen heute aus der Carl-August-Schnefke-Halle im Rahmen eines Staatsaktes die feierliche Verleihung des höchsten Ordens, den die Föderalrepublik je verliehen hat. Dieser Orden, der Große Verdienstorden mit Stern am Band und brillantbesetztem Lorbeerkranz wurde eigens für den Mann gestiftet, der ihn heute aus den Händen des Föderalpräsidenten feierlich entgegennimmt. Es wird damit eine Persönlichkeit geehrt, die, wie keine vor ihr, mitbestimmend war für die Geschicke unseres Landes nach dem unseligen Ende des Zweiten Weltkrieges und dem Aufstieg des Landes aus den Trümmern der Niederlage zur heutigen Weltgeltung, zur zweitstärksten Währung der Welt. – Ich höre gerade, daß wir noch einige Minuten Zeit haben, bis die Kolonne des Föderalpräsidenten vor dieser Halle vorfährt, welche zu Ehren eines anderen, bedeutenden Industriellen errichtet wurde, der vor mehr als einem Jahrzehnt das Opfer feiger, hinterhältiger Mordbuben wurde, ein Ereignis, auf das unsere Republik mit trotziger Trauer reagierte und mit einwöchiger Halbmastbeflaggung aller öffentlichen und halböffentlichen Gebäude unseres Landes sowie aller Werk- und Fabrikhallen.

Den Auftakt des heutigen Abends gibt das Staatliche Philharmonie-Orchester unter der Leitung seines langjährigen Dirigenten August, Edler Freiherr von Karaben-Nemcy, ein Mann, dessen musikalischer Ruf in der ganzen Welt widerhallt und dessen Schallplatten sich bis heute über zwanzig Millionen Mal verkauft haben. Er spielt Beethovens Ode an die Freude in einer Version, die der Maestro selbst um ein Mehrfaches verlängert hat, und die von ihm dem Bonner Beethoven zugefügten Passagen haben in der ganzen Welt Bewunderung und Erstaunen hervorgerufen.

Der berühmte Dirigent ist bereits in der Halle. Das Orchester hat längst seine Plätze eingenommen. Wie wir erfahren, befindet sich in seiner Begleitung seine langjährige Frau Gemahlin, das ehemalige Mannequin Rose d'Anjou, die vier Jahre hintereinander von den Modejournalisten der westlichen Welt einstimmig als die erregendste und schönste Frau gekürt worden ist, ein Votum, das nie zuvor und nie danach einer Frau zugesprochen wurde.

Seit ihrer Eheschließung widmet sich die Edle von Karaben-Nemcy nur noch dem Werk ihres Mannes, so auch, wie könnte es anders sein, heute, an diesem feierlichen Tage, der ein feierlicher Tag in der Geschichte unserer Republik ist, darin sind sich sämtliche Kommentatoren längst vollkommen einig, und zwar sowohl die ausländischen wie auch die inländischen.

Diese Feierstunde, die, wie Sie wissen, von Eurovision übertragen wird in zahlreiche Länder, es würde zu viel Zeit in Anspruch nehmen, würde man sie hier einzeln aufzählen, hat natürlich viele ausländische Kommentatoren zu uns geführt.

Kamera, vielleicht gehen wir einmal hinüber in die gläsernen Boxen der ausländischen Kollegen. Ja, danke. Das ist der Kollege aus Argentinien, Sie erinnern sich vielleicht an ihn von der Übertragung der Fußball-Weltmeisterschaften, einer der beliebtesten Kommentatoren seines Landes. Neben ihm in der Box 23 ein Team aus Chile, daneben die Republik Südafrika, in der der zu Ehrende zahlreiche, weitreichende Unternehmen kontrolliert. Dann Kommentatoren aus den USA. Hier ein Kollege aus dem Bundesstaat Texas; hier hat derjenige, der heute die höchste Ehrung unserer Republik erhält, ausgedehnte Besitzungen, ist Ehrenpräsident der Handelskammern von Dallas, Huston und Corpus Christi, auch das eine Ehre, die bisher keinem widerfahren ist.

Daneben, dieser dunkle Herr hier mit dem malerischen weißen

Gewand der Wüstensöhne, ist einer der angesehensten Kommentatoren aus dem Königreich Marokko; zwei Kabinen weiter zwei Kommentatoren aus Israel, wo unser Bürger zu den geachteten Deutschen gehört, geachtet, weil er einst Tausenden von bedrängten Juden das Leben gerettet hat, genau, ich habe hier die anerkannten Ziffern: eintausendsechshundertunddrei jüdischen Bürgern geholfen hat, in die Freiheit zu gelangen.

Ich höre gerade, daß bis zur Ankunft unseres Föderalpräsidenten nur noch wenige Augenblicke vergehen werden.

Nachdem das Staatsorchester die verlängerte, man darf sagen, vollendete Ode Beethovens an die Freude gespielt hat, also etwa gegen neunzehn Uhr dreiunddreißig, wird dann der Protokollchef der Föderalrepublik ans Rednerpult treten. Das ist ein Mann, der stets sorgfältig hinter den Kulissen des Geschehens wirkt, dort aber um so nachhaltiger. Herr von Braun-Becker wird sodann ans Podium treten und die Feierstunde für eröffnet erklären.

Danach wird der Herr Föderalpräsident ans Rednerpult schreiten. Nach der feierlichen Rede des Herrn Föderalpräsidenten – wie wir soeben erfahren haben, ist der Wortlaut dieser bedeutenden Rede ab morgen gedruckt für neun Mark achtzig überall im Handel erhältlich und die Startauflage beträgt 800 000 Exemplare – nach den feierlichen Worten des Herrn Föderalpräsidenten wird die Ehrung vorgenommen. Der Präsident überreicht den höchsten Orden der Föderalrepublik und legt ihn dem zu Ehrenden an, denn für diesen Mann wurde der Orden gestiftet. Nach vollendeter Anlegung ertönt vom barocken Bläserensemble des Heeres unter Leitung von General Stumm-Heitzler ein Fanfarenchor nach Motiven von Friedrich Händel.

Danach erfolgt die Laudatio. Geschrieben hat sie der bedeutende deutsche Schriftsteller und Historiker Dr. Mangold, den man gerne und liebevoll auch den heimlichen Hofpoeten der Republik nennt. Vorgelesen wird die Laudatio von dem Staatsschauspieler Carl-Jürgen Wusterlitz, der in seiner Fernsehrolle als Mediziner weit über die Grenzen unseres Vaterlandes hinaus berühmt geworden ist.

Alsdann spielt wieder das Staatsorchester unter August Edler Freiherr von Karaben-Nemcy, und zwar die Eroica von Beethoven mit einem neuen Satz aus der Feder des unvergleichlichen Maestros.

In den Boxen der ausländischen Fernsehkommentatoren herrscht gespannte Erwartung. Das brasilianische Fernsehen ist mit einer Equipe von 16 Personen vertreten, das spanische Fernsehen und sämtliche Antennen Frankreichs in einem Gemeinschaftsteam. Österreich überträgt die Feierstunde ebenso wie die deutschsprachigen Fernsehsender der Schweiz ohne eigene Kommentatoren.

Nicht vertreten ist das holländische Fernsehen, während sich das britische Fernsehen und die Anstalten Kanadas nicht zu einer Live-Übertragung entschließen konnten, obwohl der zu Ehrende in London und in Toronto umfassende Handelshäuser unterhält.

Man kann also sagen, daß die gesamte Welt heute Gast bei uns ist.

Im übrigen waren der zu Ehrende und der Mann, dessen tragischer Tod zur Errichtung dieses Mahnmals der Carl-August-Schnefke-Halle geführt hat, zeitlebens enge Freunde.

Die Ehrengäste haben jetzt ihre Plätze in der Halle eingenommen. Das gesamte Kabinett ist vertreten, alle Industrie- und Handelsverbände, die Vorstände der Banken und Versicherungen sind vollzählig versammelt und die der großen Industrieunternehmen. Hier ist, unter ganz besonderen Sicherheitsvorkehrungen, alles vertreten, was in unserer Republik Rang und Namen hat, sogar mehrere Alt-Kanzler und Alt-Präsidenten, und Alt-Kanzler Ehrbaum soll gesagt haben, nur der Tod könne ihn abhalten, an der Ehrung dieses Mannes teilzunehmen.

Wir sehen ferner sämtliche Kardinäle, Bischöfe und Erzbischöfe, und der Vatikan hat seinen Kardinal für Auswärtige Beziehungen entsandt sowie den Kardinal für Wirtschafts- und Sozialfragen.

Ich höre gerade, daß jetzt die Blaulichter der Kolonne des Föderalpräsidenten in Sicht sind, und schalte um zu meinem Kollegen Brönert in der Haupt-Empfangshalle. Kollege Brönert bitte...

Der Verkauf der Schallplatte mit dem Titel *Gloomy Sunday* und *Trüber Sonntag*, in Ungarn aber *Szomorú vasárnap*, also *Das Lied vom Traurigen Sonntag*, ließ sich recht schleppend an.

Nun konnte das daran liegen, daß ein besonders heißer Sommer herrschte mit viel Sonnenschein, und zu diesen Gelegenheiten kaufen die Leute gewöhnlich Musikstücke, welche sich zum Tanzen an Badestränden eignen, zu Gartenfesten, also Titel wie: *Am Sonntag will mein Süßer mit mir segeln gehn* oder *Organ Grinders Swing* oder *Ein Freund, ein guter Freund* oder *Alle Tage ist kein Sonntag*, für die Abende an tragbaren Grammophonen gedacht, oder jenes Stück mit dem Titel *Lambeth Walk*, welches ganz Europa zu einem besonderen Gesellschaftstanz angeregt hatte, *Music Maestro please* oder *Happy Days are here again* oder *Wenn ich einmal traurig bin* oder *Wenn der weiße Flieder wieder blüht* oder *San Francisco open your Golden Gate* – also für ein Lied vom Traurigen Sonntag war da so recht kein Platz.

Der Herr Pianist im Restaurant von Herrn Szabo im XIV. Bezirk hoffte lange Zeit, es würde eines Abends einer der speisenden Gäste den Gyuszi zu ihm schicken und fragen, ob er nicht der Komponist jenes entzückenden Stückes sei, und es wäre dem Herrn Gast eine Ehre, wenn der Herr Komponist und Pianist es hier, heute für ihn spielen würde, weil das ja nun der Ort sei, an dem es entstanden sei, deswegen sei man ja nach hierher aufgebrochen, das Restaurant habe auch einen sehr soliden Ruf, aber das Stück einmal im Original zu hören, das mache schon den besten Csúsztatott palascinta wett, stelle ihn in einen Schatten der erlebten Töne, nichts gegen den Csúsztatott palascinta des Restaurants hier, wie hieß der Herr Restaurateur, bittschön? Ah, Szabo heißt er, danke. Wir kamen eigentlich wegen des Liedes und wegen des Komponisten, Sie verstehen bitte. Aber die Speisen sind natürlich auch ganz ausgezeichnet, nein, das müsse man sagen, man sei überrascht, diese Qualität und Sorgfalt habe man nicht erwartet, das sei ja besser als im Gundel...

*

Hier ist jetzt einmal energisch einzugreifen.

Und zwar von jener Person, die alle diese Dinge, die Dialoge, Zeitabläufe, Orte, Gedanken, Erinnerungen, Gerichte, Rezepte bislang und auch künftighin wahrheitsgemäß und wahrheitsgetreu wiedergegeben hat und wird, oder wird und hat, also das alles in jedem Falle und unter allen Umständen gewissenhaft tut.

Ein Wort zum Gundel.

Es ist annähernd verständlich, daß der Herr Szabo keine rühmlichen Worte zum Gundel fand, nur zum alten Gundel, aber zum jüngeren nicht.

Der Herr Szabo mochte dafür seine Gründe haben, sie waren in jedem Falle ehrenwert. Er war der Meinung, und wer will ihm das Recht auf seine Ansichten bestreiten, wer könnte das wagen? Er meinte also, daß es im Restaurant Gundel einen kulinarischen Niedergang gegeben habe.

Herr Szabo begründete das, daran erinnert man sich gewiß, mit der Abschaffung des Pianisten und der Anschaffung einer Zigeunerbande. Er begründete das mit den Touristen aus Cleveland, welches im Staat Ohio liegt, vor allem aber mit den Touristen aus Philadelphia. Alles recht und gut.

Daß die seltsamen und rätselhaften Erkrankungen im Budapester Zoo auf die Kochdünste aus dem neueren Restaurant Gundel zurückzuführen seien, das mag man ihm als phantasievolles Sinnbild seiner Ansichten auch noch glauben, denn wenn einer derartige und, recht besehen, auch nicht ganz so absurde Meinungen äußert, so muß er hier und da schon einmal zu einem Sinnbild greifen, welches die Wirklichkeit sozusagen in überdeutlichem Licht zeigt, also mit verschärftem Fokus wiedergibt.

Aber so schlecht, wie Herr Szabo es häufiger betonte, war das Gundel gar nicht und wer heute, vierzig oder fünfzig Jahre nach den Ereignissen ins Gundel geht und in Herrn Szabos ehemaliges Restaurant, der wird schon kaum kulinarische Unterschiede feststellen. Außer natürlich, daß im Gundel eine Zigeunerband spielt und in Herrn Szabos ehemaligem Restaurant ein Pianist. Daran hat sich nichts geändert.

Das mußte einfach gesagt werden.

*

Es kam aber niemand.

Den Herrn Pianisten bedrückte es sehr, daß niemand sein Stück bisher auf Schallplatte gekauft hatte. Von einem Abspielen in einem Rundfunksender hatte er auch noch nichts vernommen.

Der Herr Szabo versuchte gelegentlich, ihn zu trösten.

Also schaun Sie, da ist ja nun mal der Sommer. Wenn draußen in den Hecken die Vögerl zwitschern, dann hat man kein Ohr für einen Traurigen Sonntag, da zwitschern einem immer diese dummen Tiere dazwischen in ihrer nestbauerischen Lust, oder was für Gründe auch immer sie bewegen mögen.

Da wirkt Ihr Liederl einfach nicht, Herr Pianist, die Vögerln zwitschern das nieder, da kommt nichts auf bei den Leuten. Aber warten Sie mal den Herbst ab, wenn die Schwalben sich gen Süden absetzen und die anderen Singpieper auch, wenn dann die Nebel durch die Hecken ziehen, und die Leute müssen abends um sieben schon die Lichter anmachen, damit sie sich in ihrer Wohnstube zurechtfinden – das ist dann die Zeit für Ihr Stück, Sie werden es sehen. Was ich Ihnen sag, Sie werdens sehen.

Der August kam und ging, der September kam und ging, aber es kam kein Gast und wollte das Stück hören vom Herrn Pianisten, und da kein Gast kam, um das Stück zu hören, ging auch kein Gast, nachdem er es gehört hatte.

Es muß allerdings gesagt werden, daß der September noch ordentlich warm war und dieses Wetter bis in den Oktober hinein andauerte. Kein Mensch weiß so recht, warum solche Sommer nach alten Weibern genannt werden oder nach Indianern, aber sie werden tatsächlich so genannt.

Ende Oktober erhielt Herr Szabo per Telefon eine Tischreservierung für sechs Personen von der sehr einflußreichen und wohlhabenden Industriellenfamilie Schwartz.

Die Privatsekretärin des Juniorchefs, welche die Tischbestellung ausrichtete, fragte Herrn Szabo, ob es richtig sei, daß jenes Stück, welches gestern vom Rundfunksender Budapest ausgestrahlt worden sei, irgend etwas mit Sonntag sei der Titel gewesen, ob dieses Stück tatsächlich von dem Pianisten sei, der allabendlich im Restaurant spiele. Der Juniorchef, der mit ein paar Freunden kommen wolle, möchte unbedingt das Stück im Restaurant vom Pianisten und Komponisten hören, denn es habe ihn und seine Freunde sehr beeindruckt.

Also ist es geschehen, sagte Herr Szabo zum Herrn Pianisten, als der gegen sechs Uhr kam und sich umzog, den schwarzen Anzug, das weiße Hemd, die Krawatte in gedeckten Farben umband, sie haben es gespielt im Radio Ihr Stück, Herr Pianist. Gleich hat die Fabrikantenfamilie Schwartz angerufen und hat einen Tisch für sechs Personen bestellt.

Sehen Sie, Herr Pianist, sagte der Herr Szabo, jetzt ist es Ende Oktober, die Nebel ziehen durch die Hecken und die Pieper sind weg, jetzt beginnt Ihr Lied zu wirken. Es ist gleich die Fabrikantenfamilie Schwartz. Das müssen Sie sich vorstellen, was die für Werke haben, dreißigtausend Leute sollen sie beschäftigen, alles in Stahl- und Textilfabriken. No, der alte Moshe Schwartz war schon ein gerissener Geschäftsmann, aber sehr honorig, sagte Herr Szabo.

Wirklich, die Fabrikantenfamilie Schwartz? fragte der Herr Pianist. Sie haben einen Tisch bestellt?

Ich sag es Ihnen doch, Herr Pianist, sagte Herr Szabo. Also die waren noch nie hier. Das ist eine große Ehre für unser Restaurant, Herr Pianist.

Also haben sie das Lied doch gespielt im Radio, sagte der Herr Pianist.

Ich habs Ihnen ja gesagt, sagte Herr Szabo. Der Juniorchef hat seine Privatsekretärin anrufen lassen und, sie hat ausdrücklich gefragt, ob dieses das Restaurant mit dem Lied vom Traurigen Sonntag sei. Ausdrücklich, Herr Pianist. Das sind sehr feine Leute. Die haben drei Villen in der Andris ut., gleich drei, Herr Pianist, also diese Paläste sollten Sie sehen, wirklich hochfeine Leute und die Häuser – wie aus dem Ei gepellt. Das ist eine große und einflußreiche Familie, sagte Herr Szabo. Es ist eine große Ehre für uns.

Später, als der Herr Brigadeführer Wieck nach Budapest versetzt wurde, um sich darum zu kümmern, daß Vermögenswerte und Versorgungsangelegenheiten zugunsten deutscher Menschen geregelt würden, da bewohnte er mit seinem Stab diese Häuser, die Adresse war ihm wohlbekannt, und die Gestüte der Familie Schwartz mit fast zweitausend edlen Pferden, die hatte der Herr Brigadeführer natürlich sofort zu militärischen Zwekken für die SS-Kavallerie sicherstellen lassen und einen zuverlässigen Offizier eingesetzt, der den Abtransport übernahm und im Herrenhaus des Gestüts wohnen durfte, wo die Dienerschaft ab sofort beim Servieren weiße Handschuhe tragen mußte, was bei der Familie Schwartz aber nicht üblich gewesen war. Die Angehörigen der Familie Schwartz saßen beim Eintreffen des Herrn Brigadeführers Wieck in verschiedenen Konzentrationslagern, keine angenehmen Orte, nun, das wußte man aber damals schon und nannte sie nur verschämt, hinter vorgehaltener Hand, wenn man sie denn überhaupt nannte. Meist nannte man sie nicht, aber viele kannten sie und wußten, was da vorging, deswegen nannte man sie wohl nicht beim Namen.

Nun, die Familie Schwartz war katholisch. Sie waren allesamt gute Katholiken; sie hatten sich schon vor zwei Generationen katholisch taufen lassen. Der alte Moshe Schwartz hatte das zwar, als sie es ihm sagten, nachdem er seine Anteile den Jüngeren überschrieben hatte, mißbilligt, aber er hatte gesagt, wo ich demnächst hingeh, braucht man keinen Glauben mehr, wie man diese Religionsbekenntnisse nennt, also schon der Ausdruck allein: Bekenntnisse. Aber ihr, die ihr noch eine Weile leben wollt, ihr braucht so etwas, und wenn es euch selig macht und dient eurer Existenz, tretet hinein, in was euch beliebt.

Sie waren alle gute Katholiken, alle Schwartzens und auch der Junior, der durch seine Privatsekretärin gerade hatte einen Tisch bestellen lassen im Restaurant des Herrn Szabo im XIV. Bezirk, weil ihm das Lied im Radio auf eigentümliche Weise gefallen hatte, auch er war ein guter Katholik. Die Familie hatte von jeher dem ehrwürdigen Herrn Erzbischof und Kardinal von Budapest große Geldaufwendungen zukommen lassen, und der hatte stets gesagt, Gott werde es lohnen, und den Segen herabgefleht auf alle Häupter der Familie Schwartz und die Nebenhäupter auch.

Der alte Moshe Schwartz, wenn er noch hätte Einblick nehmen können in die Geschäftsbücher, er hätte wahrscheinlich gerechnet und gesagt, was verpulvert ihr Geld an die Kirche! Es sind fast vier Prozent des Gewinns. Gebt es lieber den Armen, gebt es und baut ihnen Küchen, laßt sie essen und gebt ihnen für die vier Prozent vom Gewinn Hoffnung. Aber nein, ihr gebts hinein in die Kirche, daß sie sich neue Aktien kaufen können und damit der Herr Papst einen ordentlichen Gewinn erwirtschaftet für sich und seine Herren vom Vorstand im Glauben. Amen. Hätte der alte Moshe Schwartz gesagt.

Jede Generation hat den Wunsch, ihre eigenen Erfahrungen zu machen. An nichts hält eine menschliche Denkweise inniger fest als an den eigenen Irrtümern. Eher würden sich die Leute von ihren Kindern trennen, von Ehefrauen, Lebensgewohnheiten, sie würden ihre Bücher verscherbeln, wenns denn sein müßte, das silberne Besteck und die Teppiche, und den Kaiser würde man auch ohne Tränen ins Exil ziehen lassen; jeden Führer, jede Republik, jede Niederlage vergessen und jede Pleite, von allem kann man sich trennen, nur an den eigenen Irrtümern hält man unverwandt fest. Die lasse man sich nicht nehmen, sagten die Leute. Irgend etwas im Leben brauche jeder Mensch, woran er sich halten könne. Nun, das waren eben die Irrtümer, die man sich nicht nehmen lassen wollte, unter keinen Umständen und von niemandem. Eher ließ man sich das Leben nehmen als die Irrtümer. Die Welt lobte das als eine feste Haltung.

Alle Schwartzens waren also gute, im Glauben feste Katholiken und stifteten Gold und Gewänder für die Kirchenfürsten, sie gaben ihnen gute Anlagetips und ließen auch schon mal ein interessantes kleines Aktienpaket abgeben im Palais des Herrn Erzbischofs, der darüber erfreut nach Rom zu berichten wußte.

Das war auch alles gut, als im schönen Ungarn die Antisemiten, welche sich Pfeilkreuzler nannten, weil sie an den Ausdruck Faschisten nicht so recht herantreten mochten, als sie also anfingen, die Juden zu schikanieren. Aber von den Schwartzens ließ man die Fingerchen, weil, das waren ja Katholiken, das hatte auch der Herr Erzbischof Kardinal gesagt.

So konnte man allerdings jenen Herren nicht kommen, denen sich einst der Syndikus Wieck zugesellt hatte, weil er von seiner

«Der Hauptcharakter der ungarischen Nation war von jeher…

...die Freiheit. Ich sah oft die Deutschen lachen, wenn sie einen armen, in den Schafmantel fast verhüllten Ungarn für einen Edelmann ansehen mußten; außer den Grenzen seines Vaterlandes hat er freilich das Ansehen nicht, wüßte der Deutsche aber, was ein solcher Edelmann, und wenn er nur eine Hütte, etliche Äcker und Weingärten hat, für ein Herr seines kleinen Eigentums sei und welche Freiheiten er in seinem baufälligen Häuschen besitze, so würde er gewiß anders urteilen.»

Joseph Kaitar in «Die alte und die neue ungarische Welt», Wien 1796

Eigentum schafft Freiheit, und es müssen nicht immer große Reichtümer und die totale Freiheit sein, die Freude und Zufriedenheit bringen. Die persönliche Einstellung und ein paar Ersparnisse ermöglichen es jedem, etwas aus seinem Leben zu machen.

Pfandbrief und Kommunalobligation

Meistgekaufte deutsche Wertpapiere - hoher Zinsertrag - bei allen Banken und Sparkassen

Verbriefte Sicherheit

lieben Frau ein Reitpferd erhalten hatte, als Mitgift, mit Sattelzeug. Diese Herren waren zwar auch tiefschwarz in ihrer Seele, aber denn doch nicht so, daß sie sich hätten fürs liebe Jesusknäblein ein Bein ausreißen lassen. Die Juden waren eine Rasse.

Schließlich hatte man sich schon deswegen national und sozialistisch genannt, weil man einen Rassenkampf führte, während die ohne national einen Klassenkampf führten.

Rasse ist was Besonderes. Stimme des Blutes. Man mußte auf die Stimme des Blutes hören. Und was sprach die Stimme des Blutes? Sie sprach: Wenn einer gute Geschäfte macht, und man tritt ihn aus dem Haus, kann man selbst die guten Geschäfte machen. Man muß ihn nur so aus dem Haus treten, daß er nie wiederkommt.

Denen konnte man nicht mit guter Katholikenseele kommen oder guter Lutherseele und dem, was die andere Seite Schmonz zu nennen pflegte. Nicht mit Schmonz.

Die Stimme des Blutes war mächtig.

Außerdem war sie staatstragend genug, eine eigene Behörde dafür einzurichten, welche direkt dem Herrn Reichsführer unterstand, das sogenannte Rasse-Hauptamt. Das wachte. Über alles, was die Stimme des Blutes zu sagen hatte, keine Sentimentalitäten bitte, Gefühlsduseleien, weibisch und jüdisch zugleich. Das hing alles eng zusammen.

Wie oft hatte der Herr Brigadeführer Wieck, als er noch nicht in Budapest weilte, sondern in Berlin und an wechselnden Orten in der Nähe seines Herrn Reichsführers, wie oft hatte er da die Zornesausbrüche, die schlechten Stimmungen, das Aufbegehren gegen etwas erlebt, das sich wie ein langfingriger morgentaugleicher Vampir aus dem Grabe zu strecken pflegte, um in der Gegenwart ein Stückchen Wirklichkeit einzufordern.

Das lief folgendermaßen ab: Man kam morgens ins Amt und rief, fröhlich wie man selbst war: Na, Truppe, wie ist die Stimmung?

Dicke Luft.

Exkremente.

Reinau wieder.

Oha.

Oder man lief durch einen Gang und hörte aufgeregte Stimmen, schrille Kommandos. Fragte man, was los sei, erhielt man die Antwort: Reinau wieder.

Schon wieder? Wie viele?

Drei Unteroffiziersränge.

Auf einen Schlag?

Auf einen Schlag.

Möcht einen Termin beim Reichsführer.

Heute besser nicht.

Was issen los?

Reinau.

Einfache Ränge?

Ein Sturmbannführer, die Frau eines Standartenführers, die Ehe eines Obersturmführers abgelehnt.

Na, das geht ja fast zu weit!

Ja, wollte die Tochter eines Oberst-Gruppenführers heiraten.

Reinau, immer Reinau. Hört das denn nie auf? Der schießt ja mehr SS-Männer ab als, das können Sie wohl sagen, na, Heiliger Julklapp.

Gruß zurück an Abraham Reinau, geboren 1663 in Freiburg, Breisgau, Weinhändler, na, was macht man in Baden schon. Abraham, unter lauter ehrbaren Katholiken, hatte sich taufen lassen, da war er vierundzwanzig Jahre alt. Warum soll sich einer nicht katholisch taufen lassen, wenn er vierundzwanzig Jahre alt ist und es seiner Seele nützt, seinem Ansehen, dem Geschäft und den Umgang mit netten Leuten erleichtert. Als Jidd hat man ein schweres Leben, als Kathole ein leichteres, also, wenn man ihnen zu fressen gibt die Seele, geben sie einem im Austausch dafür ein friedliches und langes Leben. Man stellt sich einfach in den Schatten des Kreuzes von Golgatha, wenn die Sonne zu scharf brennt, denn ein wenig Schatten ist besser als gar kein Schatten weit und breit.

Oder wie die Leute zu scherzen pflegten, denen der Herr Abraham Reinau aus Freiburg im Breisgau mit dreihundert Jahren Verspätung argen Ärger machte und wütende Entscheidungen hervorzwang: Lieber reich, gesund und arisch, als ein armer kranker Jude – pflegten sie zu scherzen. Bis Reinau an die Tür klopfte.

Große Sitzung beim Reichsführer: Dieser Reinau hat ja in der Gegend Freiburg verheerend gehaust. Habe heute schon wieder zwei Rottenführer und einen Obersturmführer aus den Reihen der SS entfernen müssen, weil unter ihren Vorfahren an Stelle 285 im Ahnenpaß dieser mosaische Reinau auftauchte. Beide Rottenführer haben sich im Felde bewährt, EK II., Ostmedaille, Verwundetenabzeichen, können rassisch als nordisch-fälisch angesprochen werden, auch kein ahnentafelmäßiger, jüdischer Bluteinschlag festzustellen im Gesamteindruck.

Befehle zu prüfen, ob man für ahnenmäßige Herkunft eventuell abgehen kann von Datum Ende des Dreißigjährigen Krieges und zurück auf sechs Generationen, und falls vorher jüdisches Blut nachweisbar, ist rassische Musterung anzusetzen. Für SS-Männer bleibt aber, Ahnenreihe zurück bis 1650 muß rein sein.

Abraham, wo immer Sie modern, schauen Sie sich die reinrassigen kleinen Herren an, wie sie herumlaufen und weh schreien, weil Ihre Lenden, Abraham, so fruchtbar waren, und warum soll sich nicht einer bekennen, wenn er ein Kind hat, vielleicht haben Sie ja auch von manchem Winzer eine Lendenfrucht auf Ihr Konto genommen, weil Sie dem Herrn Kunden helfen wollten, und seine Frau hats nicht erfahren sollen, das mit der Magd Annegret. Da sind Sie eingetreten und haben gesagt, also das erkenne ich an, sorgen tue ich auch für sie, warum nicht, sind ja Menschenkinder und sollen nicht benachteiligt sein im Leben, weil, wenn einer weiß, wie es ist, wenn man im Leben benachteiligt wird, wird er schon verhindern wollen, daß es anderen auch so geht, einmal muß ja Schluß sein, warum nicht gleich hier und jetzt bei diesem Kindchen, bei Gott dem Grundgütigen, hat es herzige Patscherln.

Anordnung! Reichsfhr. SS. Persönlich! Dringend!

Es ist sofort zu prüfen, ob dieser Abraham Reinau überhaupt mosaischer Herkunft ist und ob die Taufe 1685 erfolgte. Habe soeben entdeckt, daß eine Tochter dieses Reinau den Wirt «Zum wilden Mann» geheiratet hat. Die Wirte der Gasthäuser «Zum wilden Mann» waren meiner Ansicht nach meist sehr rassenbewußte und im Innern unchristliche Männer und Angehörige heidnischer Geheimbünde.
Bericht an mich.
gez. HH

Aktennotiz.

Erwarte Fortschritte im Hinblick auf Reinau und Wilder Mann, siehe meine Anordnung vom 24. 4. 40. Habe heute wieder drei Ehen sperren müssen, weil in der Ahnentafel einer Frau dieser Reinau gleich zweimal vorkam und in den Ahnentafeln der anderen je einmal. So was mendelt sich nicht einfach aus. Habe angeordnet, daß die Nachkommen dieser Sippen für Aufnahme in die SS gesperrt werden. In einer Ehe waren bereits drei Kinder vorhanden.

gez. HH

Es erwischt fast jeden Tag welche. Abraham, badische Sonne und badischer Wein und badischer Frohsinn und ein Schuft, wer schlecht darüber denkt.

Aktennotiz.

Habe heute einen SS-Führer entlassen müssen, da er und seine Frau einmal und ein Teil der Ahnenreihe gleich zweimal von diesem Reinau abstammten.

Jetzt finden wir den Reinau in der Ahnenreihe des bewährten Standartenführers und Ritterkreuzträgers Fritz Heinrich-Heinrichsburg, bis Forschung des Hinweises Wilder Mann abgeschlossen verfügt, daß Heinrich-Heinrichsburg sich verpflichtet, von seiner Frau keine Kinder mehr zu haben. Es herrscht Klarheit, daß diese Kinder nicht in die SS aufgenommen werden können.

gez. HH

Verfügung!

Verfüge die Einrichtung eines Sonderstabes Reinau. Das Wirken dieses Mosaikers hat derart verheerenden Umfang gehabt, daß mit allem Nachdruck zu forschen ist. Leitung des Sonderstabes übertrage ich SS-Obergruppenführer Hühl, Fachforschung wird von SS-Gruppenführer Prof. Dr. Maiermann geleitet. Alle Beteiligten sind sofort von anderen kriegswichtigen Arbeiten freizustellen. Bericht direkt an mich.

gez. HH

Ein dreifach Heil dem guten Katholiken Reinau, der den Mannen mit dem Totenkopf auf derart lebhafte Weise Ärger bereitet hat, und noch dazu penissime.

Als der Herr SS-Brigadeführer in die Villen der getauften, aber jetzt abgeholten Familien Schwartz in der Andris ut. in Budapest einzog und dort bedeutende Vorkommen an katholischem Tafelsilber sicherstellte, konfisziertes Feindesgut nennt man das, und vieles war sehr antik, Barock, Augsburg, Nürnberg, Pokale aller Art, beste deutsche Handwerksqualität, wird er nicht unbedingt an einen Weinhändler aus Baden gedacht haben, eher an eine gute und günstige Gelegenheit.

Der Selbstmord der Debütantin Ilona Kallay, oder wie man auf ungarisch sagt, der Kallay Ilona, beschäftigte die Gemüter. Neunzehn Jahre war sie alt, was für eine edle ungarische Familie, rothaarig und so lebenslustig war das junge Ding.

Herr Szabo sah sie noch an dem Abend am Tisch des jungen Herrn Schwartz, er war mit zwölf Personen gekommen, nicht mit sechs, wie es angesagt worden war, und vorgefahren waren sie mit einem Rolls-Royce und zwei Maybach, was für einen Klang solche Motoren haben.

Fröhlich sahen sie alle aus und so jung und so herzlich und doch so herrschaftlich und doch so unbekümmert und doch so würdevoll. Herr Szabo war ganz hingerissen von diesen jungen Leuten. Der junge Herr Schwartz unterhielt sich mit dem Herrn Pianisten, und er dankte ihm und lobte das Stück, jene seltsame, gelassene Heiterkeit bei aller Melancholie, wissens, die Traurigkeit und die Heiterkeit halten sich in Ihrem Stück wirklich die Balance, sehr sorgfältig.

Das edle Fräulein Kallay Ilona lobte Herrn Szabos Küche und sagte, es sei sehr selten, daß man irgendwo in Budapest derart wohlausgewogene kulinarische Kompositionen vorgesetzt bekäme, früher sei das höchstens noch bei…

*

Der Autor, Chronist, Aufzeichner, Aufschreiber, wie immer man solche Leute nennen will, bekennt an dieser Stelle aufrichtig, Zensur geübt zu haben, und zwar durch Wegstreichen, worauf die Punkte hinweisen. Der Chronist hat hier das Wort Gundel gestrichen, welches die edle und wirklich sehr reizvolle Debütantin Kallay Ilona grade zum Vergleich mit der Kochkunst des Herrn Szabo verwenden wollte. Manches geht einfach zu weit.

*

...der Herr Szabo verneigte sich, küßte die schmale, weiße Hand des schönen Mädchens, aber nur andeutungsweise, und sagte, es sei ihm ein außerordentliches Lob, eines, wie er es Zeit seines Lebens wohl noch nicht gehört habe und wenn, dann nicht aus einem so klugen, gebildeten und wohlgeratenen Munde.

Sie Charmeur, sagte da die Kallay Ilona.

Sie hatte sich umgebracht. Bei Angehörigen edler Familien pflegen die Zeitungen höchstens einen Anfall von Schwermut als Ursache anzudeuten und nur so indirekt, daß man es schon gar nicht weiter wissen möchte. Sie sei mit Freunden ausgewesen und habe gespeist, sei vor Mitternacht zurückgekehrt ins elterliche Wohnhaus, habe sich noch in der Küche einen heißen Kakao bestellt und fröhlich mit der Kakao-Mamsell gesprochen.

Am nächsten Morgen fand man sie tot. Sie habe eine Notiz hinterlassen. Der Polizeipräsident von Budapest sprach der leidgeprüften Familie sein tiefempfundenes Beileid aus, und der Kardinal Erzbischof begab sich zur Familie, um Trost in dieser schweren Stunde zu spenden. Der Premierminister übersandte – und so weiter.

Ein Boulevardblatt, das nach Wiener Vorbild gestaltet wurde, vermeldete, man habe neben ihrer Leiche auf einem Grammophon eine Schallplatte gefunden mit dem Titel *Das Lied vom Traurigen Sonntag*, es stamme von einem Komponisten und Pianisten in einem Restaurant des XIV. Bezirks, wo es allabendlich gespielt werde; dieses Stück, welches in Budapest auf Schallplatte aufgenommen worden sei, sei auch am Abend ihres Besuches in dem Restaurant im XIV. Bezirk gespielt worden.

Weiter nichts. Nur in einem Blatt. Und nur dort.

Zeitungen, das weiß man, werden ausgewertet. Da sitzt einer und schaut, was die anderen Blätter so an Schmankerln haben, Schmankerln sind Enten-Delikatessen. Die Schmankerln nimmt er dann ins eigene Blatt und läßt sie vervielfältigen. Das ist so.

In Wien bei einem Boulevardblatt saß einer, dessen Aufgabe es war, in anderen Zeitungen Schmankerln zu suchen, na, und zu finden natürlich auch. Der fand das mit der Schallplatte vom Traurigen Sonntag und machte daraus eine Meldung für sein eigenes Boulevardblatt, aber er meldete es gegen kleine Münze auch einem Boulevardblatt in der Fleet Street, einem Boulevardblatt in Berlin, einem in Paris; italienische Boulevardblätter bediente er nicht, er war treuer Österreicher, ohne sich darüber je klar zu sein, was das sei oder sein könnte, und als treuer Österreicher lehnte er italienische Boulevardblätter wegen Südtirol ab.

Jetzt hatte sich die Nachricht des Budapester Boulevardblattes bereits vervielfacht. In Prag zog ein Straßenblatt nach, weil die Prager Blätter meist nachzogen.

Ein teutonisches Straßenblatt wollte die Nachricht gründlich haben, der Sache muß man mal auf den Grund gehen, sagte der Chefredakteur. Man beauftragte in Budapest einen Vertrauensmann, der Sache mit der Schallplatte nachzugehen.

Eine Sache gründlich prüfen heißt, man übermittelt dem Mann, der das prüfen soll, Richtlinien. Damit er was hat, wonach er sich richten kann. Die Richtung muß stimmen, sonst fehlt einem Menschen die Einstellung, deswegen hatte man beim Militär auch das Kommando *Richt Euch* eingeführt, damit die Leute wissen, in welche Richtung es gehen mußte.

Daß Zeitungen größten Wert legen auf Richtung und Richtigkeit, das ist so seit jeher. Deswegen werden Zeitungen meist auch nur höchstens vierundzwanzig Stunden alt, dann sind sie tot und vergessen, und ein bedeutender amerikanischer Zeitungsfachmann hat den Satz mit einem bedeutungsschweren philosophischen Inhalt formuliert, nichts sei toter als die

Nachricht von gestern, *nothing is deader than yesterdays news*, als wenn, was tot ist noch toter sein könnte als tot, gar am tötesten.

Zeitungsnachrichten sollen immer frisch aussehen für vierundzwanzig Stunden. Danach ist schon alles egal, dann gibt es wieder eine Lieferung frisch aussehender Nachrichten. Der Strom frisch aussehender Nachrichten erfordert Aufwand und Gründlichkeit, nichts darf dem Zufall überlassen sein.

Wenn man mal über den Nachrichtenfriedhof eines Zeitungsjahrgangs wandeln würde und schaute, was denn nun daran wahr gewesen ist, dann kommt man auf einen sehr geringen Prozentsatz, vielleicht fünf Prozent, wenn man optimistisch sein will. Bitteschön, warum soll man nicht mal optimistisch sein.

Nehmen wir ein Beispiel. Eifersüchtiger Ehemann schießt auf den Stufen der Petrikirche im Vatikan seine ungetreue Ehefrau nieder. Danach bittet er den Erzbischof, der vorüberkommt, um Vergebung.

Also in Wirklichkeit war es so: Das war nicht im Vatikan, sondern in Mailand. Das war auch nicht auf den Stufen einer Kirche, sondern auf einem Platz vor einer Kirche, etwa dreißig Meter entfernt. Das war auch keine ungetreue Ehefrau, sondern ein ungetreuer Ehemann. Der hatte einen Streit mit seiner Geliebten, er haute ihr eine runter, woraufhin sie ein Messer zog, ohne es aber zu benutzen gegen den Streithammel, und der Erzbischof war ein Besenmann der Städtischen Müllabfuhr, der dazwischentrat und ihr das Messer entwand. Aber sonst stimmte an der Meldung alles.

Der Vertrauensmann des gründlich arbeitenden Berliner Boulevardblattes erhielt in Budapest telegrafisch Recherchenvorschriften. Die lauteten:

Wie lautet Titel der Platte?
Wann komponiert?
Von wem?
Personenbeschreibung.
Umstände des Zustandekommens der Melodie?
Wann erste Schallplattenaufnahme?
Wie kam sie zustande?
Wie heißt Firma?

Umstände der Veröffentlichung?
Verkaufszahlen des Stückes bis heute?
Stellungnahme des Komponisten?
Stellungnahme der Schallplattenfirma?
Wann im Radio gespielt?
Stellungnahme des Hauptabteilungsleiters für Musik?
Genaue Umstände des Auffindens der Schallplatte im Wohntrakt der Kallay, I.?
Woher hatte sie Schallplatte? Von wem?
Wer bestätigt das? Name der Zeugen?
Bei allen Personenangaben beachten: Korrekte Schreibweise des Namens, Alter am Tage der Befragung, Körpermerkmale, etwa die Größe, Bart oder nicht etc. Bei Frauen Kleidung am Tage der Befragung beschreiben, signifikante Gebärde, wie Augenzucken etc.

Es kam dann ein Bericht zustande aus Budapest, in dem ein wenig von dem stand, was man längst wußte, also maximal ein Prozent dessen, was man bereits wußte, aber das reichte schon, die Ware für vierundzwanzig Stunden frisch und appetitlich aussehen zu lassen.

Glücklicherweise für den Herrn Vertrauensmann des Berliner Boulevardblattes in Budapest ereigneten sich in Budapest und Umgebung innerhalb von drei Tagen nach der aufsehenerregenden Selbstentleibung der Kallay Ilona noch weitere sieben Selbstentleibungen. (Für alle Recherchen gilt: Wir schreiben nicht Selbstmord, sondern Selbstentleibung, notfalls Freitod. Genaue Richtlinien liegen uns noch nicht vor vom Ministerium. Sie können daher beide Versionen abwechselnd benutzen!)

Diese sieben Personen hatten sich, ohne sich zu kennen oder verabredet zu haben, die Schallplatte innerhalb von vierundzwanzig Stunden nach dem Freitod der Kallay Ilona gekauft und sie daheim auf dem Grammophon zur Selbstentleibung abgespielt. Ein achter Freitod in Budapest in diesen drei Tagen wies nicht die Merkmale jener sieben Selbstentleibungen vor, es lag keine Schallplatte vor, und ein Grammphon war auch nicht vorhanden.

Das Berliner Boulevardblatt vermeldete daraufhin, das Musikstück des Liedes vom Traurigen Sonntag, welches seit vierundzwanzig Stunden jetzt auch in der Reichshauptstadt zum Verkauf ausliege, allerdings unter dem Titel *Trüber Sonntag*, habe in Budapest zu täglich mehr als zwei Freitoden geführt.

Die Boulevardblätter von Paris, London, Prag, Belgrad, von Warschau, Oslo, Kopenhagen, Rom, Stockholm, Madrid – um nur einige wenige zu nennen – ließen sich daraufhin täglich aus Budapest die Zahl und genauesten Umstände aller neuen Selbstmorde mit dem Lied vom Traurigen Sonntag angeben, das in englisch sprechenden Ländern als *Gloomy Sunday* verkauft wurde.

Es wurde ein Foto aufgenommen vom Komponisten.

Es kam ein Fotograf ins Restaurant des Herrn Szabo im XIV. Bezirk und sagte, er habe den Auftrag, eine künstlerische Porträtaufnahme des Herrn Pianisten zu machen, welcher der Komponist des Liedes vom Traurigen Sonntag sei. Das sei ja nun ein Stück, welches auf dem Wege zur Berühmtheit sei. Da wolle man doch gerne einmal dem Herrn Künstler ins Auge blicken.

Herr Szabo sagte, daß der Herr Pianist immer erst um achtzehn Uhr käme, aber dann beginne auch der Restaurantbetrieb, da könne nicht fotografiert werden, das Blitzlicht störe ungemein. Wenn es recht wäre, würde er den Herrn Pianisten fragen, ob er nicht morgen vormittag hineinschauen möchte, sagen wir um elf Uhr, dann könne er ihn an dem Flügel aufnehmen, auf dem das Lied hier in diesem Restaurant entstanden sei.

Der Herr Fotograf fragte, ob er mal telefonieren dürfe, da müsse er erst nachfragen. Er kam vom Telefonieren zurück und sagte, das sei in Ordnung. Hier sei seine Namenskarte, falls sich etwas ändern sollte.

Na, dann ruf ich Sie schon an, sagte Herr Szabo.

Bittschön, sagte der Herr Fotograf.

Na, bis morgen, sagte Herr Szabo.

Der Pianist, als er abends kam, war sehr bedrückt. Dann sagte Herr Szabo ihm, es sei ein Herr Fotograf dagewesen vom Pester Lloyd, der wolle eine Künstleraufnahme machen, und er habe gesagt, morgen um elf Uhr am Piano, wenns recht sei.

Was soll ich machen, sagte der Herr Pianist. Man muß wohl durch alles hindurchschreiten. Warum tun die Leute das nur? fragte er.

Warum, lieber Herr Pianist, warum? sagte Herr Szabo, weil, da müßte man die Leute fragen, das kann man nicht mehr, und vorher haben sie es auch niemandem gesagt, es kommt wohl einfach so, vielleicht liegt es in ihnen, und plötzlich haben sie es gemerkt.

Nun, aber was man so in den Zeitungen liest, sagte der Herr Pianist, da denk ich dann immer, ich wars.

Also gehens, so was dürfen Sie nicht denken, sagte Herr Szabo. Schauen Sie, wenn hier einer herkommt und ißt ein Gombás pontyszeletek, und in der Nacht darauf verstirbt er, wird schon niemand auf den Gedanken kommen, er sei an meinem Gombás pontyszeletek verstorben, auch wenn er aufgeschlagen auf seinem Schreibtisch das Rezept für einen Gombás pontyszeletek hat, weil, er wollte es am Morgen seiner lieben Frau geben und sie bitten, das auch mal so zuzubereiten, wie er es gestern gegessen habe, dann kommt der Arzt und sagt, das sei ein Herzschlag – also glauben Sie, Herr Pianist, es würde irgend jemand auf den Gedanken kommen zu sagen, er sei am Karpfenfilet mit Pilzen des Herrn Szabo gestorben? Ebensowenig ist einer gestorben an dem Musikstück, welches Sie komponiert haben, das müssen Sie schon einsehen. Wenn eine Zeit um ist, ist sie um, ob er nun Karpfen gegessen hat oder ein bestimmtes Musikstück gehört, das ist schon egal, um ist um.

Na ja, das seh ich schon ein, sagte der Herr Pianist, es gibt viele Karpfen, aber es gibt nur mein Lied vom Traurigen Sonntag.

Entschuldigen Sie, daß ich Sie korrigier, sagte Herr Szabo, es gibt auch unendlich viele Lieder, die können den Vergleich mit den Karpfen schon aufnehmen. Wenn man genau nachzählen würde, existieren in Ungarn immer grad so viel Lieder wie Karpfen, und auf ein paar Tausend soll es mir dabei nicht ankommen. Also morgen machen wir schöne Künstleraufnahmen um elf Uhr. Sie werden sehen, das bringt Sie auf andere Gedanken.

Bis der Fotograf am nächsten Tag um elf Uhr vormittags im Restaurant des Herrn Szabo im XIV. Bezirk erschien, der Herr Pianist war auch pünktlich in seinem schwarzen Anzug zur Stelle, schieden in Budapest sechs Personen aus dem Leben, fünf davon mit dem Musikstück, in Pécs drei, alle mit dem Lied, in Cluj zwei, in Debrecen drei, in Nagykörös zwei, in Kecskemet zwei und je eine Person in Mezököveds, Miskolc, Békébsaba und Battonya.

Der Innenminister forderte einen Bericht an.

Der Gesundheitsminister ließ sich auf den Vorschlag seines Staatssekretärs ein, ein psychologisches Gutachten bei einer Wiener Kapazität einzuholen, und der Bürgermeister von Battonya sagte abends zu seiner Frau, jetzt würden die Leute endlich wissen, wo Battonya liege.

Der Herr Pianist war bedrückt, denn zum Frühstück hatte er ganz gegen seine sonstigen Gewohnheiten eine Zeitung gelesen und hatte erfahren, daß sein Lied neue Opfer gefordert habe, um in der Zeitungssprache zu bleiben.

Er war tiefer bekümmert als je zuvor.

Weil er kein Lügner war, sah er auch tief bekümmert aus, und der Fotograf sagte, als er ihn am Flügel posiert hatte, nein, die rechte Hand noch etwas weiter vor, bitte, ja, gut so, jetzt legen Sie die linke Hand locker auf die Tasten, nein, etwas weiter vor, den Kopf etwas höher, bitte, rücken Sie mit dem Hocker etwas zu mir her, so, so ists gut, jetzt die rechte Hand noch etwas weiter vor, und die linke liegt locker, ganz locker auf den Tasten, ja, so geht das schon – Herrgott, machen Sie ein trauriges Gesicht, Herr Pianist. Versuchen Sie mal etwas zu lächeln. Schauen Sie, Herr Pianist, sonst müßt ich Ihnen einen Witz erzählen, und meine Witze gelten allgemein als verheerend, ein Molkereibesitzer hat mal gesagt, ob ich nicht bei ihm eintreten könnte in der Sahne-Abteilung, ich bräuchte nur drei Witze zu erzählen, dann würde auch die beste Sahne auf der Stelle sauer, und das sparte ihm den Reifeprozeß. War nichts, Herr Pianist? Aber gelächelt habens schon etwas, aber reif fürs Foto wars noch nicht.

Nun gut, lasse ich das mit den Fotos jetzt, und plaudern wir noch ein wenig, denn wenn ich mit einem solchen Foto in die Redaktion komme, dann werd ich auf der Stelle entlassen und muß in die Molkerei eintreten. Ich befaß mich jetzt rasch noch einmal mit meinen Apparaten hier, lassen Sie bitte die Hände so liegen, und sitzen tun Sie auch hervorragend. Gestern mußte ein Kollege von mir ein seltsames Ereignis recherchieren, das fällt mir gerade ein. Also im Außenministerium war ein Referent, der hat nachmittags versucht, mit einer Schere einen großen Briefumschlag zu öffnen, der mit modernen Schnellklammern fest verschlossen war. Er hat versucht, mit der Spitze der Schere die Heftklammern zu lockern, daß man den Umschlag öffnen konnte. Da ist die Schere abgeglitten und ist ihm tief in die Hand gefahren, in den Handballen. Da hat er geschrien, und die Kollegen haben ihn in den Sanitätsraum gebracht, der Herr Doktor hat gesagt, er mache ihm jetzt einen Alkoholumschlag, und das hat er getan. Darüber, damit sich der Alkohol nicht verflüchtigt, hat er ein Stück Guttapercha gebunden und hat gesagt, der Herr Referent solle ruhig heimgehen für den Rest des Tages. Also ist er heimgegangen. Gegen Abend hat er schon nichts mehr gespürt, erst hats ja mächtig pulsiert in der Wunde. Dann mußte er mal. Wie er so gesessen hat auf dem Örtchen, hat er sich gedacht, er mache mal den Verband ab, um nach der Wunde zu sehen. Also hat er das Stück Guttapercha abgemacht und fallen lassen, dann hat er den alkoholgetränkten Verband abgewickelt, und die Wunde sah sehr gut aus. Er stopfte den Verband unter sich ins Klo, und weil er an sich gerade fertig war, warf er seine Zigarette gewohnheitsmäßig hinterher, da gab es eine Stichflamme, und der Mann hat geschrien, die Frau ist gekommen, hat gleich nach einer Ambulanz telefoniert. Die sind gekommen und haben den Mann auf die Bahre gelegt und festgeschnallt auch. Wie sie aus der Tür mit ihm gehen wollten, die Treppe runter, fragte der eine, wie denn das passiert sei? Die Frau lief hinter ihnen her und erzählte ihnen jede Einzelheit, damit es die Herren Doktoren im Hospital ganz genau erfahren sollten. Daraufhin mußte einer der Ambulanzträger so lachen, daß er die Treppe runterfiel und sich ein Bein brach. Dann mußten noch zwei Ambulanzen kommen.

Endlich mußte der Herr Pianist doch kräftig lächeln, und wie er gerade kräftig lächelte, weil er sich die Situation vorstellte, da drückte der Herr Fotograf zweimal ab und sagte, das sei genau das, was er sich vorgestellt habe. Wunderbar. Mehr sei nicht nötig.

Ach, das wars schon? fragte der Herr Pianist.

Das wars schon, sagte der Herr Fotograf, und ich denke, die Kundschaft wird zufrieden sein, ein hervorragendes Porträt eines Komponisten auf dem Weg zum Weltruhm. Er packte seine Apparate ein.

Möchten Sie zum Essen bleiben, Herr Fotograf? fragte der Herr Szabo. Die Küche eröffnet in zwanzig Minuten, aber ich könnt Ihnen schon vorweg etwas servieren lassen.

Sehr nett, sehr nett, leider in Eile, muß das abliefern im Labor und hab dann noch einen Termin heute.

Ob es vielleicht möglich wäre, einen Abzug zu erhalten? fragte Herr Szabo.

Ja, ja gewiß, sagte der Fotograf, aber die Herrschaften haben es immer lieber, sich das gedruckte Foto mit dem Artikel aus der Zeitung auszuschneiden und rahmen zu lassen, weil, es sieht dann dokumentarischer aus. Ich mach es Ihnen gerne, weil, man kann es auch als Zeitungsausschnitt fotografieren lassen und entwickeln und vergrößern, das ist dann haltbarer als ein Stück Zeitungspapier. Ich könnt Ihnen alles zum Selbstkostenpreis machen. Jetzt entschuldigen Sie mich bitte. Ihre Adresse hab ich ja.

Merkwürdig, was Leuten so zustößt, sagte der Herr Pianist, als der Fotograf weg war.

Was meinen Sie denn? fragte der Herr Szabo.

Na, das mit dem Herrn Referenten vom Außenministerium.

Ach, Sie halten das für ein Stückerl aus dem Leben? fragte der Herr Szabo.

Ach, sagte der Herr Pianist, Sie nicht?

Nun schauen Sie, Herr Pianist, also das war doch ein Schmonz, um Sie zum Lächeln zu bringen, sagte der Herr Szabo. Der wollte Sie nur dazu bringen, zu lächeln. Fotografen sind so, das waren sie schon immer, seit sie zu diesen technischen Kästen gegriffen haben, um einen Beruf daraus zu machen. Immerfort wollen sie seither, daß die Leute anders ausschauen als sie ausschauen. Ein Fotograf hat eine Vorstellung von einem Menschen und vom Leben, und nun bringt er den Menschen dazu, daß er sich seinen Vorstellungen anpaßt. Also früher, ganz am Anfang haben diese Menschen, bevor sie unter ihre schwarze Matte gekrochen sind, immer zu den Leuten gesagt, sie sollten auf das kleine runde Ding dort achten, da käme dann gleich ein Vögelchen herausgeflogen. Dann hat er abgedrückt und hat gesagt, danke, das wärs. Aber ein Vögelchen ist nicht gekommen. Nie ist ein Vögelchen da herausgeflogen gekommen, aber jeder hat es erst mal geglaubt. Da ist jahrzehntelang kein Vögelchen herausgeflogen gekommen, und wissen Sie, was die Leute da gedacht haben?

Was, Herr Szabo?

Sie haben gedacht, vielleicht kommt doch eines Tages ein Vögelchen herausgeflogen, und erst nach sechzig Jahren hat sich allmählich herumgesprochen, daß da nie ein Vögelchen herausfliegen wird, weil, es ist ein Stück Glas, da kann gar kein Vögelchen herausfliegen. Na, und nun fangen sie an, einem Anekdoten zu erzählen, damit man lächeln soll. Wahrscheinlich handeln die Fotografen von Budapest untereinander die Anekdoten aus, die sie ihren Kunden erzählen, bevor sie sie fotografieren, und Sie, Herr Pianist, waren halt mit der Geschichte vom Referenten aus dem Außenministerium dran.

Aber warum wollen denn Fotografen immer, daß Leute lächeln? fragte der Herr Pianist. Mir war gar nicht nach Lächeln zumute. Ich wollt gar nicht lächeln, aber nur wegen eines Fotos für eine Zeitung soll ich lächeln?

Na ja, schauen Sie, sagte der Herr Szabo, weil, es hat ja keiner was zum Lächeln, drum sind alle Leute ernst. Sehen Sie einmal über die Straße, da laufen alle Personen kreuz und quer und haben bitterernste Mienen, weil das Leben ja nun bitterernst ist. Es gibt schon Länder, wenn da einer aus Versehen auf der Straße etwas lächelt, wird er gleich von der Geheimpolizei angehalten und ausgeforscht, was es denn zum Lächeln gebe, was er zu verbergen habe. Dann denkt man, er sei ein Anarchist und habe im Geiste gerade eine Bombe auf die Königin Clementine geworfen oder auf den Reichskanzler mit dem spitzen Bart oder auf den mit den gestutzten Borsten unter der Nase, und nun lächele er, weil er die Königin Clementine als Leiche vor sich sehe oder den Reichskanzler mit dem spitzen Bart oder den mit dem Stutz unter der Nase. Wer öffentlich lächelt, macht sich sofort verdächtig und fällt der Obrigkeit auf. Lächeln darf man nur in der Operette oder im Kino oder da, wo es ausdrücklich angeschlagen ist, auf den Lachbühnen. Wenn man aber rauskommt, soll man gleich wieder ernst sein, sonst macht man sich verdächtig, weil, denkt man, wer lächelt, führt schon was im Schilde.

Nun gibt es doch aber Leute, die lächeln gern, sagte der Herr

Pianist, und einer wie ich, der lächelt nicht gern. Wie ist das nun, ich bin ganz wirr im Kopf.

Deswegen sollen Sie ja in die Zeitung hineinlächeln, da ist es in Ordnung. Da denkt dann jedermann, was für eine glückliches Land, wo jeder lächeln kann, aber die Geheimpolizei weiß, das tut gar nichts, weil ja der Fotograf dabei war. Also, Herr Pianist, in miesen Zeiten, und wann waren sie mal nicht mies, es ist nur der Unterschied, ob sie erträglich mies sind oder unerträglich mies, gibts nichts zu lachen. Aber es soll keiner merken, darum müssen die Leute hineinlächeln in die Fotos und Zeitungen, dann denkt jeder, wieso lächelt der, wieso ist es für ihn nicht so mies, und dann kriegt er ein schlechtes Gewissen, weil es doch für ihn so mies ist, und für den da in den Zeitungen anscheinend nicht. Das bringt das Volk auseinander, verstehen Sie?

Ich versuchs, aber mir ist nicht danach, sagte der Herr Pianist. Haben Sie nicht gelesen von den Leuten, welche dahingeschieden sind mit meinem Lied vom Traurigen Sonntag?

Gewiß hab ich das gelesen, sagte der Herr Szabo, weil wir sind ja jetzt schon mittags so gut wie ausverkauft, obwohl Sie doch erst am Abend spielen. Wenn ich es nicht lesen tät, würde ich es an den Tischbestellungen merken, sagte Herr Szabo. Aber nun bitte ich Sie, läßt man deswegen den Kopf hängen? Was haben Sie getan mit Ihrer Melodie? Sie haben ihnen den Abschied verschönt von dieser miesen Welt. Angenehm haben Sie es ihnen gemacht mit Ihrem Lied und so schön gespielt auf dem Piano im Studio. Richtig angenehm haben Sie es ihnen gemacht, allesamt. Und nun frage ich Sie, Herr Pianist, einer, der zum Tode verurteilt ist, der darf sich noch einmal eine richtig gute Mahlzeit wünschen, darf bekanntlich nach Herzenslust tafeln und speisen und jauchzen und sich den Bauch vollstopfen, bevor man ihm den Kopf abschlägt oder an den Strick bringt. Also, ist der Koch nun schuld an der Hinrichtung oder ist es die Behörde? Na, der Koch ist es wohl bestimmt nicht, vielleicht weiß der nicht einmal, für wen die Kalbskoteletts mit Gurkensalat sind und Rotkohl mit Äpfeln und hinterher Apfelstrudel mit Sahne und Mokka und zum Schluß noch ein Orangenlikör, den die Behörde bei ihm bestellt hat. Es könnte ja auch für den Herrn Justizrat sein, so herrschaftlich ist die Mahlzeit. Also, da müssen Sie sich nun keine Gedanken machen, weil Sie so ein schönes Stück komponiert haben, ehrlich nicht, Herr Pianist. Also bis heute abend dann, ich muß mich in der Küche kümmern.

Das Foto des Herrn Komponisten erschien am übernächsten Tag in den Zeitungen Ungarns und Österreichs, am Tag darauf in den Prager Zeitungen, den Zeitungen des Deutschen Reiches und tags darauf in den Boulevardblättern von London, von Paris und von Rom.

Es stand überall dasselbe darunter: Der lächelnde Mann auf diesem Foto ist der Komponist des Liedes vom Traurigen Sonntag, dessen Schallplattenveröffentlichung eine Selbstmordwelle in Ungarn ausgelöst hat. Seit dem Erscheinen der Schallplatte haben sich in Ungarn bereits 46 Personen umgebracht, 12 in Prag, 14 in Wien, drei in Berlin, sieben in London, 13 in Paris, zwei in Rom, und täglich werden es mehr.

In London lautete eine Schlagzeile in 2,3 Millionen Exemplaren: This man has all reasons to smile. He is the composer of a sensational tune that has driven nearly onehundred Europeans to commit suicide for no apparent reason at all, while listening to his magic sounds. Es folgte eine Aufstellung, wieviel dem Komponisten an Tantiemen für jede verkaufte Schallplatte zustand.

Aus den USA lagen noch keine Meldungen über den Erfolg der Schallplatte vor, weil sie dort noch nicht verkauft wurde. Die US-Schallplattenfirmen wollten zunächst den Erfolg in Europa abwarten, weil ja Amerika weit von Europa entfernt lag und vollkommen andere Probleme hatte, weil es weiterhin ratsam schien, zunächst einmal die Stimmung unter den Frauen- und Veteranenverbänden zu diesem Lied zu prüfen, einige Gewerkschaftsmeinungen einzuholen und Gespräche mit Polizei-Psychiatern zu führen, bevor man sich zu einer Veröffentlichung entschloß.

Die Zeitungsveröffentlichungen in Berlin, Prag, Wien, London, Paris, Rom, später kamen hinzu Bukarest, Belgrad, Sofia, Brüssel, Athen, Warschau, außerdem Helsinki, Stockholm, Oslo, Kopenhagen, führten zu einem Ansteigen des Verkaufs der Schallplatte in diesen Ländern und zu einem enormen Anstieg der Selbstmordquote. Berichte über diese Selbstmordquote wurden unverzüglich in Berlin verboten, der Verkauf der Platte aber weiterhin gestattet, weil sich herausstellte, daß überwiegend jüdische Personen davon Gebrauch machten, sie waren in einer verzweifelten Lage.

Verboten wurde die Erwähnung in Rom, weil man sich gerne dem Vorbild der germanischen Brüder jenseits der Alpen anschloß, der österreichischen Regierung wars egal, weil Devisen ins Land kamen, in Madrid setzte die Kirche ein totales Verbot der Schallplatte durch und erklärte Ankauf, Verkauf, Aufführung und Anhörung für eine Todsünde. Das war aber, weil der von Kirchenseite geförderte General im Bürgerkrieg gerade siegreich gegen die Bevölkerung vorging und man nicht wollte, daß ihm irgend jemand entkam.

In Paris forderte die Konservative Volkspartei Maßnahmen gegen dieses Machwerk, sie taten es vergebens, denn der Kultusminister erklärte privat, Frankreich sei sich der Bedeutung der Freiheit durchaus bewußt, und alle Welt blicke auf Frankreich, um sich Orientierung zu verschaffen. Was Frankreich viel mehr zu schaffen mache, sei die Syphilis, aber die falle nicht in sein Ressort. Er mochte den Gesundheitsminister nicht.

Das Restaurant des Herrn Szabo war jetzt fast jeden Mittag ausverkauft, und abends waren sowieso alle Tische vorbestellt oder besetzt, und die Leute riefen *bravo*, wenn der Herr Pianist sein Lied spielte, manchmal weinten junge Frauen in ihre Spitzentücher, aber auch Männern rollten gelegentlich Tränen über die Wangen.

Allgemein wurde gefragt, ob es denn nicht einen Text zu diesem schönen Lied gebe. Aber der Herr Pianist sagte, er finde, die Melodie vertrage keinen Text, sie sage so viel mit Tönen, daß Worte es nur mindern könnten.

Der Herr Novak in Wien von der Lindstroem-Schallplatten-Gesellschaft war von dem Erfolg außerordentlich überrascht, auch die Herren Schwitz, Svoboda und Schmiehl waren überrascht und stolz, weil sie bei der Entdeckung des Stückes anwesend gewesen waren und ihren Teil dazu beigetragen hatten, es auf den Weg zu einem Welterfolg zu bringen.

Der Herr Direktor Novak traf die richtige Entscheidung, den Notenverkauf erst später als ursprünglich geplant anlaufen zu lassen, erst wolle man mal mit der Schallplatte den Rahm abschöpfen, sagte er.

Erstaunliche Wirkung, sagte Herr Schmiehl.

Wirklich erstaunlich, sagte Herr Svoboda.

Irgendwie habe ich es gleich geahnt, sagte Herr Direktor Novak, als ich damals in Budapest darauf bestanden habe, daß wir ausgerechnet in dieses Lokal gehen, wir hätten ja auch in irgendeine Pince gehen oder mit einer Droschke ins Gellert fahren können. Aber nein, als hätte ich es geahnt damals, als ich zu Ihnen, meine Herren, sagte: Kehren wir doch gleich hier in dieses Restaurant ein, von außen sieht es ja sehr passabel aus. Und habe ich nicht gleich gesagt, meine Herren, sagte Herr Direktor Novak, nachdem ich den Pianisten gebeten hatte, doch mal etwas Eigenes zu spielen, oha, habe ich da nicht gesagt, das Stück hat Zukunft, das ist interessant? Habe ich nicht, meine Herren? Nun haben wir den Erfolg. Und der tut uns sehr gut.

Alle Herren bestätigten dem Herrn Direktor Novak durch zustimmendes Murmeln und Nicken, daß es genau so gewesen sei und nicht anders.

Herr Schwitz bemerkte, es sei doch merkwürdig, daß sich in Irland und in Portugal so gar nichts recht bewegen wolle, aber Herr Schmiehl sagte, in Irland seien die Konfessionen derart beschäftigt, einander auszurotten, daß für ein so schönes Lied kein Platz sei, die fürchteten die Konkurrenz durch das Lied.

In Spanien sei man auch noch beschäftigt, sich gegenseitig auszurotten, da störe so ein Lied nur, was aber leider den gesamten südamerikanischen Markt blockiere, wo man doch immerfort nach Madrid als Mittelpunkt der spanischen Kultur schaue, und der Bürgerkrieg in Spanien werde jetzt sicher zu einem starken Anstieg von Putschen, Aufrührereien, Aufständen oder sonstigen Insurrektionen in den lateinamerikanischen Ländern führen, da könne man so ein Lied auch nicht gebrauchen, höchstens wenn man einen Tango draus mache, denn schon als Rumba würde es zwar den Leuten dort sicher gefallen, wenn mal gerade kein Putsch stattfindet, so am frühen Abend vielleicht, aber das würde ja dem ganzen Charakter des Liedes zuwiderlaufen, ihm auch völlig seine Wirkung nehmen. Na, und mit Portugal sei das ja wegen der Armut wohl so, daß dort nur die Großgrundbesitzer als Käufer in Frage kämen, und es lohne sich gar nicht erst, zwei Dutzend Schallplatten zu prägen und die Aufkleber deswegen eigens ins Portugiesische übersetzen zu lassen, da könne man es gleich bleiben lassen, was nun wieder eine negative Wirkung auf den brasilianischen Markt habe.

Aber Gott sei Dank, meine Herren, sagte Herr Direktor Novak, haben wir ja noch Europa, wo wir vor großen Erfolgen stehen, auf unserem geschichtsträchtigen Kontinent, der Wiege aller menschlichen Kultur, entfaltet unser Stück seinen Zauber, das ist wirklich sehr schön.

Eine Woche vor Weihnachten erhielt der Pianist eine Vorladung des Innenministeriums, Abteilung Sicherheit und Öffentliche Ordnung, er habe sich am Mittwoch um elf Uhr mit den notwendigen Identifikationsdokumenten einzufinden in Zimmer vierunddreißig im dritten Stock, zwecks einer Einvernahme, und zwar ohne Begleitung.

Nun, der Herr Pianist war, wie man weiß, ein eher schüchterner, zurückhaltender, den Musen zugeneigter Mensch, dem Reich der Töne verhaftet. Die Niederungen der Vorschriften, die Welt der Vorladungen, Befehle, der Amtsordnung und Gewalten war ihm fremd. Sie jagten ihm Schrecken ein, Grauen, er war Personen aus jener Welt hilflos ausgeliefert, ihrer Willkür unterworfen, er sprach nicht ihre Sprache, verstand ihre Sprache kaum, sie verstanden seine Sprache nicht, die behutsame Wahl seiner Worte erregte solche Schreckensmenschen derart, daß sie zu Kannibalen wurden, fast gegen ihren Willen, aber mit Genuß: Machtmenschen lieben den Weg des geringsten Widerstandes.

Na, was werden die wollen? fragte Herr Szabo. Vielleicht wollen die eine signierte Kopie Ihres Werkes, was werden die wollen? Wahrscheinlich werden die, weil sie sich keine guten Speisen leisten können, den Herrn Künstler einmal in ihrer Amtsstube sehen und besprechen. Was werden die wollen? Wissen Sie, Herr Pianist, es gibt Personen und Personenkreise, die lieben es, Terror auszuüben, ergötzen sich, wenn Menschen vor ihnen klein werden, wenn sie deren Angstschweiß riechen können, es erregt sie, erhöht sie. Man kann sich dem Terror auch einfach verweigern, kann so tun, als sei das ja alles nun nichts, was die Herren da vortrügen, das sei eher auf der langweiligen

Seite. Man schaut ihnen freundlich in die Augen, nickt, denkt aha. Also, man darf sich nicht beeindrucken lassen. Wissen Sie, Herr Pianist, ein Angler kann den schönsten Wurm am Haken ins schönste Gewässer halten, wenn der Fisch sich entschließt, den Wurm nicht anzunehmen, wenn er sich den Wurm nur interessiert betrachtet und denkt, no, was soll ich mit solch einem Wurm – dann fängt der Angler schon keinen Fisch. Schauen Sie auf den Wurm des Herrn von der Amtsgewalt und beißen nicht an, fängt er auch nichts.

Sie sagen das so, sagte der Herr Pianist. Aber ich habe Angst, wenn ich vor einem solchen Menschen stehe, der wie ein mordgieriger Infanterist im Schützengraben seines Schreibmöbels hockt und seine Waffen auf mich richtet.

Also gut, sagte Herr Szabo, werd ich Ihnen noch ein Beispiel erzählen, hab ich gerade neulich gehört von einem, der aus Deutschland kam, Sie verstehen schon, große Kulturnation, alte Tradition, sehr ehrwürdig, gehorsame Menschen, sie lieben Hunde dort über alles, weil die so schön gehorsam sind und denen wollen sie es immer gleichtun an Gehorsamkeit, ist eine Tugend dort.

Haben sie abgeholt einen jiddischen Herrn, ein einfacher Mensch ist er gewesen, irgendein Handwerk hat er betrieben, irgendwo bei München. Sie haben ihn abgeholt und in ein Arbeitslager getan, damit ihn die Herren mit den braunen Uniformen so richtig verprügeln und totschlagen können und er nicht etwa weglaufen kann. War da einer, eine Art Lagerführer mit hohen Schaftstiefeln, Schulterriemen und Koppelschloß und einwandfrei hygienischer Uniform, der ist herumgelaufen im Lager mit einer Reitpeitsche, mit der hat er sich immer nervös auf die Schaftstiefel geschlagen, daß sie ihn genannt haben: den Klopfer. Er hatte ein Glasauge. Nun hat er für sein Vaterland werben wollen und für die Qualität, die nur sein Vaterland hervorzubringen vermag. Sie verstehen schon, Herr Pianist, es gibt solche Leute. Wenn ihm in seiner Stimmung einer der Eingesperrten über den Weg lief, dann hat er ihm gleich die unvergleichliche Warenqualität seines Vaterlandes vorführen wollen.

So ist er geraten an jenen Handwerker, von dem ich gehört habe, persönlich kenne ich ihn nicht, aber der es mir erzählt hat, der kennt ihn. Du, komm mal her, du kleine Judensau, hat er gerufen, aber hopp-hopp, Haltung annehmen und dann Meldung. Dann mußten die Eingesperrten, darauf hat er bestanden, immer sagen: Itzig Soundso, haben ihre Namen nennen müssen und gleich darauf die Häftlingsnummer und rufen müssen, *Angetreten.*

Dann hat er gesagt zu dem Handwerker, den er sich heranzitiert hatte, so, du Judensau, jetzt werd ich dir mal zeigen, was deutsche Handwerksarbeit ist, damit ihr mal wißt, was gut ist. Eines meiner Augen ist ein deutsches Glasauge, das ist von so hoher Qualität, daß es sich nicht vom lebendigen Auge unterscheidet. Wenn du schmutziger Itzig mir auf einen Blick sagen kannst, welches das Glasauge ist, kannst du abtreten. Wenn du es aber nicht sagen kannst, kommst du auf den Bock und kriegst dreißig Stockhiebe. Los!

Da hat der Eingesperrte, eine Rückgratverkrümmung hat er gehabt, von unten hochgeschaut in das blonde Gesicht des großen Herrn und hat ohne zu zögern gesagt: Das linke Auge ist es, Herr Hauptsturmführer!

Da war der ganz verblüfft und hat gesagt: Wie kommsten darauf, du Itzig?

Nun, Herr Hauptsturmführer, hat er gesagt, es schaut so gütig.

Sehen Sie, Herr Pianist, so kann man sich dem Terror verweigern, und Sie können das auch, wenn Sie zu Ihrer Vorladung gehen, verlassen Sie sich darauf.

Der Herr Pianist mußte immer an das gütige Glasauge denken und an einen Karpfen, der nicht beißen will, als er zum Innenministerium kam, ein sehr eindrucksvolles Gebäude mit hohen Säulen und grimmigen, bärtigen Männern aus Stein, welche auf ihren Rücken Balkons und Vorsprünge trugen und wütend herabblickten auf Menschen in grauen Paletots und Pelzkragen, welche keine Balkons und Vorsprünge tragen mußten, sondern höchstens eine Aktentasche oder einen Regenschirm oder einen steifen Hut.

Am Empfang zeigte er seine Vorladung und seine Papiere, ein Wachmann führte ihn hinauf über eine wunderbare Freitreppe in den dritten Stock, Zimmer vierunddreißig.

Da war eine Frau Sekretärin, die hatte in ihrer Jugendzeit alle Veranlagungen zu einem wohlgeratenen Äußeren gehabt, aber sie arbeitete hier schon seit fast zwei Jahrzehnten, in Amtsstuben gedeihen bekanntlich keine Frühlingsblumen, nur Kakteen und andere Sukkulenten.

Sie musterte den vorgeladenen Pianisten durch eine makellose Brille, erhob sich und sagte, sie werde den Vorgeladenen anmelden.

Angesichts sämtlicher bereits bekannter und gesehener Umstände vergaß der Herr Pianist den schnappunlustigen Karpfen, und auch das gütige Glasauge eines teutonischen Offiziers entglitt seiner Vorstellung. Ihm war nur noch kalt.

Sie möchten reinkommen, sagte die Sekretärin.

Danke, sagte der Herr Pianist.

Fünf Herren in dunklen Anzügen. Ein Schreibtisch von bedeutenden Ausmaßen. Alles war düster, eher düster, kein Licht, diffus alles.

So, so, sagte einer, der hinter dem Schreibtisch saß, in Akten blätterte und aussah wie Gottes Buchhalter.

Ein anderer räusperte sich.

In den Ohren des Herrn Pianisten tosten Wasserfälle, nicht von der Lautstärke derer von Pillnitz, eher Victoria und Niagara kombiniert.

Halten zu Diensten, sagte er.

Na, mein Lieber, sagte Gottes Buchhalter. Das ist ja eine schöne Chose.

Das kann man wohl sagen, sagte einer der anderen, die standen im Halbkreis um den Sitzenden.

Ich werde jetzt mal dem Referenten vom Ministerium für Gesundheit und Volkswohlfahrt das Wort erteilen, sagte er.

Ja, sagte der. Also, fügte er hinzu. In Ungarn sind in den letzten acht Wochen so viele Personen freiwillig in den Tod gegangen wie sonst innert eines Jahres. Die Zahlen liegen vor, sie sind einwandfrei erstellt und nachgewiesen. 93,6 Prozent aller dieser Dahingeschiedenen begingen diesen entscheidenden Schritt mit Hilfe eines Stückes, welches den Titel trägt *Lied vom Traurigen Sonntag*, komponiert, vorgetragen und auf Schallplatte aufgenommen von dem hier Erschienenen. Es ist eine Entwicklung, die völlig unvorhergesehen eintrat und zu tiefster Beunruhigung im ganzen Land geführt hat.

Im Ausland auch, sagte ein anderer.

Der Herr Referent des Außenministeriums wird später zu Wort kommen, sagte Gottes eigener Buchhalter, anscheinend der Gastgeber des Spektakulums. Ja, sagte er sodann, das hat viele tief betroffen. Ich möchte jetzt mal den Herrn von den Sicherheitsdiensten hören.

Äh, hm, sagte der. Die Sicherheitskräfte stehen dieser Entwicklung vollkommen hilflos gegenüber, weil, einer der in die Donau springt, kann noch gerettet werden unter Umständen, aber jemand, der sich in die Abgeschiedenheit seines Wohnraumes zurückzieht, um mit Hilfe dieses Liedes den letzten Schritt zu tun, der hat schon keine Chance mehr.

Sehr interessant, ja, das sehe ich ein, sagte der Sitzende. Ich möchte jetzt die Ansicht des geschätzten Herrn Professors von der Akademie hören. Sie haben die Melodienfolge geprüft?

Ja, sagte der Musikprofessor, sie ist eingehend und nach den modernsten Methoden der Musikwissenschaft geprüft und diagnostiziert worden, aber es ist darin nicht der Anflug einer verborgenen, geheimen Botschaft entdeckt worden, kein diabolisches Signal, auf welches hin Personen gewissermaßen gehorsam vollziehen könnten, was ihnen per chiffrierter Tonfolge mitgeteilt worden sei. Es ist eine normale, beinahe konsumgerechte Melodienfolge, wenn auch eine gewisse Melancholie von allen anhörenden Experten einwandfrei festgestellt worden ist. Ich bedaure dabei den Verlust eines unserer vielversprechenden Studenten, der nach mehrfacher Anhörung der Versuchung nicht widerstehen konnte, seinem irdischen Dasein ein Ende zu setzen.

So, da schauens her, auch einer Ihrer Herren, sagte der sitzende Herr.

Bedauere, sagte der Herr Professor von der Musikakademie. Die Eltern waren untröstlich. Der Lehrkörper der Akademie kann das Leid der schwergeprüften Eltern wohl verstehen.

Ja, das sieht aber nicht gut aus, sagte der sitzende Herr nachdenklich.

Der Herr Pianist hatte den Eindruck, als sei er eigentlich ganz überflüssig hier, nicht gefragt.

Ja, dann möchte ich noch den Herrn Referenten des Außenministeriums hören, sagte der Sitzende, und der Herr Pianist blickte rasch und verwundert auf den Herrn, ob er eventuell an einer Hand eine frische Stichwunde hätte oder sich unbehaglich in der Hose fühle.

Das außenpolitische Echo ist niederschmetternd, sagte der Diplomat. Daß diese Epidemie von ungarischem Boden ausging, bringt unseren Vertretungen allenthalben mehr als nur mißbilligende Äußerungen ein und schadet unserem Ruf international. Der Kardinal Erzbischof des Vatikan für Äußere Angelegenheiten hat unserem Vertreter beim Heiligen Stuhl bereits mehrfach unmißverständlich angedeutet, es stoße auf Unverständnis, daß unser Land diesem Treiben kein Ende setze und...

Ja, ja, sagte der Sitzende, unser geehrter Herr Kardinal Erzbischof hat mich dieserhalb bereits mehrfach angerufen. Die Haltung des Heiligen Stuhls ist uns wohlbekannt. Aber auch in anderen Ländern scheint man nicht glücklich zu sein, nicht?

Nein, Exzellenz, sagte der Herr vom Außenministerium. Wir registrieren allenthalben ein äußerst negatives Echo, welches gegenwärtig einer weiteren Normalisierung unserer Entwicklung außenpolitisch entgegensteht.

Ah, ja, sagte der Sitzende. So, dann noch bitte kurz der Herr des Finanzministeriums, aber bitte kurz, mein lieber Freund.

Ja, kurz gerechnet, es beträgt der Steuerausfall von jeder durch Freitod aus dem Leben geschiedenen Person, von der wir eine durchschnittlich zu errechnende Lebenserwartung von 37,4 Lebensjahren zugrunde legen konnten angesichts eines durchschnittlichen Lebensalters von 27,6 Lebensjahren zum Zeitpunkt ihres Ausscheidens, von mindestens 540000 Pengös, was angesichts der hohen Zahl der bereits Ausgeschiedenen zu Mindereinnahmen von 393,1 Millionen Pengös führt, das aber, wie gesagt, nur angesichts der bisher vorliegenden Anzahl von Selbstentleibungen im laufenden Fiskaljahr.

Sehr beeindruckend, sehr eindrucksvoll. Ja, sagte der Sitzende. Nun wollen wir mal hören, was der Verursacher auszusagen hat. Er blätterte in seinen Akten, murmelte, der Name lautet und der Vorname und geboren in Budapest, die Angaben sind alle richtig, Herr Komponist? Ist das so?

Jawohl, Herr Exzellenz, sagte der Pianist.

So, sagte der Sitzende und lehnte sich in seinem Ledersessel zurück, er legte die Finger seiner gespreizten Hände vor seiner Brust aufeinander, wippte mit den Händen ein wenig und fragte, sind Sie Ungar?

Ja, Exzellenz.

Aha, sagte der Sitzende. Also nicht Slowak, Kroat, Serbe, Schwab, Österreicher oder Jud oder so was?

Nein, Ungar, Exzellenz, sagte der Pianist.

So, das ist aber interessant, ein Ungar. Er wandte sich fragend an die anderen Herren, hätten Sie das gedacht, meine Herren? Er sagte es aber so, als erwartete er keine Antwort. Und Zigeuner? Sinds ein Zigeuner?

Nein, Exzellenz, Ungar, sagte der Pianist.

So, auch kein Zigeuner. Das ist interessant, kein Zigeuner, sagte er. Ich hätt gedacht, Sie könnten auch ein Zigeuner sein. Nein, Sie sind Ungar. Und Ihr Vater? Auch Ungar?

Ja, Herr Exzellenz, sagte der Pianist. Er auch.

No, und der Großvater und der andere Großvater, wie wars denn um die Mutter bestellt? Keine Juden, Kroaten, Österreicher, Schwaben, Serben und so etwas?

Nein, Exzellenz, alles Ungarn, sagte der Pianist.

So, sagte der Sitzende, da sinds schon sicher, ja?

Ganz sicher, sagte der Pianist.

Habens studiert irgendwo oder habens im Gasthaus gelernt?

Ich habe Musik studiert, sagte der Pianist, mußte aber dann im sechsten Semester abbrechen, weil meine Eltern gestorben sind und ich mich um meinen Lebensunterhalt kümmern mußte.

So, da schau her, ein abgebrochener Student. Wie waren denn die Noten und Beurteilungen immer so?

Danke, Exzellenz, ich hätte wohl auch ein Stipendium beantragen können, ein Begabtenstipendium, hab es aber abgelehnt, weil ich nicht der öffentlichen Hand wollte zur Last fallen.

So, da schau her, sagte der Sitzende. Ein Ungar und wollte nicht der öffentlichen Hand zur Last fallen. Nun sind Sie aber der öffentlichen Hand zur Last gefallen. Er beugte sich vor: Sagen Sie mal, wie sind Sie denn auf dieses Lied gekommen? Also, wie ist es dazu gekommen?

Es fiel mir eines Abends so ein, sagte der Pianist. Es fiel mir so ein, da hab ich es auf dem Flügel einmal gespielt und noch einmal, und das hat der Herr Szabo gehört und hat gesagt, das sei ja ein ganz entzückendes Stückerl, von wem es denn sei, da habe ich gesagt, von mir, da hat er gesagt, ob ich es nicht noch einmal spielen könne.

Soso, der Herr Szabo, sagte der Sitzende. Dem hat es gefallen, soso. Lebt er noch, der Herr Szabo?

Ja, Exzellenz, danke, er lebt noch, ein netter Herr.

Soso, sagte der Sitzende. Ein netter Herr. Wer ist dieser Herr Szabo?

Ihm gehört das Restaurant, wo ich abends Piano spiele, sagte der Pianist. Ein sehr angesehenes Restaurant.

Soso, ein angesehenes Restaurant, sagte der Sitzende. Sind Sie eigentlich Freidenker, Freimaurer, welcher Sekte gehörens denn an, sind Sie ein Adventist oder Buddhist oder irgend etwas Türkisches oder so?

Nein, Exzellenz, ich bin katholisch, sagte der Pianist.

Aha, katholisch sinds, aber nicht regelmäßig, gell?

Nein, regelmäßig nicht, Exzellenz, sagte der Pianist.

Das hab ich mir schon gedacht. Wie oft gehens denn zur Beichte im Jahr?

Vielleicht einmal, Exzellenz.

So, einmal im Jahr. Nun, ich denke, Sie übertreiben. Sie werden sich zuletzt Absolution geholt haben, als Sie achtzehn waren, oder täusch ich mich.

Nein, Exzellenz, sagte der Pianist, dreiundzwanzig war ich.

Glaubens an den Teufel oder so was?

Nein, Exzellenz, nur an den lieben Gott, und dann an den Teufel, aber nur, weil man ihn verabscheuen soll, sagte der Pianist.

Soso verabscheuen soll man ihn, ja, das ist recht, sagte der Sitzende. Ich habe dann keine Fragen mehr. Für mich ist alles klar. Ah, halt, nein, doch nur das noch: Wie fühlen Sie sich eigentlich, wenn Sie immerfort lesen, daß sich die Leute wegen Ihres Liedes umgebracht haben? Nun, erzählens mal so?

Der Pianist blickte auf den Boden. Es ist mir abscheulich zumute, wenn ich an all die Leute denke, sagte er. Es bedrückt mich sehr, aber ich denke, sie sind ja nicht wegen meines Liedes gestorben, sondern mit meinem Lied, vielleicht hat es ihnen eine letzte Freude bereitet, sie haben sich eine letzte Freude bereitet, so, wie einer, der verurteilt ist, sich eine letzte Mahlzeit bestellen darf, und dann läßt er sich auftischen, was er immer ganz besonders gern gemocht hat.

Also das ist aber stark, sagte der Sitzende und richtete sich kerzengerade auf. Eine letzte Freude! So eine Art Henkersschmaus fürs Ohr? Nun also, das ist aber wirklich in der Nähe einer Unverschämtheit, also, na, lassen wir das, meine Meinung steht fest.

Er erhob sich, schob seinen Schreibtischsessel zurück, richtete sich auf und sagte: Hiermit wird das Lied vom Traurigen Sonntag im Gebiet des souveränen Staates Ungarn verboten. Alle Schallplatten werden konfisziert. Sollten gedruckte Noten in den Handel gelangt sein, werden sie ebenfalls entschädigungslos konfisziert. Die öffentliche Aufführung in Konzertsälen wird verboten. Einfuhr des Liedes in jedweder Form, einer Aufführung auf Platte oder Einspielung durch andere, ausländische Künstler wird verboten. So, haben Sie noch irgendwelche Fragen?

Bittschön, Exzellenz, sagte der Pianist. Ich darf das Stück dann auch nicht mehr abends mal für die Gäste spielen?

Exzellenz setzte sich. Ja, Moment, sagte er, ja, ich denk jetzt mal. Schließlich sind Sie der Komponist, wir können ja nicht Sie als Komponisten verbieten. Also ich dekretier: Sie dürfen das Stück abends in dem besagten Restaurant spielen, wenn Gäste es verlangen, also nur speisende Gäste. Aber sollte je ein Gast, während Sie das Lied spielen, ein Terzerol zücken und sich durch den Kopf schießen während der Mahlzeit, werden wir das Restaurant schließen und Sie verbieten. So. Das wars, meine Herren. Ich danke sehr. Der Befehl ist sofort zu vollziehen, er geht Ihnen und allen anderen Departements noch per Kurier, signiert, gesiegelt und so weiter zu.

Der Kellner Gyuszi, oh, ein ehrenwerter Mann, ein Mensch. Einer, dem man ein Denkmal setzen müßte.

Aus Bronze auf einem Marmorsockel, darauf steht dann in Buchstaben aus Bronze, welche man in solchen Fällen Lettern nennt, dieses sei der Kellner Gyuszi, dem man ein Denkmal gesetzt habe, weil er ein Mensch war.

Man könnte ein *wahrhaft* hinzufügen, aber wenn einer schon ein Mensch ist und wahrhaft menschliche Eigenschaften nicht nur in der Veranlagung hat, sondern sie auch noch anwendet, dann braucht man ein *wahrhaft* nicht hinzuzufügen, sonst würde jeder Betrachter des Denkmals sofort mißtrauisch werden und denken, warum haben sie *wahrhaft* hinzugefügt, irgendwas wird da nicht stimmen. Setzt man doch Denkmäler gewöhnlich solchen Personen, denen man ein *wahrhaft* bei ihren denkmalswürdigen Eigenschaften schon deswegen hinzufügen muß, weil sonst jeder denkt, was denn, dem habens ein Denkmal gesetzt, ausgerechnet dem, das war doch wirklich ein ausgekochter Hund und ein gewissenloser überdies.

Ausgenommen von der Regel sind da nur ein paar Dichter, aber deren Denkmäler stellt man meist nicht auf den Bahnhofsplatz, vor die Universität oder vor das Zeughaus, sondern eher in einer Nebenstraße auf, wo sie nicht so auffallen.

Wenn man vor der Nationaloper oder dem Reichsparlament oder dem Kanzleramt ein Denkmal hinstellen würde, auf welchem steht *Der Kellner Gyuszi aus dem Restaurant Szabo im XIV. Bezirk*. Und darunter: *Er war ein Mensch* – und dann? Dann wären alle Präsidenten unglaublich empört, auch die Professoren, welche sich immerfort schreckliche Dinge ausgedacht haben, und die Naturwissenschaftler, welche für die Rüstungsindustrie gearbeitet haben, und die Feldherren wären in ihrer

Ehre gekränkt und in ihrem Ansehen, wo sie doch Tausende zum Ruhm des Vaterlandes in den Tod getrieben haben; die Nachfahren der edlen Familien wären entsetzt, weil doch ihr Vorfahr dem Feldherrn den Befehl dazu erteilt hatte, der also nur ein niederer Befehlsempfänger war, aber den Ruhm des Vaterlandes hat sich der edle Vorfahr ausgedacht, der gehört allein auf den Bahnhofsplatz.

Rotblond war er, der Gyuszi, ein längliches Gesicht hatte er, ein wirklich gutmütiger Mensch. Zur Beerdigung des Herrn Pianisten damals ging er zusammen mit Herrn Szabo, weil sonst niemand zur Beerdigung kam. Herr Szabo hatte auch eine würdige Grabstätte gezahlt für den Herrn Pianisten, weil es da den Ärger wegen des Freitods gab, deswegen sollte der Herr Komponist nicht in geweihter Erde liegen. Aber da hatte Herr Szabo einfach eine würdige Grabstätte gekauft und hatte erklärt, hier lasse er hineinlegen, wen er für würdig erachte, gerade der Würdigste solle hier ruhen. Und er ging mit dem Gyuszi zur Beisetzung.

Drei Tage lang blieb das Restaurant geschlossen und an der Eingangstür hing ein Schild: Wegen Trauerfall.

No ja, Herr Szabo, sagte der Gyuszi, ich glaube, wir sollten uns nach einem neuen Pianisten umschauen, die Leute sind halt dran gewöhnt, und das Lied des Herrn Pianisten soll nicht mit ihm untergehen, sondern weiterleben soll es in dem Restaurant, vielleicht erinnert es die Menschen, die hier so frohsam speisen, auch ein wenig an die Vergänglichkeit alles Irdischen, und es hilft ihnen zu genießen die Zeit ihres Lebens, dann denken sie mehr an den heutigen Tag und machen nicht immer schreckliche Pläne für die Zukunft.

Es kam ein neuer Pianist. Er war blond, unverheiratet und blieb sechs Wochen, weil ihm, wie er sagte, dieser Schmalz vom Traurigen Sonntag aufs Gemüt gehe, ihm stehe der Sinn musikalisch eher nach einer Swingband, so was wie Teddie Stauffer oder Henry Hall oder Syd Lipton, und wenn er von was träume, dann von einer Band wie Carroll Gibbons.

Wünsche eine angenehme Zukunft, sagte Herr Szabo zum Abschied, und zwar nicht, weil er etwas gegen Teddie Stauffer gehabt hätte, Henry Hall, Syd Lipton, Carroll Gibbons oder

Lew Stone. Nur, die konnten alle jenes zum Herzen gehende Stück nicht so spielen wie der Herr Pianist selig.

Es fand sich ein anderer Pianist, auch ein eher stiller Mensch, der blieb anderthalb Monate, aber immer, wenn er das Lied vom Traurigen Sonntag spielen sollte, verzog er das Gesicht, als hätte er in eine Zitrone gebissen, und als er anfing, bei einem Gästewunsch nach dem Lied Flüche auszustoßen, fing der Kellner Gyuszi an, sich Gedanken zu machen und Herr Szabo auch. Zunächst fluchte der Herr Klavierspieler nur auf russisch. Na, das ging noch. Wer verstand schon Russisch, auch wenn die Flüche meist von Müttern handelten, welche mißbraucht werden sollten.

Später fing er an, auf persisch zu fluchen.

Wenn es je einen Weltwettbewerb im Fluchen geben würde, im natürlichen Volksfluchen, dann würde sich herausstellen, daß eine Nation Jahr um Jahr sämtliche Goldmedaillen, Silbermedaillen und die bronzenen auch noch einheimsen würde, und eine solche Monopolstellung eines einzigen Landes könnten sich die anderen Nationen der Völkerfamilie nicht gefallen lassen, sie müßten mit Bedauern ihre Fluchteams zurückziehen wegen vollkommener Aussichtslosigkeit im Wettbewerb. Die Perser würden ewig Sieger aller Klassen bleiben. Fluchten die Russen nur den sexuellen Mißbrauch der Mütter herbei, so taten die Perser es auch bei Großmüttern, Urgroßmüttern, Schwestern, Nichten, Tanten, und zwar unter erschwerten, wie man so sagt, perversen Umständen.

Die Japaner wären ohnehin die ersten gewesen, welche sich hätten zurückziehen müssen, denn ihr schrecklichster Fluch hatte so überhaupt nichts mit sexuellem Mißbrauch unter Gewaltanwendung zu tun, sondern lautete sinngemäß, jemand sei ein Affe oder er rieche nach Butter.

Ein persischer Gast im Restaurant des Herrn Szabo, der eines Tages einen der Flüche des Herrn Pianisten hörte, als er gerade Tüzdelt pulykamell szeletek vörösboros szilvával aß, verschluckte sich auf dramatische Art, weil er mit diesen derben Lauten aus dem Wortschatz eines südpersischen Kanalarbeiters hier nicht gerechnet hatte. Nachdem er sich beruhigt hatte, klärte er Herrn Szabo über den Anlaß für die schockartige Verkrampfung seines Kauvorgangs auf, und Herr Szabo bat den Pianisten, vom nächsten Tage an anderswo zu spielen.

Danach kam ein Pianist, der hatte ein ungewöhnlich langes, aber breites Gesicht, in dem sich nie irgendwelche Regungen zeigten, weswegen er von einigen Gästen insgeheim Frankensteins Tastenkitzler genannt wurde, aber er war zuverlässig und spielte das Lied vom Traurigen Sonntag technisch einwandfrei und zur Zufriedenheit der Gäste. Andere Lieder spielte er auch einwandfrei, ohne je zu murren oder Ambitionen in Richtung eines Kammerquartetts zu zeigen, einer Big Band oder Träume von Solopartien in Konzerthäusern zu haben.

Das Lied vom Traurigen Sonntag wurde fast täglich von Gästen gewünscht, nicht nur von ausländischen Gästen, welche erzählten, bei ihnen daheim sei dieses Lied sehr berühmt, sondern auch von einheimischen Gästen, welche gelegentlich ausländische Gäste baten, ihnen doch entweder eine Schallplatte davon mitzubringen oder zu schicken, sie hätten da einen sehr wohlhabenden Onkel in Tihany, dem größere Ländereien am Balaton gehörten, also Plattensee, der neige zur Melancholie und wünsche sich schon seit längerer Zeit diese Aufnahme von seinem Alleinerben, es sei sein sehnlichster Wunsch.

In Großbritannien hatten sich Verkauf und Erfolg des Liedes außerordentlich gut entwickelt, in Irland dahingegen gar nicht. In Wien gab es einen großen Aufschwung, als die Deutschen das Land besetzten, welches sie dann Anschluß nannten. In der Tschechoslowakei wetteiferten Hörer mit Hörern in Wien um einen bestmöglichen Gebrauch des Liedes, in Warschau entwikkelte sich das Stück unter den zu Sentimentalität und Schwermut neigenden Bevölkerungskreisen ganz außerordentlich, in Frankreich galt es geradezu als vulgär, nicht mit diesem schönen Lied aus dem Leben zu scheiden, die skandinavischen Länder konnten es mit allen anderen europäischen Ländern aufnehmen, aber erstaunlich war, sehr viel später allerdings, der Erfolg des Liedes in den USA.

Zunächst war es in jenen amerikanischen Städten ein großer Erfolg, in denen viele Ungarn wohnten, Cleveland und Philadelphia, aber auch in New York mit seinen vielen Einwanderern aus Osteuropa.

Bei Leuten, die bereits seit mehreren Generationen in Amerika lebten, gab es zunächst kaum Wirkung, denn es wurde anfangs nur die Piano-Einspielung des Herrn Komponisten aus Budapest verkauft. Diese unprätentiöse, man könnte sagen bescheidene, aber von Herzen kommende Darbietung sprach jene Personen an, welche noch eine Erinnerung an die Freuden des Kontinents hatten, den man den alten zu nennen pflegt.

Es ist erstaunlich, daß Leute, welche aus den Birkensteppen Rußlands in das Cowboyland gekommen waren, den Auen Ungarns, aus der Melancholie der polnischen Landschaft, von den sanft geschwungenen Hügeln der Tschechoslowakei mit ihren blauen Wäldern, von den Flächen Pommerns und Mecklenburgs, den sandigen Kiefernlanden Brandenburgs, den Dulliöh-Felsen Bayerns oder Austrias, aus Kroatien und sonstwoher aus Europa, daß diese Menschen noch mindestens zwei Generationen lang etwas hatten, was man Seele nennt. Erst dann wandelte sich ihr Wertgefühl, dann hatten sie keine Seele mehr, nur noch Bankguthaben. Und hatten die ersten zwei Generationen noch Zärtlichkeit füreinander, küßten sich und nahmen Anteil an dem Leben ihrer Mitmenschen, so empfanden die Späteren nur etwas in ihrem Inneren, wenn sie ihre Kontoauszüge betrachteten, nämlich Stolz auf sich, sonst nichts.

Die Wirkung des Liedes vom Traurigen Sonntag erreichte Kreise der wahrhaft amerikanischen Bevölkerung erst, als andere Arrangements auf Platte gespielt wurden. Da gab es dann den Traurigen Sonntag mit Geigen, und ein Saxophon schluchzte. Ein Männerquartett sang es a capella, aber laut Plattenetikett mit Gitarrenbegleitung, oder ein Tenor sang einen Text, den eine Schallplattenfirma in Chicago eilends hatte anfertigen lassen. Alle paar Takte schluchzte der Tenor mit stark gespitztem Mund Glooooomy Sunday, Glooooomy Sunday und gleich noch einmal Glooooomy Sunday. Das ging der in der dritten Generation einheimischen Bevölkerung sehr zu Gemüte.

Wenn in Los Angeles jemand aus einem Fenster im vierzehnten Stock auf die Straße gefallen war, und die Sheriffs rasten mit einem Expreßfahrstuhl hinauf und stürmten in die Wohnung der Person, dann fanden sie meist auf dem Plattenteller abgespielt das Glooooomy Sunday und notierten Suizid, auch wenn die betreffende Person keinerlei Nachricht über ihre Absichten hinterlassen hatte. Vom amtlichen Leichenbeschauer wurde das Auffinden der Schallplatte stets als sicherstes Indiz für Suizid angesehen, entsprechend als Todesursache eingetragen, gestempelt, signiert, da war es dann amtlich.

Das Salt Lake City-Sinfonieorchester spielte es groß ein, das heißt mit sechzig Musikern, volle klassische Besetzung, was das Städtische Sinfonieorchester von Roanoke (Virginia) nicht ruhen ließ, und sie spielten es mit fünfundsechzig Musikern ein, wurden aber bald übertroffen von den South Bronx Syncopators, zwölf Musikern, welche eine Menge von Sponsoren interessieren konnten, die Hackensack (New Jersey) Sinfoniker zu mieten, siebzig Musiker, um mit ihnen das Stück einzuspielen. Die South Bronx Syncopators waren eine beliebte Swingband in New York, welche allabendlich dreißig Minuten lang unter der Schirmherrschaft des Wright's Waschmittelkonzerns aufspielte. Ihre Schallplatte war ein großer Erfolg. Die Kritiker äußerten sich begeistert, daß hier musikalisch ein äußerst interessanter, musikalischer Dialog zwischen einer Swingband und einem Sinfonieorchester geboten wurde, und der Titel des Stückes auf Schallplatte lautete *The Freedom Song*.

Für die Präsentation der neuen Studebaker-Modelle des Jahres 1940 entschloß sich die Werbeabteilung des Automobilkonzerns zu einem großen Fanfarenstoß aus den ersten vier Takten des Liedes vom Traurigen Sonntag, das war nicht schlecht gewählt.

Erst in New York, später in Boston, Chicago, Atlantic City, Memphis, Huston, bis hin nach Los Angeles wurde es populär, ein tragbares Grammophon auf den Vordersitz eines Studebaker 40 zu stellen, mit der Schallplatte vom Glooooomy Sunday drauf, und dann in den Hudson zu fahren oder einen Hafen oder welches Gewässer man gerade vor Ort hatte.

Einer fuhr mit einem Paddelboot, Grammophon und *The Freedom Song* den Niagarafall hinunter und wurde gefeiert, weil in diesem großen und kühnen Land nur die Leistung galt und der Leistungsgedanke das war, was alle bewegte von morgens bis abends. Als man nach drei Tagen die Leiche des Paddlers fand, kam sein Brief, in welchem er die Leistung angekündigt hatte, ins

Museum für Ungewöhnliche Niagara Falls Crossings, kurz genannt UNFC.

Diese Nachrichten allerdings gelangten nicht mehr nach Europa, auch nicht nach Ungarn und folglich auch nicht einmal mehr in das Restaurant des Herrn Szabo, wo doch alles angefangen hatte, denn in Europa war ausgebrochen, was den Kellner Gyuszi zu etwas machte, was man denkmalswürdig nennen dürfte.

Der Krieg.

So eine Angelegenheit, die stets in Kabinetten beschlossen wird, von Generalstäben, Hauptquartieren, Kanzleien, Ministerien, allen Arten von Büros, den Vorstandsetagen der großen Industriekonzerne und der Großbanken, weil die sich darauf geeinigt haben, daß das gesamte Volk in seinem nationalen Stolz tief gekränkt worden sei und man durch die frechen Feinde gezwungen werde, sich zu verteidigen, also ein Krieg belebt den Absatz, schafft neue Märkte. Ein Krieg hat beträchtliche Veränderungen im Leben von Leuten zur Folge, welche bis dahin friedlich ihren Alltagsangelegenheiten nachgegangen sind. Das dürfen sie nun nicht länger. Nun hat Not zu herrschen und darum Ordnung.

Kaum hatte sich die Regierung Ungarns entschlossen, Waffenbruder zu werden, weil die Germanen enorme Erfolge überall hatten, da müßte doch für Ungarn irgendwo auch etwas zu holen sein, beteiligten sie sich erst einmal zu 49 Prozent am größten Industriekonzern des Landes, wegen der Stahlwerke.

Man mußte den Germanen auch etwas entgegenkommen, also sperrte man in Ungarn die Juden ein. Nein, nicht ins Gefängnis, man brauchte ja die Leute noch. Man richtete bestimmte Häuser und Viertel für sie ein, viele Juden mußten umziehen, sie sollten auch keine Vermögen mehr haben, was sollten sie denn damit noch, jetzt, wo es um höhere Dinge ginge.

Der Gyuszi hatte das alles sehr genau geahnt, gewußt hatte er, was kommt, weil ein Onkel von ihm, der Bárány Ferenc, ein hohes Tier bei den Pfeilkreuzlern war und seinem Lieblingsneffen stets geraten hatte: Also paß auf, Gyuszi, wenn bei den Juden was zu holen ist, sag ich dir rechtzeitig Bescheid, dann kannst du dich etablieren fürs Leben. Verlaß dich auf den Ferenc Baci.

Der Ferenc Baci hatte den Gyuszi eines Nachmittags zu sich gerufen ins Parteihauptquartier, hatte die gepolsterte Tür geschlossen und hatte gesagt: Gyuszi, jetzt geht es los. Der Stichtag ist in vierzehn Tagen, und alles, was vorher ist, ist legal, darfst aber keinem was sagen, aber handeln mußt. Handel, Gyuszi, dann bist ein gemachter Mann.

Im Restaurant des Herrn Szabo war es ein Abend wie jeder andere auch, was ja genau besehen nie ein Abend war, die Touristen kamen schon lange nicht mehr, wie sie einst gekommen waren, und Kerzen für die Tische waren nicht mehr so einfach einzukaufen wie einst, man mußte auch mit den Tischdecken etwas sparsamer umgehen, weil die Waschmittel knapp waren, und der Zucker war auch nicht mehr unbegrenzt einzukaufen wie einst.

Nur der Herr Pianist, den man Frankensteins Tastenkitzler nannte, spielte mit unbewegtem Gesicht mindestens einmal abends das Lied vom Traurigen Sonntag.

Der Gyuszi sagte zum Herrn Szabo: Ich bitte Sie sehr, daß wir nach Feierabend gleich etwas besprechen, es ist von Wichtigkeit.

Also, Gyuszi, bleib noch auf einen Wein, sagte Herr Szabo, dann reden wir drüber, wenn ich zugesperrt habe.

Gyuszi, ich denk, ich hol uns einen Tokajer aus dem Keller, hab da ein paar Flaschen vierbüttigen Aszú, zwölf Jahre alt, ist es recht, Gyuszi? fragte Herr Szabo, als der letzte Gast gegangen war und das Lokal vorschriftsmäßig verdunkelt.

Er öffnete die Flasche mit aller gebotenen Vorsicht, goß dem Gyuszi ein und sich selber, beide hielten prüfend ihr Glas gegen eine Kerze, sie rochen daran, und der Herr Szabo sagte: Der ist schon in Ordnung, auf dein Wohl, Gyuszi.

Auf Ihr Wohl, Herr Szabo, sagte der Gyuszi.

Na, das geht schon, sagte der Herr Szabo, nachdem er das Glas abgesetzt hatte.

Der ist in Ordnung, sagte der Gyuszi, also ein vierbüttiger ist mir schon lieber als ein fünfbüttiger.

Also ein fünfbüttiger Aszú, weißt du, sagte der Herr Szabo, das gibts nur alle achtzig Jahre einmal, und dann ist mir ein gepflegter vierbüttiger allemal noch lieber.

No, mir auch, sagte der Gyuszi und wußte nicht recht, wie er anfangen sollte.

Ich glaub, jetzt werden sie uns an den Kragen gehen, um ihn uns umzudrehen, sagte der Herr Szabo.

Das ist es, worüber ich mit Ihnen sprechen wollte, sagte der Gyuszi. Ich hab es heute von meinem Ferenc Onkel gehört, er hat mich in das Parteihauptquartier holen lassen, sie wollen jetzt die Juden alle erst kaltstellen, dann kaltmachen, die Waffenbrüder bestehen darauf.

No, Gyuszi, sagte Herr Szabo, das sind über achthunderttausend Menschen. Wo wollen sie hin mit denen? Ich habs auch schon gehört. Meine Nichte hat geschrieben, ich solle nach Palästina kommen, sie ist in einem Kibbuz, als Koch hätte ich da allemal gute Chancen, weil doch die Waffenbrüder, die unseren, immerfort Eintopf essen, Bier trinken und sich dann, wenn sie fröhlich werden, die Bierseidel auf die Köpfe schlügen oder die Gaststättenhocker, ich weiß nicht, was sie geschrieben hat. Aber Gyuszi, was soll ich in Palästina in einem Kibbuz kochen?

Bittschön, Herr Szabo, was ist ein Kibbuz?

Nun, so was wie eine Landwirtschaftskommune, da arbeiten sie alle auf einem Feld, schlafen alle in einem Haus, essen alle aus einer Küche, kriegen Geld aus einer Kasse und schießen alle auf einen Palästinenser oder einen Engländer, wenn er vorübergeht und nicht guten Abend wünscht. Was soll ich in Palästina? Weil der Herr Herzl eine Vision hatte? Nun, soll er eine Vision gehabt haben, bin ich zum Leben auf der Erde oder weil ein paar Leute eine Vision von einem herrlichen Leben hatten, welche ich nicht hab?

Ich könnt auch nicht schießen, wenn einer vorübergeht und nicht guten Abend sagt, oder weil einer eine Vision gehabt hat, sagte der Gyuszi.

Da denken sich immer irgendwelche Leute etwas aus, eine Ordnung, ein System, damit es im Leben ganz hervorragend geht, aber warum soll ich gleich hinlaufen und *hurra* rufen, wenn ich doch keine Lust habe, so zu leben, wie sie es sich ausgetüftelt haben. Tüftler sind sie alle, Gyuszi, Tüftler. Die sitzen da rum, haben Magengeschwüre, und darum tüfteln sie immerfort, und ich soll sagen, no, das ist ein großer Fortschritt für die

Menschheit, was sie sich da ausgetüftelt haben, Exzellenz. Gleich komm ich gerannt und mach alles, was sie befehlen, Exzellenz, vielleicht haben sie dann eine Erleichterung bei ihren Magengeschwüren und schauen nicht mehr so wütend, wenn ich strammsteh vor ihnen, Exzellenz. Und wenn es ihren Magengeschwüren bessergeht, Exzellenz, dann schieße ich gerne auf einen freundlichen Herrn mit Burnus, auf einen aus Birmingham, oder wenn es Exzellenz recht ist und ins Getüftelte paßt, schieße ich auf einen Juden aus Günzburg oder einen Arier aus Holstein, Hauptsache, Exzellenz verspüren eine Erleichterung bei ihren Magengeschwüren.

Ich denke auch so, Herr Szabo, sagte der Gyuszi. Ich denke auch so. Na, nun müssen wir doch aber alles tun, damit die Herren Exzellenzen nicht so einen Erfolg haben und sich nicht immer in ihren Zeitungen dafür loben lassen können und im Radio auch. Sollen sie doch. Aber wenn es doch nicht gilt für Sie, Herr Szabo, und für mich, dann setzen wir uns zusammen und besprechen es. Die Herren Exzellenzen sagen immer: Nach mir die Sintflut. Aber weil wir das doch wissen, können wir sagen: Meine Herren, nach Ihrer Sintflut – wir.

Gyuszi, das hast du gut gesagt und klug auch. Was tun?

Ich denke so, sagte der Gyuszi. Ich kaufe Ihr Lokal, Herr Szabo, morgen gleich beim Notar. Sie sind mein Geschäftsführer, Herr Szabo. Ich werd meinem Onkel sagen, daß Sie mir kriegswichtig sind, dann kriegen Sie einen Schein von ihm mit Namen und Adresse und sind kriegswichtig und dürfen gehen und kommen, wann Sie wollen. Was Sie an Vermögen haben, geben Sie mir auf meinen Namen, dann ist es mein Vermögen, und keiner kann es Ihnen wegnehmen, Herr Szabo, aber natürlich behalten Sie es, es ist alles nur auf Papier. Da ist nur eine Bedingung, Herr Szabo. *Das* ändert sich, sonst nichts. Es ist Ihr Lokal, ohne Sie geht es nicht, und es bleibt Ihr Lokal, und wenn sich alle Helden zu Tode gesiegt haben, dann gehen wir zum Notar, und dann ist alles wieder wie vorher, also, vom Herrn Notar aus gesehen, nicht von Ihnen ausgesehen und von mir.

Gyuszi, sagte der Herr Szabo. Wir werden das so tun. Und nach der Sintflut – wir.

Es war nicht etwa die Liebe zur Musik, die den Herrn Brigadeführer Wieck ins Restaurant des Herrn Szabo gebracht hatte, sondern die Empfehlung des jungen Industriellen Schwartz.

Das ist eine komplizierte Geschichte, aber der Herr Brigadeführer Wieck, das muß man verstehen, hatte seine Befehle für die Versetzung nach Budapest und seine Betätigung dort, und Befehle mußte man ausführen, daran gab es keinen Zweifel, ohne Disziplin ist keine Ordnung möglich. Ohne Befehl und Gehorsam geht alles durcheinander und drunter und drüber auch. Eine neue Ordnung kommt ebensowenig ohne Disziplin aus wie eine alte Ordnung, eher braucht eine neue Ordnung noch mehr Disziplin, noch mehr Befehle und bedingungslose Ausführung der Befehle.

Kommt ein Befehl, dann muß das Zack-Zack geschehen, dann steht man stramm und sagt sofort, Befehl ausgeführt.

Ein Befehl ist rechtmäßig, legal, gesetzlich abgesichert, alles in Ordnung so. Ungesetzlich ist, wenn man einen Befehl erhält und führt ihn nicht aus – Zack-Zack oder Nicht-Zack-Zack.

Weil, das sollte man sich schließlich vor Augen halten, und der Herr Brigadeführer hatte sich das schon vor Augen gehalten, seit er sich etwas vor Augen halten konnte, also gleich nach Beendigung der Schulzeit: Die neue deutsche Ordnung, die ihn befördert hatte, war in sich völlig legal. Der Führer war auf völlig legale Weise zum Kanzler berufen und eingeschworen worden, ohne Revolution oder Aufstand, Putsch oder etwas Illegales. Und wenn es denn Pingelköppe gab: Er war auch auf völlig demokratische Art zum Kanzler und Führer des Deutschen Reiches berufen worden, durch Wahlen. Das soll man sich vor Augen halten, bitteschön.

Aber damit nicht allein. Fast alle demokratisch gewählten parlamentarischen Parteien, die große Mehrheit, hatte jenem Gesetz zugestimmt, das ihre eigene Abschaffung vorsah und den Führer und Reichskanzler ermächtigte, als Führer zu herrschen über das Vaterland mit seiner neuen Ordnung. Darum hieß es das Ermächtigungsgesetz.

Die Juden abzuschaffen war auch gesetzlich, alles ordentlich und legal, und wenn ein Jude eine deutsche Frau ansah, dann war das ganz gesetzlich eine Rassenschande, und Rasse, Blut, Boden,

Ariertum, das war alles vollkommen gesetzlich, darum war auch jeder Befehl durch Gesetze vollkommen abgedeckt.

Das wußte der Herr Brigadeführer Wieck.

Im Krieg geschieht schon manches, was im Frieden nicht so geschieht, ja, das ist eine alte Weisheit. Er hatte Befehle, die waren auszuführen, denn sie waren gesetzlich, und gegen die Gesetze verstoßen nur niedere Verbrecher und ähnliche Kreaturen.

Also, er hatte den Befehl, hier im jetzt so gut wie deutsch besetzten Ungarn, man sollte sich nicht immer mit kleinlichen Formalitäten aufhalten, nun gut, formell durften die Ungarn auch noch ein wenig herrschen in ihrem eigenen Land, sie mußten sich nur unterordnen.

Der Befehl war, der Familie Schwartz die 51 Prozent abzujagen, die sie an den bedeutendsten Industriewerken des Landes hielten, ohne daß der ungarische Staat, der 49 Prozent hielt, es merkte oder auch nur irgendeine Ahnung davon erhielt.

Geschäft ist Geschäft. Es muß nur alles legal sein.

Klar. Man kann natürlich auch etwas außerhalb der Legalität Angelegenheiten unternehmen, aber man darf sich nicht zu weit entfernen von der Legalität. Die Legalität hat manchmal fließende Grenzen, das ist das Schöne und Lebendige an der Legalität. Das andere ist, daß man absolute Vollmacht hat. Dafür hatte der Herr Reichsführer schon gesorgt.

Wie fängt man das am besten an mit den 51 Prozent?

Ganz einfach: Man läßt die ganze Sippe Schwartz erst einmal vom tapferen und ausgezeichneten Kameraden der Sicherheit, dem geschätzten Oberst-Gruppenführer, abholen. Alle 69 Personen ab ins Lager, zum Beispiel nach Theresienstadt, Auschwitz oder Treblinka.

Dieser Umstand versetzt den Kauflustigen zunächst in eine ausgezeichnete Position, er hat jetzt etwas in der Hand, um diejenigen, denen er etwas abkaufen will, gefügiger zu machen. Das sind Gesetze des Geschäftslebens, die weltweit Geltung haben.

Als nächstes verbessert man für die bevorstehenden Verhandlungen, rein psychologisch natürlich, die eigene Lage, indem man in die Villen der Abgeholten einzieht, Andris ut. Wunderbar eingerichtet, viel Silber, Antiquitäten, Teppiche der edelsten Art, Porzellan, museumsreif, wunderbarste alte Uhren. Den Bestand läßt man auflisten in einer Kopie, das Zeug wird eingepackt, fachmännisch natürlich.

Dann holt man sich einen der Sippe Schwartz, der Verhandlungsvollmacht hat, und sagt, die Zeiten seien entsetzlich, und man glaube, man könne etwas für die ehrenwerte, aber abgeholte Familie Schwartz tun, es ginge genau genommen um ein paar Unterschriften, und man werde auch Geld zahlen für den Ankauf der Anteile, aber das Wichtigste sei, man könne es arrangieren, daß alle aus ihren Lagern geholt werden, eingekleidet, und mit legalen Papieren ins neutrale Portugal fliegen könnten oder in die Schweiz fahren.

Bitte, nun liegen die Angebote auf dem Tisch. Leider, leider könne man diesen Oberst-Gruppenführer, unter uns, ein ganz netter Kerl, aber ein Bluthund, ein übler Bluthund, leider könne man den nicht lange zurückhalten, denn schließlich habe der auch seine Befehle für die Endlösung, er müsse danach trachten, seine Termine einzuhalten, aber, wie gesagt, das sei ein übler Judenfresser. Er wohne im Hotel Majestic mit seinem Stab, und da werde mit Hochdruck gearbeitet, Tag und Nacht.

Was, Bedenkzeit? Aber lieber Herr Schwartz, hier geht es um Leben und Tod von über sechzig Menschen! Der Herr Oberst-Gruppenführer ist nicht mehr zu halten in seinem Blutrausch, der hat seine Termine einzuhalten, und die sind alle sehr knapp. Hier sind auch schon alle Verträge, und natürlich gelten die auch nur für fünfundzwanzig Jahre, dann kann die Familie Schwartz alle Werke zurückerhalten.

Na, ich bitte Sie, jetzt stoßen Sie sich im Vertrag auch noch an der Klausel, daß die vermögenverwaltende Gesellschaft pro Jahr fünf Prozent des Umsatzes erhält?

Was? Es sollte Profit heißen? Nach fünfundzwanzig Jahren fünf Prozent des Umsatzes sei die Firma derart verschuldet, daß die Familie nicht wieder in ihre Rechte eintreten könne, die Firma sei dann pleite? Aber hören Sie mal! Man riskiert hier allerlei, um das Leben von solchen Leuten, die schon angetreten sind vor den Schornsteinen von Auschwitz, im letzten Augenblick zu retten, und Sie schachern hier um Prozente? Ihnen geht es nur um Prozente? Haben Sie denn die menschlichen Werte vollkommen aus den Augen verloren? Mein Gott, sollte denn wirklich alles wahr sein, was man über die Juden gesagt hat?

Nun schön, sie mögen ja alle seit langer Zeit getauft sein und gute Katholiken, aber im Blute, ja, im Blute, da sind sie alle Juden, so sehen das auch unsere Gesetze vor. Gesetze macht man ja nicht aus lauter Jux und Dollerei.

Ah, gut, das ist vernünftig. Ja, so kommen wir weiter. Der Kaufpreis beträgt 600000 US-Dollar. Ja, das kriegen die Leute mit in bar.

Was? Das ist 60 Millionen wert?

Hören Sie mal, ich kann jetzt hier den Telefonhörer abnehmen und sagen, Oberst-Gruppenführer, es ist gescheitert. Die vereinbarte Zurückhaltung kann aufgegeben werden.

Ah, gut, 600000 Dollar ist eine annehmbare Summe? Das habe ich mir auch gedacht. Also gut. Übermorgen um elf Uhr sind alle Personen samt Kindern und Enkelkindern im Hause Budakeszi ut, jeder darf 50 Kilo persönliches Gepäck mitnehmen. Die vier aus Auschwitz? Die werden hierhergeflogen natürlich, was denken Sie denn? Nach Unterschrift geht es nach Wien, von dort aus ist Weiterfahrt nach Zürich vorgesehen. Der Kaufpreis wird vor Abfahrt in bar ausgehändigt.

So macht man Geschäfte!

Der Herr Brigadeführer Wieck wußte schon, wie man Geschäfte macht und daß man in einer guten Position sein muß, um gute Geschäfte zu machen.

Bei der Unterschrift fragte er den Schwartz Junior nach einem guten Restaurant, und der nannte dem Herrn Brigadeführer das Restaurant des Herrn Szabo, wegen des interessanten Pianostücks, welches dort entstanden sei.

Ah, ja, habe schon von gehört. Ja, ach, dort ist das entstanden?

Im Hotel Majestic beschwerte sich manchmal der Oberst-Gruppenführer über das Gehabe des Kameraden Wieck, der erst immerfort sagte, das mit den Deportationen müsse beschleunigt vorangetrieben werden, weil er dann seine Geschäftspartner besser unter Druck setzen könne, er sei schließlich vom Reichsführer mit dem sonderbevollmächtigten Auftrag hierher entsandt worden, die wirtschaftlichen Angelegenheiten zugunsten der SS so rasch und günstig als möglich zu erledigen. Dann wollte er plötzlich Leute aus Lagern zurückhaben.

Nun, so kam jedenfalls der Herr Brigadeführer Wieck in das Restaurant des Herrn Szabo, und eine schlechte Empfehlung war das nicht. Daß der Kellner Gyuszi jetzt der Besitzer war und der Herr Szabo nur ein armer, aber kriegswichtiger Jude, darauf wäre der Herr Brigadeführer Wieck nach dem Augenschein nicht sofort gekommen.

Das mußte man so Leuten wie Schwartz und wie sie alle hießen, lassen. Sie hatten keinen schlechten Geschmack. Das Lied war ja sehr berühmt. Das Rollfleisch, das der Restaurantbesitzer Szabo auftischen ließ, das war auch ein interessantes Rezept, also, es war rundum ein angenehmes Lokal.

Da konnte man sich nach des Tages Arbeit gut entspannen. Er hätte ja gerne mal den Oberst-Gruppenführer hierher eingeladen, aber der war abends meist zu besoffen dazu, mein Gott, war der manchmal besoffen. Wenn er nicht vom Wein besoffen war, war er besoffen von seiner Baroneß, dieser Inay, rassiges Weib, sehr rassig, und Paprika im Blut.

Wenn der Herr Oberst-Gruppenführer sehr besoffen war, weil die Endlösung zu betreiben ja ein anstrengendes Unternehmen war, dann wurde er sehr unangenehm und schrie die ungarischen Waffenbrüder an, er mache aus allen Juden Ungarns Hackfleisch *mit Paprikasoße*! Das war schon etwas beleidigend, nicht das Hackfleisch, nein, die Paprikasoße.

Ein Besessener, dieser Herr Oberst-Gruppenführer, absolut besessen. Der wirtschaftete nicht mal in die eigene Tasche. Das ist doch nun das mindeste, was man tun kann. Na ja, nun hatte er damals ja diesen Ärger mit dem arisierten Bauernhof gehabt, den er seiner Freundin auf Amtskosten gekauft hatte, aber das wurde niedergeschlagen, und er mußte den Preis selber bezahlen.

Die Wirtschaftsfachleute waren eine absolute Klasse für sich, das mußte man sagen, das durfte der Herr Brigadeführer Wieck von sich auch mit Recht sagen.

Einer wie der Szabo, dieser Szabo da von dem Restaurant, ein Jude mit Sondergenehmigung, so einer wollte er nicht sein.

Er erinnerte sich stets mit Vergnügen, hier lieber reich, gesund und arisch zu sein, als dort ein armer kranker Jude.

Der Herr Brigadeführer Wieck hätte es ja als Pflicht empfinden können, den Kameraden Oberst-Gruppenführer anzurufen und ihn zu bitten, seinen Stab mal prüfen zu lassen, warum dieser Mosaiker Szabo noch immer ein so gutes Restaurant betreiben konnte. Pflichtgefühl steht im moralischen Rang über Gewissen, Gewissen ist nur ein mehr oder minder ausgeprägtes Erinnerungsvermögen, aber Pflichtgefühl ist eine innere Antriebskraft, Pflichtgefühl ist justitiabel, Gewissen nicht.

Warum sollte er? Es kam doch längst darauf an, nicht den Krieg zu gewinnen, sondern den Nachkrieg zu gewinnen, die Zeit nach dem Kriege.

Alle Geschäfte, die jetzt getätigt werden mußten, mußten im Hinblick auf Deutschlands Zukunft nach dem Ende des Krieges getätigt werden.

Straßburg. Schöne Stadt. Universität. Goethe und so weiter. Altes deutsches Gemäuer.

Es paßte sehr gut, daß der Herr Brigadeführer Wieck noch persönlich die ganze Schwartz-Mischpoche abgeschoben und ihnen vertragsgemäß das Geld übergeben hatte, den vereinbarten Kaufpreis. Die hatten vielleicht geschaut. Er hatte ihnen 120000 Dollar überreicht, statt der vertraglich vereinbarten 600000 Dollar. Mehr stünde zur Zeit leider nicht zur Verfügung, hatte er gesagt. Hauptsache, man blieb als Geschäftsmann ehrlich, glaubwürdig und offen.

Dann war er nach Straßburg gereist. Brigadeführer Schnefke aus Prag auch. Konferenz. Banken, Industrie, Handel, Partei, SS, nur Wirtschaftler, nur Hochkarätiges.

Man arbeitete an dem Plan, die vorhandenen und noch zu konzentrierenden Ressourcen derart zu verteilen, daß sie nach dem absehbaren Ende des Krieges international wieder zur Verfügung standen. Also, eine Liste der Firmen, in welche ab sofort Kapital zu fließen habe, welches nach dem Kriege negotiabel sei, wurde aufgestellt: 240 Schweizer Firmen, 750 in Frankreich, 58 in Portugal, 112 in Spanien, 35 in der Türkei, 98 in Argentinien, 46 in Mittelamerika.

Man verabredete eine Verteilung, welche Firmen welche Ressourcen an Wertsachen zu verwalten hätten, Gold, Silber, antike Gegenstände, Teppiche, Perlen, Golduhren, Schmuck und die vom Auswärtigen Amt verwalteten Goldreserven der Banca d' Italia, der holländischen, der belgischen Staatsbanken, also kurz, den sogenannten Nibelungenschatz. Es wurde beschlossen, sofort zu Investitionen an deutsche Botschaften zu überweisen fünf Millionen in Gold Madrid, drei Millionen in Gold Ankara, zwei Millionen in Gold Stockholm, fernerhin Bern, Kabul (für Investitionen in Irak und Syrien), insgesamt 16 Millionen in Gold. 30 Millionen in Gold im eigenen Land über die vertretenen Unternehmen zu verbergen, vorwiegend in individuellen Grabstätten. Abwicklung: Man überweist mit Transport nach, sagen wir, Fuschl bei Salzburg, 6,5 Tonnen. Es sind von vertrauten Personen umgehend in der Umgebung individuelle Beisetzungen von verstorbenen Personen zu arrangieren, falsche Papiere werden zur Verfügung gestellt, nur, daß statt eines Toten im Sarg eben Pretiosen liegen. Vertrauter Personenkreis ist so gering als möglich zu halten. Weitere Verteilungszentren Libenau bei Friedrichshafen, Isny, Füssen, dann Plön, Schleswig Holstein und Heiligenstetten. Überall von Einzelfirmen und ihren Filialen individuelle Grabstätten einrichten mit Namen, Geburtsort, Todestag, gefallen für Deutschland, aber gefüllte Särge mit Wertsachen. Nach vorsichtigen Schätzungen ist es möglich, alles in rund dreihundert bis vierhundert individuellen Grabstätten auf Friedhöfen verteilt über den Westen Großdeutschlands – Achtung, die Kisten aus Thüringen und dem Harz müssen in den Westen gelangen – unterzubringen. Die zentrale Verwaltung übernehmen die folgenden Herren Bankiers, welche die regionale Kontrolle der geretteten Wertsachen übernehmen, und die Verteilung erfolgt nach volkswirtschaftlichen Gesichtspunkten.

Straßburg war ein Signal, eine Festlegung für die Zukunft, ab sofort rollte alles wie vereinbart.

Na, das war doch eine feine Sache. Die Weichen für die Zukunft waren gestellt, jetzt hieß es, über diese Weichen Kisten rollen zu lassen. Busse requirieren, Lastwagen der SS, des Heeres, die Herren der Wirtschaftsabteilung der Waffen-SS sorgen für sichere Überführung.

Was war aus Ungarn noch rauszuholen?

Brigadeführer Wieck, Andris ut. Deine Stunde, deine Zukunft. Nicht schwarz sehen, Schwartz sehen!

Szabo!

Herr Brigadeführer?

Kommen Se mal her. Nee, nee, setzen Se sich mal an den Tisch hier. Was? Macht man nicht? Hören Se mal, wenn ich sage, Sie setzen sich, setzen Se sich, klar?

Jawohl, bittschön, der Herr Brigadeführer, zu Diensten.

Also Szabo, nun hören Sie mal. Hören Se gut zu. Sie wissen, die Zeiten sind schlecht.

Weiß schon, Herr Brigadeführer, meist sind die Zeiten schlecht.

So, jetzt hören Se mal gut zu. Ich habe die Möglichkeit, ganz legal, ein paar Ihrer Landsleute zu retten, verstehen Se, zu retten. Schweiz und so.

Was Landsleute? fragte Herr Szabo. Sie meinen Ungarn?

Ich meine Juden, verstehen Sie, Juden meine ich. Knoblauchfresser, Talmudjidden so was. Pajes und Kaftan, verstehen Sie, was ich meine?

Bittschön, Herr Brigadeführer, versteh schon, was Sie meinen, Sie meinen orthodoxe Juden aus dem Getto und so.

Orthodoxe oder nicht, ist mir egal, aber das kostet eine Kleinigkeit, umsonst ist der Tod. Es muß für ausreichend Wertgegenstände gesorgt sein, Schmuck, Silber, Gold und so weiter, notfalls auch Währungen, aber nur Franken, Dollar. Pfund nicht, Pengö und Reichsmark kommen überhaupt nicht in Frage. Nur Franken und Dollar in bar. Dann kann ich Leute rausschleusen. Was ich Ihnen sage, ist von äußerster Vertraulichkeit. Ich muß Sie darauf hinweisen, daß der Oberst-Gruppenführer fest entschlossen ist, die ungarische Judenschaft durch die Schornsteine zu schicken. Verstehen Sie, was ich meine?

Nun, Herr Brigadeführer, man hört so allerhand, aber man soll nicht alles glauben, was die Leute sagen. Wenn die Zeiten mies sind, werden auch die Gerüchte immer mieser, zum Schluß halten sich die Leute nur noch an Wahrsager, lassen sich die Karten legen, Horoskope stellen, gehen zu einem, der alles auspendelt, gucken in Kristallkugeln und denken, irgendwoher muß doch was Ordentliches kommen, wonach man sich richten kann. Da zahlen sie auch noch viel Geld für, holen eine Speckseite vom Boden und legen sie für ein Horoskop hin.

Szabo, blödeln Sie nicht so herum. Ihre Mauschelei geht mir auf die Nerven. Und meine Nerven sind schwach. Merken Sie sich das.

Entschuldigen Sie, Herr Brigadeführer, zu Diensten!

Sagen Sie *jawoll* und dann ist die Sache in Ordnung.

Nun bittschön: Jawoll, Herr Brigadeführer.

Also, damit Sie nicht denken, für Sie springt nichts dabei raus, das ist doch Ihrer Rasse so eigen, daß sie immer denkt, was springt für mich dabei raus, wie viele Perzente und so, nicht, Szabo? Geben Ses doch zu, Szabo!

Wenn Herr Brigadeführer wünschen, gebe ich es zu, aber der Gedanke ist mir überhaupt nicht gekommen.

Ihre Rasse ist unverbesserlich, Szabo. Unverbesserlich. Deswegen wurde die Endlösung ja notwendig, das müssen Sie sich selbst zuschreiben.

Bittschön, Herr Brigadeführer. Endlösung? Ist es das, was Sie gemeint haben mit *durch den Schornstein gehen*? Schöne Worte, so bildlich, und man kann es sich so plastisch vorstellen, unten wird einer reingeschoben, oben kommt er im Rauch hinausgeschwebt und hat Flügel hintendran.

Da wurde der Herr Brigadeführer sehr wütend. Wollen Sie mich verarschen, Szabo, schrie er. Engel, Engel, wenn ich das höre, mit Flügeln aus dem Schornstein! Mann, wo wir sind, ist die Hölle! Er warf seine weiße Serviette zerknüllt auf den Tisch, griff zu einem Glas Szekszárder und stürzte den Inhalt mit einem gewaltigen Schluck hinunter.

Das gab Herrn Szabo die Gelegenheit zu sagen, und zwar in aller gebotenen Ernsthaftigkeit, Herr Brigadeführer sind hier mein Gast, ein regelmäßiger Gast, und einen Gast beleidigt man nicht, was immer da geschehe. Verarschen, wie der Herr Brigadeführer gerade gesagt hat, das ist noch schlimmer als beleidigen, eher schließe ich mein Restaurant, als daß ich in Gefahr gerate, jemals einen Gast, auch einen flüchtigen nur, zu beleidigen und zu verarschen.

Schon gut, Szabo, sagte der Brigadeführer. Schenken Sie das Glas noch einmal voll. Wo waren wir stehengeblieben? Richtig, bei Ihrem Schaden. Das soll er nicht sein...

...beliebten der Herr Brigadeführer gerade zu äußern, sagte Herr Szabo.

Also Szabo, zur Sache. Sie werden mir Leute suchen, die rauswollen. Die müssen aber genügend Schmuck und Wertgegenstände haben. Ich bringe diese Leute dann legal raus. Ich werde dafür sorgen, daß der Name Szabo beim Oberst-Gruppenführer auf eine Liste für Personen kommt, die nicht ohne meine ausdrückliche Zustimmung auf Transport gehen dürfen. Voraussetzung ist, daß Sie mir genügend Leute schicken, die rauswollen und sich das auch leisten können. Haben Sie das begriffen, Szabo? Ich sage Ihnen gleich noch etwas: Der Oberst-Gruppenführer hat da gewisse Standardregeln, also eintausend Juden gegen einen Fünftonner-Lastwagen mit Ersatzteilen. Wenn wir das zugrunde legen, kommen wir auf einen Mindestpreis an Schmuck, Devisen und Gegenständen im Werte von eintausend Dollar pro Person. Das darf aber nicht über den Judenrat laufen, weil, das macht schon der Herr Oberst-Gruppenführer. Das machen wir sozusagen am Herrn Oberst-Gruppenführer vorbei, denn ich habe alle Vollmachten für internationale Transaktionen.

Ich versteh, Herr Brigadeführer, sagte Herr Szabo. Das machen Sie direkt. Ich schick Ihnen dann Leute in die Andris ut.

Ja, das tun Sie, Szabo, Andris ut. Achtzehn Uhr, nie vorher! Und einzeln müssen die Leute kommen, höchstens drei auf einmal.

Werd mich umhören, Herr Brigadeführer.

Im Vertrauen, Szabo, ich vertraue Ihnen jetzt mal, ich habe die ganze Sippe Schwartz rausgebracht, alle. Mußte nur fünf als Geiseln hierbehalten, damit die, die rauskamen, das Maul halten. Die sind auch auf der Sonderliste des Herrn Oberst-Gruppenführers, auf die Ihr Name kommt, Szabo, wenn alles klappt. Ich weiß genau, wovon ich rede. Denken Sie ja nicht, daß ich nicht genau weiß, wovon ich rede. Ich habe in Rußland genug gesehen. Frühjahr 1942. Na, ich kann Ihnen sagen. Da schickte uns das Amt II des Reichssicherheits-Hauptamtes fahrbare Gaskammern zu örtlich begrenzten Aktionen. Ich war Leiter der

Einsatzgruppe für diese Fahrzeuge. Da mußten die Leute rein, dann wurden die Schläuche an die luftdicht verschließbaren Kabinen mit den Leuten drin angeschlossen, man fuhr zwanzig Minuten oder dreißig zu einer Grube, dann waren durch die Abgase alle tot. Ich habe genug Schreckliches gesehen. War selbst verantwortlich dafür bei der Einsatzgruppe D. Das Schicksal können sich ein paar Leute ersparen, wenn sie sich von ihren Pretiosen trennen können.

Der Gyuszi sagte am Abend, als alle gegangen waren, nun, der Herr Brigadeführer habe ja eine ordentliche Szene gemacht. Aber besser, er werfe mit Servietten als mit Handgranaten. Wissen Sie, was interessant war, Herr Szabo? fragte der Gyuszi. Von den anderen Gästen hat niemand auch nur aufgeschaut, als der Herr Brigadeführer so richtig arisch wurde, ich denke, man erwartet das einfach von diesen Personen. Ist doch interessant, nicht?

Ist schon wahr, Gyuszi, sagte der Herr Szabo, aber mir ist was anderes aufgegangen vorhin, als der Herr Brigadeführer energisch wurde und unsittlich. Ich denk, ich verstehe jetzt die Botschaft unseres Liedes vom Traurigen Sonntag. Ich habe lange gegrübelt. Also, was der Herr Escoffier mit der Bouillabaisse gemeint hat, das habe ich ja verstanden, nur gegrübelt hab ich immer, was die Nachricht sein könnte von dem Lied unseres Herrn Pianisten. Jetzt, denke ich, habe ich es aber verstanden. Schau, Gyuszi, das Lied hat uns mitgeteilt, daß sich die Menschheit einem derart niederen Zustand von Moral und Sitte und Anstand nähert, daß es besser sei, sich vorher zu verabschieden, als alle niederen Gemeinheiten über sich ergehen zu lassen; statt geduldig sich einen Kübel Jauche nach dem anderen über den Kopf gießen zu lassen und dazu ständig zu sagen, nun, so sei das Leben eben, ja, die Zeiten seien halt anders, es gebe Schlimmeres, als täglich drei Kübel Jauche von oben bis unten, und sich einfach zu schütteln und zu sagen, aller Segen käme von oben, so schlimm stinke das ja nun gar nicht, da alle anderen auch täglich drei Kübel saure Jauche abbekommen, rieche man das ja auch nicht mehr, weil jeder rieche ja so, das sei alles eine Sache der Gewohnheit. Also, Gyuszi, wenn du es nicht gleich verstehst, das ist ja ehrenwert, ich hab ja auch lange gebraucht, um es zu verstehen: Es gibt Menschen, die können nicht ohne Würde leben, ohne Würde für sich und für andere.

Wenn sie ahnen, daß würdelose Zeiten für alle kommen, dann gehen sie lieber vorher, und zwar mit dem, was sie schätzen, nämlich mit Würde. Das ist die Nachricht des Liedes vom Traurigen Sonntag.

Ich glaube, ich habe Sie gut verstanden, Herr Szabo, sagte der Gyuszi. Das Lied unseres Herrn Pianisten sagt all den Leuten, was sie bisher nur geahnt haben, er macht es ihnen jetzt zur Gewißheit. Nicht der Klügere gibt nach, nein, der Klügere will nur einen Streit gewinnen, der Würdige gibt nach. Das ist es.

Der Herr Szabo wurde abgeholt, nachdem der Herr Brigadeführer Wieck eintausendsechshundertunddrei ungarischen Juden den Weg in die Freiheit bereitet hatte, gegen ein Entgelt von umgerechnet, also man muß die damaligen Preise zugrunde legen, eins Komma sechs Millionen Dollar.

Dafür hatte er Gold und Schmuck kassiert, und diese Pretiosen hatte er laufend per zuverlässige Kuriere seiner lieben Frau zukommen lassen, welche in die norddeutsche Tiefebene verzogen war, wo es hübsch ländlich war und die Landbevölkerung völkisch dachte und national.

Man hatte da noch ein kleines Landhäuschen von den Eltern, ihren Eltern, also seinen Schwiegereltern.

Die liebe Frau des Herrn Brigadeführers Wieck beklagte bald darauf das Hinscheiden von drei entfernteren Verwandten, welche alle auf dem Friedhof des Fleckens beigesetzt wurden, ihre Särge samt ordentlichen Totenscheinen waren von irgendwoher angeliefert worden, es war alles amtlich in Ordnung.

Dann näherten sich die sowjetischen Armeen in befreierischer Absicht der Hauptstadt Ungarns, Herr Brigadeführer Wieck rief den Kollegen Oberst-Gruppenführer an und teilte mit, daß der Restaurantbesitzer Szabo mit Vorrang von der Liste zu schützender Personen zu nehmen und unverzüglich einer Sonderbehandlung zuzuführen sei.

Was der Herr Oberst-Gruppenführer auch sofort tat.

Danach schloß der Herr Brigadeführer Wieck seine Domizile in der Andris ut. mit dem Gefühl, für alle Eventualitäten einer risikoreichen Friedenszeit gerüstet zu sein.

Er hatte sich vorher von mehreren Personen, denen er die

Ausreise vermittelt hatte – also nun soll keiner kommen und sagen, ein durchschnittlicher Preis von eintausend Dollar für ein Menschenleben sei ein Wucherpreis, das ist ein sehr fairer und angemessener Preis. Man muß das nur mal umrechnen in erworbene Lebensmonate.

Nehmen wir an, eine 27 Jahre alte ungarische, jüdische Person zahlt umgerechnet 1000 Dollar für eine Abreise und wird 70 Jahre alt, bleiben der Person also 43 Lebensjahre, das sind 516 Lebensmonate, also dann ist das ein Preis von weniger als zwei Dollar pro Lebensmonat. Zwei Dollar pro Monat belasten nun wirklich kein Lebenshaltungsbudget, was allein die Miete kostet pro Monat, und Milch, Brot, Honig, Salami, und solche Leute essen ja auch manchmal Matzos, vielleicht gehen sie mal ins Konzert oder in ein Kino – was spielen da umgerechnet 1,93 Dollar pro Monat für eine Rolle, na was?

Nein, dachte sich der Herr Brigadeführer Wieck, da habe er sich nun wirklich kein Gewissen zu machen. Er ließ sich von mehreren seiner Klienten, er nannte sie gerne Klienten, Unterschriften geben, daß er ihnen unter dem Risiko des eigenen Lebens in die Freiheit verholfen hatte, wofür sie ihm ihr Leben lang dankbar sein würden und das auch vor jedem internationalen Gericht jederzeit beschwören könnten.

Diese Briefe übersandte er ebenfalls seiner lieben Frau in das idyllische, völkisch gesonnene Dorf in der norddeutschen Tiefebene.

Einer Frau, die ihm ihren Fahrpreis in einem Karton mit ein paar Einkarätern, Perlenketten sowie einem Bündelchen Dollarnoten überreicht hatte und die dann in Tränen ausgebrochen war, spendete er Trost, weil er das Gefühl hatte, sie wisse nach der Ausreise nicht, wie neu anzufangen sei. Er gab ihr in einer Geste der Großmut einen Einkaräter zurück sowie das Bündelchen mit den Dollarnoten, es war wirklich ein mageres Bündelchen. Er sagte, das sei für den Neuanfang im neuen Leben. Sie küßte ihm beide Hände, sie warf sich ihm zu Füßen und umklammerte seine blank geputzten Schäfte, am liebsten hätte er ihr eine mit der Reitpeitsche über den Buckel gezogen, aber er hatte keine Reitpeitsche zur Hand, sondern sagte: Stehen Sie auf, beruhigen Sie sich.

Sie ließ die Schäfte seiner Reitstiefel nicht los, sie küßte und herzte das geputzte Leder.

Dann sagte er: Wenn Sie sich dankbar erweisen wollen, dann sollten Sie eines Tages, sollte ich mich vor einem Siegergericht verantworten müssen, vor das Gericht hintreten und sagen, wer Sie und wie gerettet habe.

Er merkte sich, daß die Frau in die Schweiz ging. Ihren Namen merkte er sich auch, und daß der Vorsitzende des Judenrates von Budapest ihr Onkel sei, merkte er sich auch. Er ließ den gleich vorladen und fragte, ob er, der bis jetzt über eintausendsechshundert Juden gerettet habe, nicht eines Tages, sollte alles zusammenbrechen, sich eventuell auf seine hilfreiche Aussage verlassen könnte. Woraufhin der Judenratsvorsitzende versicherte, unter allen Umständen dürfe er das, er könne bezeugen, wie viele Menschen durch den Edelmut des Herrn Brigadeführers gerettet worden seien.

Die Häuser der Andris ut. waren leergeräumt. Viele Teppiche lagen in Norddeutschlands Tiefebene, Silberleuchter auch und Gold und Schmuck.

Der Herr Brigadeführer fuhr zufrieden davon, wie nach einer getanen Arbeit.

Gott, war das ein Unterschied zu den paar Goldketten und Halbedelsteinen, welche er damals im Warschauer Getto ergattert hatte, das war ja damals wirklich Hühnerfutter.

Jetzt mußte man nur die nächsten paar Monate gut überstehen, möglichst im Westen des Vaterlandes. Es war ja fast ein offenes Geheimnis, welche Gebiete die Amerikaner erobern würden, welche die Engländer und bis wohin die Russen kämen. Also die Amerikaner waren ihm schon die Liebsten, das mußte er sagen. Das waren ordentliche Geschäftsleute, hier Geld, hier Ware. Die Engländer? Nun ja, da mochten einige drunter sein, welche Ressentiments hatten, wer will es denen verdenken, Coventry und so. Aber schließlich waren die Engländer berühmt für ihren fairen Sportgeist, und einen Verlierer behandelten die anständig, es sei denn, es handelte sich um Nigger oder Inder. Aber zu ihren Hunden waren die Engländer immer sehr nett und hilfsbereit, und Humor hatten sie auch, und schließlich waren sie eine germanische Rasse. Germanen sind eine überlegene Rasse, und die Angelsachsen kamen schließlich aus Angeln an der Schlei in Schleswig-Holstein, meerumschlungen, konservativ waren sie auch, alles alte Traditionen, ah, Doctor Livingstone, I presume. Die hatten Humor, die Engländer, sie waren gutmütigen Blutes, nordisch.

Praktisch waren sie veranlagt. Jetzt hieß es, gemeinsam in die Zukunft zu sehen, europäisch mußte man denken.

Seine erste Firma kaufte der Herr Wieck in einer norddeutschen Hafenstadt.

Die Firma war pleite, der Kaufpreis war gut. 1948, nach der Währungsreform. Der Kaufpreis machte nur einen Bruchteil dessen aus, was sich unter dem Namen eines erfundenen Verwandten in einem Grab des völkisch gesonnenen Dorfes der norddeutschen Tiefebene befand.

Ost-Handel, davon verstand er was.

Man muß weit sehen können, man sollte nie kurzsichtig sein. Man sollte 1934 das Jahr 1944 im Auge haben. Man sollte 1944 das Jahr 1954 im Auge haben und 1935 sollte man das Jahr 1945 sehen können, das Leben ist vielfältig, und nur die Art überlebt, die stark ist und weitsichtig, das hat ja schon dieser eminente Darwin gesagt, das sind Naturgesetze.

Niemand kann wider die Natur sündigen.

Das sah schon manchmal brenzlig aus bei den Verhören durch Amerikaner und Engländer. Gott sei Dank konnten die Russen gegen ihn nichts vorweisen. Wer war er denn schon? Er war ein Wirtschaftsfachmann, bei ihm ging es um Rationalitäten, Plus und Minus, ökonomische Notwendigkeiten, Geben und Nehmen, Kaufen und Verkaufen. Aber vor allem ging es ihm immer darum, das Recht zu wahren, nie etwas Ungesetzliches zu tun, es sei denn, daß es unumgänglich sei. Jeder versteht aber ein Gesetz, und das ist das Gesetz des Überlebens.

Das war natürlich ein Triumph, daß viele seiner Klienten vortraten und aussagten, er habe sie gerettet, fast selbstlos habe er sie gerettet. Der Judenratsvorsitzende, der durfte bei manchen Verhören dabeisein, der half ihm auch immer auf die Sprünge, bei solchen Verhören wird einem ja ganz wirr im Kopf manchmal, man weiß gar nicht, was man aussagen soll.

Er war der gute Geist von Buda, und von Pest war er auch der gute Geist. Der böse Geist von Buda und Pest und zahlreichen anderen Orten, das war der Oberst-Gruppenführer, aber der war ja verschwunden, weg war er. Bluthund. Judenfresser.

Nun gut, Herr Colonel, nehmen Sie das bitte ins Protokoll, ich habe mit den Wölfen geheult. Tatsächlich hatte ich den Habitus eines Wolfes. Aber ich hatte doch nur den Habitus eines Wolfes, um in dieser unauffälligen Verkleidung der blutrünstigen Schar der anderen Wölfe wenigstens kleinere Teile der Beute zu entreißen. Niemand wird doch von mir verlangen können, daß ich dieser Überzahl von Wölfen, denen ich wenigstens Teile ihrer Beute zu entreißen versuchte, daß ich mich ihnen offen und bekennerisch entgegenstellte, das hätte ja meine Arbeit gefährdet. Hier, fragen Sie, Herr Vernehmungsoffizier, die Leute, die ich gerettet habe. Fragen Sie sie!

Die Sippe Schwartz. Was? Ich hätte ihnen nur Teile des Kaufpreises ausgezahlt? Hören Sie mal. Die Leute haben von mir über hunderttausend Dollar ausgezahlt bekommen, damals auf der Brücke in die Schweiz. Mehr war nicht da. Aber Herr Vernehmungsoffizier, hunderttausend Dollar, Monate vor Ende des Krieges. Hätten sie denn durch den Schornstein gehen sollen? Enteignet, tot, vergast von diesem Bluthund, dem Oberst-Gruppenführer? Mir haben sie es zu verdanken, daß sie leben und hunderttausend Dollar haben. Mir allein. Mein Risiko war es! Ich riskierte mein Leben, damit sie ihr Leben nicht riskieren mußten.

Ich war Mitglied der Reiter-SS und verweise darauf, daß nach dem Urteil des Internationalen Militärtribunals in Nürnberg die Reiter-SS nicht zu den verbrecherischen Organisationen gezählt werden darf. Wir waren Sportsleute, Geschäftsleute, die nach Feierabend ein wenig reiten wollten, aber, weil wir noch zu jung waren, keine eigenen Reitbahnen hatten und Ställe auch nicht, da bot sich als Sportklub einfach die Reiter-SS an, Herr Vernehmungsoffizier.

Ich habe leider Ihren Rang nicht verstanden. Ah, Colonel, angenehm. Ja, ich war Brigadegeneral, nur in der SS nannte man das Brigadeführer. Sie verstehen, Reiter-SS, das war eine sportliche Vereinigung, das Glück der Erde liegt auf dem Rücken der

Pferde. Ich war ein Merchant in Uniform, Business, verstehen Sie? I have made Geschäfte, nur in Uniform. Ich bin ein Rider, der wurde zum Merchant, weil der Reitklub auch in den Krieg ziehen mußte, und in de War needs man auch Merchants für selling und buying. Ah, Colonel, Sie verstehen.

Hier ist Erich Brönert. Ich melde mich von der Auffahrt der Carl-August-Schnefke-Halle, vor der in diesem Augenblick die in weißes Leder gekleidete Motorrad-Eskorte der Sicherungsgruppe vorfährt, ihr folgt die Limousine des Föderalpräsidenten mit dem Stander des Präsidenten und dem Stander in den Farben unserer Republik.

Livrierte Diener öffnen den Schlag, das Musikkorps des Wachbataillons spielt, wie das protokollarisch üblich ist, eine konzertant arrangierte Version des Einmarschs der Gladiatoren aus Aida mit Saxophon-Chorus, ein Oberst meldet dem Föderalpräsidenten, der dankt und nickt den angetretenen Offiziellen und Offizieren zu.

Seine Frau Gemahlin steht an seiner Seite. Die Kollegin Steinhau, Leiterin unseres Mode-Magazins *Tele-Chic*, wird uns jetzt sagen, was die verehrte Frau Gemahlin unseres Föderalpräsidenten zu dieser Feierstunde trägt.

Danke, Erich. Das Modell wurde in der Werkstatt des Couturiers Lockheim entworfen, es besteht aus thailändischer Wildseide mit einem Straßbesatz aus der Werkstatt des Pforzheimer Designers Egeli, das Kleid ist hochgeschlossen, und die Raffinesse liegt natürlich im Schnitt. Für die Pailletten wurden die Farben Türkis, Pacificblau und Sunshineyellow gewählt. Es entspricht vollkommen dem Geschmack der Frau unseres Föderalpräsidenten, bei öffentlichen Staatsanlässen schlicht aufzutreten, aber strahlend. Das Wort hat sie geprägt: Man muß strahlend auftreten.

Danke, Mucki. Während der Föderalpräsident jetzt die Stufen der Carl-August-Schnefke-Halle emporschreitet, folgen die Herren aus seiner Begleitung, die mit militärischen Ehren begrüßt werden. Wenn alle ihre Plätze eingenommen haben, wird der zu Ehrende vorfahren, was etwa … ich höre gerade, daß wir fortfahren mit dem Betreten des Herrn Föderalpräsidenten im Inneren der Halle. Ich gebe weiter an meinen Kollegen.

Danke, Erich. Alle Gäste haben sich von ihren Plätzen erhoben, und Beifall brandet auf für den Herrn Föderalpräsidenten und die an seiner Seite strahlende Gemahlin, die jetzt nach allen Seiten nickend zu ihren Ehrenplätzen geführt werden, wo bereits der Herr Föderalkanzler und die Herren seines Kabinetts Platz genommen haben.

Begrüßung, wie Sie sehen, verehrte Zuschauer.

In wenigen Minuten wird dann derjenige eintreffen, dem die Ehren der Republik heute gelten als Dank für seine Verdienste. Der Herr Föderalpräsident und seine Frau Gemahlin haben ihre Plätze eingenommen.

In der riesigen Halle tritt jetzt Stille ein. Die Fanfarenbläser des Wachregiments führen mit einzigartiger Präzision ihre Instrumente an die Lippen zum Fanfarenstoß, der die Eröffnung der Zeremonie darstellt – das Betreten des...

Die Zeremonie beginnt.

Da kommt er. Eine gebeugte Gestalt, aber aufrecht, man merkt ihm den stolzen Unternehmer an, der so viel getan hat für den Wiederaufstieg unseres Landes und für dessen Ansehen in der Völkerfamilie: Dr. Hans-Eberhard Wieck. Er ist achtfacher Ehrendoktor amerikanischer Universitäten, ist Ehrendoktor von Heidelberg, Marburg und Münster, er leitet das größte Handelsunternehmen der Föderalrepublik, ist Börsenvorsitzender, Präsident des Föderalen Handelsverbandes, Aufsichtsratsmitglied in zahlreichen Versicherungen, Industrieunternehmen, Banken.

Sein Firmenimperium erstreckt sich über Frankreich, Belgien, USA, Brasilien, Argentinien, die Schweiz, er ist eine führende Figur im Handel mit Ostblockländern, und seine Firmen gelten auch als führend im Fernosthandel. Ihm gehören zahlreiche Unternehmen in Großbritannien, Südafrika, Chile, Italien, Nahost, aber bei allem ist er ein treusorgender Familienvater und vorbildlicher Großvater. Er steht noch heute jeden Tag morgens um fünf Uhr auf, und sein Arbeitstag endet selten vor Mitternacht...

Es war übrigens kurz vor Mitternacht in Budapest, als der Herr Brigadeführer Wieck das Land verließ. Er war am Nachmittag noch zum Oberst-Gruppenführer ins Hotel Majestic gefahren, um sich für das Lager Mauthausen, das lag halt auf seinem Wege, einen Entlassungsbefehl für Herrn Moishe Tajtelbaum zu holen, Dr. Moishe Tajtelbaum.

Dr. Moishe Tajtelbaum hatte Verbindungen zum Judenrat, verwandtschaftliche Verbindungen, er gehörte zu dem Kreis der Schwartz-Mischpoche.

Er holte ihn auf Grund des Befehls des Oberst-Gruppenführers aus Mauthausen heraus, ließ ihn noch ein wenig putzen und stutzen und erklärte dem armen Mann ständig, mit welchen Risiken für sein Leben es verbunden gewesen sei, ihn vollkommen illegal rauszuholen und zu retten. Also, wenn die mich erwischt hätten, wäre ich glatt an die Wand gestellt worden, lieber Dr. Tajtelbaum. Ich wäre glatt an die Wand gestellt worden von diesen Bestien, betonte Brigadeführer Wieck immer wieder.

Und Dr. Tajtelbaum, froh der Hölle wider Erwarten entronnen zu sein, glaubte ihm das auch, dem Herrn Brigadeführer. Er sagte das auch aus, als der Herr Brigadeführer Wieck es wenig später so einrichten konnte, daß er von den Amerikanern gefangengenommen wurde, das war, wie gesagt, ein Vorteil.

Der mitgeführte Dr. Tajtelbaum, noch die Schreckensbilder von Mauthausen vor Augen, erklärte den Untersuchungsbeamten der US-Armee mündlich und in mehreren, beeidigten Affidavits, der Herr ehemalige Brigadeführer Wieck habe ihn gerettet, und zwar ganz selbstlos habe er das getan, er habe nichts dafür verlangt. Auch in Budapest, das wisse er, habe der ehemalige Herr Offizier manch Gutes getan im Gegensatz zu diesem Oberst-Gruppenführer, der ein wahrer Bluthund gewesen sei. Wenn es einen anständigen Menschen gebe, dann sei das dieser Herr Wieck, der Gefangene, der sich ja selbst gestellt habe.

Schließlich hatte der gefangene Herr Wieck ja auch die zahlreichen Schreiben von Personen, denen er aus der Hölle geholfen hatte. Das war schon eine beeindruckende Liste, und das waren beeindruckende Erklärungen, Statements.

Die Amerikaner prüften das nach, bis hin in die Schweiz, wo er damals auf der Brücke, sozusagen im Niemandsland, seine

Klienten hatte übergeben können. Da kannte ihn schließlich noch jeder von der Schweizer Seite der Brücke, auch der mit dem großen roten Bart, der Stationskommandant der Schweizer. Bei den ersten Verhandlungen um die Übergabe hatte der Herr Schweizer Stationskommandant, komische Helme hatten die Schweizer, waren aber auch irgendwie germanisch, er hatte den Herren zwei Stühle auf die Brücke gestellt, damit sie nicht im Stehen verhandeln mußten.

Daß man dann immer noch Jahre in diesen trostlosen Gefangenenlagern verbringen mußte und immerfort verhört wurde, auch über den Herrn Oberst-Gruppenführer! Na, über den, da konnte er den Herren Vernehmungsoffizieren was erzählen.

Wissen Sie, Colonel, der Oberst-Gruppenführer, der war wirklich besessen von der Aufgabe, alle Juden zu vernichten. Der hat mal zu mir gesagt, als wir uns zuletzt sahen, er werde eines Tages lachend in die Grube fahren, denn er habe Millionen von Juden vertilgt. So hat er gesagt. Der muß sich wohl umgebracht haben. Wenn der den Mund aufmachte, log er. Er log ihnen Geschichten vor mit dem ernsthaftesten Gesicht. Sie haben erst viel später entdeckt, wenn überhaupt, daß er gelogen hatte. So einer war das. Herr Colonel, der ist sicher freiwillig in die Grube gefahren, dieser Oberst-Gruppenführer. Was der auf dem Kerbholz hatte! Yes, please, ich signiere das Protokoll dann, na klar. Wissen Sie, wenn ich mal von Offizier zu Offizier sprechen kann, Colonel – ach, Sie sind Captain? Also, Captain, der deutsche Soldat hat überall tapfer gekämpft, an allen Fronten, vor allem in Abwehr der kommunistischen Horden, Captain, Sie haben ja keine Ahnung. Die sind auf Panjewagen gekommen, mit Pferd und Peitsche, diese Iwans, so haben sie uns besiegt. Sie können mir glauben, ich war ja General. Wir hatten die schon besiegt, sie lagen vor uns schon auf den Knien, und den Kaukasus hatten wir auch schon, so weit ist ja nicht mal Napoleon vorgedrungen. Nun schön, er hat Moskau erobert, das haben wir nicht getan, aber gesehen haben es unsere Kameraden, durch Ferngläser, richtig hinschauen haben sie können. Dann kommen die Iwans mit Panjewagen und zwingen uns zurück. Ah, ja, ein paar Panzer hatten sie auch, ja, und diese Stalinorgeln, die haben geheult, schauerliches Geräusch, Sir. Wusch, wusch, wusch und päng.

Ah, Sie verstehen, Sir. Ich sage das nur, weil Ihre tapfere amerikanische Armee ja eines Tages auch gegen diese Horden aus dem Osten antreten muß. Es wäre besser gewesen, man hätte uns im Osten freie Hand gelassen. Ja, das gebe ich schon zu, Sir, diese Judensache. Sehr unangenehm. Das wußten aber die wenigsten in Deutschland.

Ich? Ja, ich habe davon am Rande erfahren, aber das ganze Ausmaß war mir einfach unvorstellbar. Das konnte man sich ja einfach gar nicht vorstellen, das war ja eine Apokalypse biblischen Ausmaßes. So was können sich nur Irre ausdenken. Die müssen alle geisteskrank gewesen sein. Also, Sie können mir glauben, Captain, der deutsche Soldat ist ein grundanständiges Geschöpf. Wenn die Front gewußt hätte, was geschah, wäre das alles ganz anders verlaufen. Schuld daran war nur dieser Hitler, ein böhmischer Gefreiter! Ein Gefreiter maßt sich an, die gesamte Kriegsmaschinerie zu dirigieren, der hat ja nicht mal irgendwas studiert, wenn er wenigstens die Kriegskunst studiert hätte, dieser Anstreicher. Yes, Captain, das ist eine gute Frage, question, nicht? Das heißt question, nicht? Ja, warum hat dann das ganze Volk unter heißen Tränen Heil gerufen, das ist schwer zu beantworten. Es ging etwas Dämonisches von diesem Menschen aus, die Frauen haben ihm zugejubelt, ja, das waren die Frauen, hauptsächlich waren es die Frauen, die Frauen haben ihn gewählt.

Wie? Ach so, das klingt, als seien die Juden schuld, und in Deutschland muß immer jemand schuld sein, Hauptsache, es sind ganz andere. Ja, das glaube ich nicht. Ich glaube, es waren die Frauen. Ah, Sie glauben das nicht? Nun, wenn ich das mal so sagen darf, Sie sind ja auch Amerikaner, Sie kennen sich nicht so gut aus in Europa. Ach, Ihre Familie stammt aus Berlin? Ach, da sind wir ja fast Landsleute, ich bin auch aus Berlin. Oh, das tut mir leid, die Großeltern und alle Verwandten sind in Auschwitz umgekommen? Wissen Sie, ich war ja nur für wirtschaftliche Fragen zuständig. Ich habe den Juden geholfen, wo ich konnte.

Ach? Der Göring hat auch solche Persilschreiben von Juden vorgelegt? Ach, der Kaltenbrunner auch? Ach, der Ribbentrop auch, der Außenminister? So, die haben alle den Juden geholfen?

Affidavits, ich verstehe, die hatten Affidavits, daß sie Juden geholfen hatten, so, man nennt das Alibijuden, aha, interessant. Aber das kann man ja nicht mit meinem Fall vergleichen, ich war nur für wirtschaftliche Fragen zuständig, für rein wirtschaftliche Fragen, bei Ihnen nennt man das wohl war economy. Ja?

Aber in meinem Fall war das wirklich ganz anders. Sie müssen nur die vielen Schreiben von Juden lesen, denen ich geholfen habe, und diesen Dr. Tajtelbaum habe ich auch noch zuletzt unter eigener Lebensgefahr aus dem KZ geholt, das hat er beschworen. Ich habe fast zweitausend Juden gerettet aus Budapest, der Oberst-Gruppenführer wollte die alle sonderbehandeln lassen, ja, special treatment geben. Was die Juden dafür zahlen mußten? Ja, nichts, kaum etwas, ich war nur gezwungen, hier und da die Leute zu bestechen, damit sie die Ausreisegenehmigungen rausrückten, das war ein ganz schwieriger, bürokratischer Prozeß. Da war auch diese Frau, die wollte mir ihren Schmuck aus Dankbarkeit geben und ein Bündel Dollarscheine, das habe ich zurückgewiesen, ich habe gesagt, sie benötige das für das neue Leben. Die ist in die Schweiz gegangen, das hat sie mir zu verdanken. Wie war der Name? Ja, das war die Frau. Ah, die hat sich gemeldet und das beschworen. Sehen Sie, es gibt doch anständige Juden. Ich ahnte immer, daß man uns nicht die Wahrheit gesagt hat über die Juden, man hat uns belogen von hinten bis vorne. Man hat ein ganzes Volk belogen.

Wie bitte? Wie lautet der Ausspruch? Ah, you can cheat some of the people some of the time but not all of the people all of the time – bescheißen, ich verstehe, einige Leute eine Zeitlang bescheißen, aber nicht alle immerfort. Ja, wieso immerfort? Ich meine, der Spuk ist doch nun vorbei, also gilt doch für uns, daß sie nur some of the people some of the time beschissen haben. Das sehen Sie nicht so? Nun, es ist wohl Ihr gutes Recht als Sieger, das nicht so zu sehen. Vae victis.

So, Sie können Latein? Dann sind Sie ja humanistisch gebildet und wissen, was ich meine, Captain. Gebildete Menschen finden doch viel rascher Kontakt zueinander, man spricht die gleiche Sprache.

Sie nicht?

Wie das nun kam? Ja, was soll ich sagen. Also meiner Meinung nach trifft die Hauptschuld an der ganzen deutschen Misere den Hitler, dann den Göring, den Goebbels, man weiß ja nicht mal, ob er rein arisch war, dann den Himmler natürlich, den Bormann, den Oberst-Gruppenführer, den Heydrich, den Kaltenbrunner. Die haben ein ganzes Volk ins Unglück geritten.

Yes Sir, wie bitte? Die sind alle tot? Natürlich sind sie tot. Das wäre ja noch schöner, diese Schufte, alles Irre, sage ich Ihnen, alle geistesgestört, das kann man sich gar nicht vorstellen. Die trifft die Hauptschuld. Und der Heß, sehen Sie sich nur den Heß an, auch geistesgestört, so waren die alle. Das haben Sie ja gesehen im Hauptprozeß.

Warum ich nur Tote als Hauptschuldige genannt habe? Na, weil das die Wahrheit ist, so ist das doch, die ganze Wahrheit.

Höss? Wie bitte, Höss? Ja, der Höss, den kenne ich, der war auch mal in Budapest. Ja, der ist auch schuld, natürlich, der war ja Kommandant von Auschwitz, der hatte die Verantwortung, da kann der sich nicht vor drücken. Ja, der natürlich auch, wenn Sie sagen, der ist jetzt wieder nach Polen ausgeliefert worden. Der Höss, das war auch so ein Bluthund wie der Oberst-Gruppenführer, von dem ich sicher annehme, daß er freiwillig und lachend in die Grube gesprungen ist, ich habe das ja schon ausgesagt.

Ach, das war kein Bluthund, das war nur ein braver, biederer deutscher Beamter, dem Gehorsam verpflichtet und den Befehlen? Na, da bin ich aber, wie? Sie haben den Höss selbst verhört, der war ein biederer, gehorsamer Mensch? Der Höss? Eher so einer wie ich? Können Sie mir mal klipp und klar sagen, was Sie mir vorwerfen können? Haben Sie irgend etwas, was Sie mir klipp und klar vorwerfen können? War ich ein KZ-Kommandant? War ich ein Juden-Schlächter? War ich in irgendeiner Weise verantwortlich für das, was mit den Juden geschah?

So, das wollen Sie erst herausfinden.

Na bitte, ich stehe zur Verfügung. Aber da suchen Sie vergeblich, ich habe ein reines Gewissen, und eine reine Weste habe ich auch. Ich habe nichts zu verbergen.

Wie? Mengele? Nie gehört den Namen. Ohlendorf, ja, natürlich kannte ich den Ohlendorf, Sicherungsgruppe D, Südrußland. Ja, dahin war ich vorübergehend abkommandiert, war aber nur verantwortlich für Technik, also Lastkraftwagen und derart, transportation officer. Ja, Sir. Ich war nur vorübergehend verantwortlich für LKWs, Lastkraftwagen, Transportfahrzeuge, also Technik aller Art. Ich habe dann Berichte geschrieben über Transportwagen, welche Fehler sie beim Einsatz unter etappenmäßigen Bedingungen hatten. Ja, Sir, für die Sicherungsgruppe D, Ohlendorf.

Ja, gut, also noch mal zu Budapest. Nein, mit dem, was der Oberst-Gruppenführer zu tun hatte, hatte ich nichts zu tun. Wir waren eher Rivalen. Ich war beschränkt auf wirtschaftliche Angelegenheiten, er betrieb die Endlösung. Da mußten wir uns einfach ins Gehege kommen, der Mann hatte ja keinerlei Sinn für ökonomische Angelegenheiten, der ging ganz stur seinen vorgeschriebenen Weg, und wenn er das Maul aufmachte, log er. Das war im Grunde ein ganz kleiner Zwerg. Eine ganz kleine Figur. Nachfolger von Heydrich.

Ja, aber Sir, Mr. Captain, so waren die alle. Das ist für einen Außenstehenden sicher sehr schwer zu verstehen.

Straßburg, Sir?

Ja, Straßburg kenne ich. Schöne alte Stadt. Goethe war da als junger Mensch. Ein Treffen hochkarätiger Wirtschaftler in Straßburg im August 1944? Tut mir leid, muß ich passen. Davon weiß ich nichts, nein, wirklich nichts.

Danke, Sir. Ich unterzeichne das Protokoll.

Es gab schon verflucht schwere Zeiten.

Im Anschluß an die Feierstunde in der Carl-August-Schnefke-Halle gibt der Präsident mir zu Ehren ein Diner in kleinerem Kreise, 86 Personen.

Die Scheinwerfer blenden sehr, aber die Rede, die der Historiker Mangold geschrieben hat, welche dieser Mann, dieser wunderbare Burgschauspieler da jetzt vorträgt, diese Rede ist wunderbar und einzigartig.

Das ist ein wunderschöner Tag in meinem Leben. Es gab viele wunderschöne Tage in meinem Leben.

Die Entlassung aus der Haft.

Ohne Anklage entlassen.

Die Brillanten des Ordens, der mir hier soeben verliehen wurde, sind übrigens echt. Ein Protokollbeamter vom Präsidialamt hat mir mitteilen lassen, viereinhalb Karat, und das Lorbeerblatt ist Platin. Daran erkennt man einen ordentlichen, soliden Staat, einen erfolgreichen und angesehenen Staat, der braucht kein Talmi, kein Als-Ob, das überläßt man den Fernsehveranstaltern, das Als-Ob. Früher, da waren die Brillanten zu den Schwertern zum Eichenlaub zum Ritterkreuz aus ganz billigen Brillantsplittern auf Chrom, in Chrom gefaßt. Da hätte man nie zu einem Juwelier gehen können und sagen, gestatten Sie, ich brauche das hier nicht mehr, haben Sie noch Verwendung dafür und zu welchem Preis?

Der Preis, den einem der Juwelier dafür genannt hätte, na, über den Preis hätten ja die Hühner gegackert, und zwar laut, wochenlang. Oder er hätte einen zum Trödler damit geschickt.

Aber mit diesem Orden kann man jederzeit zu einem Juwelier gehen und sagen, das ist hier von meinem Großvater, ich brauche das nicht mehr, der würde einem dann einen Preis hinlegen. Dafür kann man sich ja fast einen Rolls-Royce kaufen und notfalls nur einen Bentley, also Rolls-Verschnitt, das darf man aber den Direktoren der Fabrik in Bristol nicht sagen, niemals, das wäre beleidigend für die. Alles handgefertigt.

Rolls-Royce ist eine wunderbare Automarke. So wie früher bei uns Maybach oder in Amerika Duesenberg.

Fast alles deutsche Namen, und der Royce vom Rolls hieß früher sicher mal Reuß. So wie der Dollar mal Taler hieß.

Damals, bei einer dieser Verlegungen in ein anderes Lager traf ich auch den Herrn Staatssekretär und SS-Kameraden wieder, mit dem mich damals in Berlin einiges verband, dieser ausgezeichnete Diplomat und aufrechte Mann, der nicht daheim unterm Birnbaum sitzen wollte, wenn deutsche Männer für Deutschland draußen an der Front streiten.

Im Lager, als wir uns wiedertrafen nach dem Zusammenbruch, da sagte er zu mir, also wissen Sie, lieber Wieck, das mit der SS-mäßig sauberen Behandlung der Leute in den Lagern des Ostens, das entsprach ja wohl nicht den Tatsachen.

Ich habe gesagt, Exzellenz, Sie gestatten, daß auch ich ein Opfer der damaligen Verhältnisse war. Was da geschehen ist, das kann ich heute nicht mehr billigen. Da ist große Schuld auf uns geladen worden.

Ja, hat er gesagt, große Schuld, daran werden wir alle noch lange tragen.

Ob man ihm denn das vorwerfe, war meine Frage.

Nein, keineswegs, sagte er. Man werfe ihm vor, daß er den Diplomaten, die ihm unterstanden, in den Verhandlungen mit polnischen Stellen über Danzig und in anderen Verhandlungen vor dem Befehl zum Vormarsch der Wehrmacht, daß er denen die Anweisung gegeben habe, die Verhandlungen so zu führen, daß ihr Scheitern auf die andere Seite zurückgeführt werden könne. Das werfe man ihm vor, als Vorbereitung von Kriegen. Entsetzlich. Ich wollte nur schlimme Fehler verhindern, beteuerte er immer wieder, aber daß ich Anweisung gab, so scharf als möglich zu verhandeln und es unter keinen Umständen zu einer Einigung kommen zu lassen, so daß die Tschechen und die Polen ablehnen mußten und darum besetzt werden konnten. Das ist, gemessen am Ergebnis, ja an sich richtig. Also innerlich spricht das natürlich gegen mich, aber mit meiner inneren Einstellung hatte ich ja leider keinerlei Erfolg.

Der tapfere Mann. Fünf Jahre Haft erhielt er. Als Kriegsverbrecher. Wegen Vorbereitung von Angriffskriegen. Dabei hat sein Sohn ihn gegen das Siegergericht verteidigt. Das haben wir dem Sohn bis heute hoch angerechnet. Auch der Sohn ist innerlich immer einer von uns gewesen. Wie der Vater.

Ja, ja. Wenn ich es mir so betrachte, hier, heute abend in der Schnefke-Halle, da habe ich doch den sicheren Eindruck, daß wir gesiegt haben. Aber es war ein harter Sieg.

Schnefke, der damals auch bei uns im Lager gesessen hatte, er fiel zwar später diesem teuflischen Mordanschlag zum Opfer. Aber sein Name prangt über dieser Halle. Ich habe natürlich darauf hingewiesen, daß auch Schnefkes Witwe und seine erwachsenen Söhne zur Feierstunde eingeladen werden. Wir waren schließlich Waffenkameraden. Das sei doch selbstverständlich bereits geschehen, sagte das Präsidialamt.

Wenn Straßburg nicht gewesen wäre. Ja, die Straßburg-Konferenz. Da wurden alle Weichen für unsere Zukunft gestellt, für das hier und heute. Es war ein kluger Feldzug, geschlagen von den Kräften der Vernunft, von uns Wirtschaftlern, den Bankiers, den Industriellen. Und dichtgehalten haben wir. So, nur so haben wir nach dem Ende und innerhalb kürzester Zeit das uns feindlich gesonnene Ausland überzeugen können, die Überlebenden aus den Kriegsgefangenenlagern als die besseren und wahren Herren anzuerkennen.

Die Amerikaner mußten trotz ihrer stark verjudeten Wirtschaft innerhalb kürzester Zeit zur Vernunft des Verdienens zurückkehren, Handel schafft Wandel. Aber unsere rechtzeitigen Investitionen aus Straßburg haben da natürlich enorm geholfen.

Es war ja schon schwierig, im besetzten Land wieder die Herrschaft über uns selbst zu erringen, all die Emigranten und Kazettler abzuwehren, die nach Ämtern drängten, asoziales Pack. Aber da haben wir zusammengehalten. Bis wir die gesamte Verwaltung eingesetzt hatten, die Beamten wieder souverän waren, die Gerichte, die Post, die Bahn und dann die Regierungen und Bürgermeister in Stadt und Land, die Polizei, das Heer.

Einigkeit und Recht und Freiheit.

Ich nehme meine Ehrung entgegen. Ich höre die feierlichen Worte, die in alle Welt übertragen werden von diesem Platz aus dieser Halle: Wer vor der Vergangenheit die Augen verschließt, wird blind für die Gegenwart.

Die Hand des Präsidenten. Ich neige mein Haupt.

Applaus, die Philharmonie.

Ein wahrer König der Harmonien, Edler Freiherr von Karaben-Nemcy. Er gehörte auch unserer Partei an. In diesem Land ist nie jemand vor das Volk getreten, um den Eid des Präsidenten abzulegen, der nicht einst zu uns gehört hatte, innerlich oder äußerlich.

Wenn er aus purem Zufall, oder weil das rechtzeitig klug geplant und vorhergesehen worden war, wenn also jemand nicht direkt zu uns gehört hatte, dann tat er es aber bald. Der Vater dieser Republik. Ah, welch ein kerniger Mann. Sein Bekenntnis, öffentlich abgelegt in Hörweite der Sieger, die zufrieden lauschten: Die Männer der Waffen-SS waren Soldaten wie andere auch.

Das waren Mannesworte, Worte, die ein ehernes Bekenntnis ablegten. Oder wie er sich dann später gegen unsere Kritiker wandte, diese Kritikaster abkanzelte: Wie kann man den Leuten deutlich machen, daß die Waffen-SS keine Juden erschossen hat, sondern als hervorragende Soldaten von den Sowjets gefürchtet waren. Das war verpflichtend für alle Kinder und Kindeskinder unseres Landes, für alle, die sich seine Enkel nennen dürfen heute.

Es ertönt die Hymne unseres Landes.

Ausleuchtung in Ordnung?

Ja, ich höre.

Ja. Zwanzig bis Sendung. Sie sehen dann, daß das rote Licht an der Kamera aufleuchtet.

So.

Hier ist Karl-Heinz Sebalden: Hier ist nun derjenige, dem heute die Ehrung galt, die Sie, verehrte Zuschauer, soeben miterleben durften. Dr. Hans-Eberhard Wieck. Herr Dr. Wieck, es war eine ergreifende Feststunde.

Ja, es war eine ergreifende Feststunde. Ich glaube, ich kann die Feierlichkeit in dieser Halle, die den Namen meines hochverehrten Freundes Schnefke trägt, von dem ich wünschte, daß er hier heute hätte dabeisein können, ich glaube, ich kann sagen, daß es die bedeutendste Stunde meines Lebens war. Ich bin noch immer tief ergriffen.

Nun, Herr Dr. Wieck, hier wurde ja nur etwas gewürdigt, das Sie für unser Land geleistet haben, es ist eine Würdigung Ihrer Verdienste, ein Dank, wenn man das so sagen darf.

Ich bin wirklich ergriffen, ich habe doch nur mein Leben lang getan, was dem Frieden diente, der Menschlichkeit und der Verständigung aller Völker in der Welt. Alles, was uns, die wir uns eines Tages in Trümmern wiederfanden, was uns übrigblieb, war Arbeit, Arbeit, Arbeit, ehrliche, aufrichtige Arbeit. Wir haben nichts anderes getan, als aus dem völligen Nichts eine neue und bessere Welt aufgebaut, ein neues und besseres Land. Daß mir die Ehre zuteil wurde heute, läßt mich in Dankbarkeit sagen: Ich habe diese Ehrung entgegengenommen für alle Menschen unseres Landes, jung oder alt, auch für die Kinder und Enkelkinder der Menschen meiner Generation. Ich stehe hier heute als der Stellvertreter aller Menschen unseres Landes.

Ich danke Ihnen, Herr Dr. Wieck. Auch von uns die herzlichsten Glückwünsche.

Unsere Juristen, wir sollten unsere Rechtsgelehrten nicht vergessen. Wie haben sie uns beim Wiederaufbau geholfen. Wir haben natürlich gut gezahlt. Hatten ja genug. Erinner mich gerade heute, wie jener berühmte Staatsrechtler zu mir kam, ganz unaufgefordert. Er habe die zugespitzte subjektive Tätertheorie entdeckt. War noch ganz am Anfang. Sagt, sei ganz unverfänglich, Reichsgerichtsentscheidung aus der Weimarer Zeit.

Da bin ich aber gespannt, sage ich.

Hitler war allein schuld an allem, sagt er, es ist juristisch einwandfrei nachweisbar. Hieb- und stichfest und ganz demokratisch auch, völlig unverdächtig. Ich biete ihm erst mal eine Zigarre an. Geahnt habe ich es schon immer.

Also, sagt er, Reichsgericht Leipzig, eine Frau erwartet ein Kind, sie ist nicht verheiratet, der Vater ist verschwunden. Sie will das Kind nicht. Das Kind wird geboren. Ärgerlich. Sie fragt ihre Schwester, ob sie das Kind nicht umbringen könne. Die Schwester tut das. Sie ertränkt das Kind in der Badewanne.

Ja aber, mein Liebster, sage ich, was hat das mit unserem Führer zu tun?

Wartense mal ab, sagt er. Was glauben Sie, wer als Mörder verurteilt wurde?

Ganz klar, sage ich, die Schwester. Sie hat das Kind ermordet.

Eben nicht, sagt er. Das Gericht hat die Mutter wegen Mord verurteilt, die das Kind gar nicht ermordet hatte. Sie hatte gar nichts dazu getan. Ja, aber die Schwester, sagten die Richter, hatte ja keinerlei Interesse an der Tat. Interesse an der Tat hatte nur die Mutter, die Anstifterin, die das Kind aber nicht umgebracht hatte. Also sagte das Gericht: Wer zur Tat anstiftet, ist der Mörder, denn was geschieht, geschieht in seinem Interesse. Der Vollstrecker der Tat, in diesem Fall die Schwester, kann, wenn uneigennützig gehandelt wurde, vom Tatvorwurf befreit werden.

Ach, habe ich gesagt.

Da sehen Sie, sagt er. Wir hatten bekanntlich das Führerprinzip. Alles, was geschah, geschah auf Veranlassung und im Interesse des Führers. Das Interesse der Gefolgschaft bestand nur darin, dem Führer gehorsam zu sein. Darauf hatten auch alle einen feierlichen Eid abgelegt, dazu waren sie verpflichtet. Der Vollstrecker der Tat kann, wenn er uneigennützig gehorcht hat, vom Tatvorwurf befreit werden. Und haben wir alle denn nichts anderes getan, als uneigennützig gehorcht?

Wir haben dem hervorragenden Staatsrechtler ein Nummernkonto in der Schweiz eingerichtet – schließlich hat er ein tragendes Prinzip unseres demokratischen Landes gefunden. Er war es, der für das Recht zwischen Einigkeit und Freiheit sorgte. Das muß einem schon was wert sein.

Der gute Mann hat mich später glänzend rausgepaukt, als irgend so ein dummes Judenschwein klagte, weil ich Geld genommen hätte, aber seine Verwandten nicht rausgebracht aus Ungarn. Der Kläger ist natürlich abgefahren bei uns. Er konnte nicht mal 'ne ordentliche Quittung vorweisen.

Lieber Herr Dr. Wieck, tiefe Verbeugung, ich gestatte mir als ungarischer Botschafter, Ihnen auch im Namen meiner Regierung die allerherzlichsten Glückwünsche zur Verleihung des Ordens auszusprechen und zu der Ehrung, die Ihnen heute widerfahren ist.

Danke, lieber Dr. Szaglasy, danke, sehr herzlichen Dank.

Ich übermittle Ihnen diese Glückwünsche auch im Namen unseres Ersten Sekretärs. Ich bin dazu ausdrücklich ermächtigt worden.

Danke, lieber Dr. Szaglasy. Sagen Sie den Herren in Budapest meinen aufrichtigsten Dank für die Glückwünsche. Gerade Sie und die Herren in Budapest wissen wohl recht genau, daß ich mich mein ganzes Leben dafür eingesetzt habe, gegen Unrecht und Tyrannei zu kämpfen.

Ja, lieber Dr. Wieck, das ist wohl wahr.

Ich höre, Sie haben noch etwas mit dem Protokollchef zu besprechen?

Ja, es ist wegen des Besuchs des Präsidenten in der Volksrepublik Ungarn.

Ach richtig, ja, der fährt ja dorthin, ja, ich habe davon gehört. Vielleicht sehen wir uns später noch.

Ja, ich hoffe sehr, Herr Dr. Wieck.

Na, bis dann.

Ja, Herr Dr. Wieck, bis dann.

Ob er ein Problem für uns war, dieser Wieck, der Herr Ex-Brigadeführer? Ah, kein Problem.

Schließlich: Der Mann hat nach dem Krieg angefangen, mit Ungarn Devisengeschäfte zu machen, als wir ziemlich unten waren. Da hat er in großem Stil angefangen, von uns zu kaufen. Stierblut hat er gekauft. Erlauer Stierblut, zugesetzt sollen wir auch noch haben, gestreckt nennt man das, Zucker und Wasser und was unsere verdienten Winzer des Volkes damals so an Zusätzen zu liefern hatten.

Bezahlt wurde sofort in harten Devisen.

Natürlich stand der Mann bei uns auf der Liste, aber das ist doch nun wirklich schon alles lange her, das ist ja Uralt-Geschichte, davon redet ja keiner mehr, ausgenommen vielleicht ein paar Spinner. Es gibt ja überall solche Spinner, denen geht die befleckte Ehre und ein Gewissen über jede Nützlichkeitserwägung.

Also, was hat er gemacht, der Brigadeführer in Budapest, na was, bitteschön? Geschäfte hat er gemacht.

Was ist schlecht daran, Geschäfte zu machen?

Alle Welt macht Geschäfte. Am liebsten macht man Geschäfte unter imperialistischen Voraussetzungen. Daß ich nicht über diesen grimmigen Tataren Lenin lächele, mit seinen Imperialismus-Definitionen der bürgerlichen Art, die schädlich ist, und der sozialistischen Art, die nützlich ist. Es gibt gerechte Kriege, da kommen Hunderttausende von Menschen um, kleine Kinder, Frauen, welche ihre Babies noch an der Brust haben, Greise an Krücken werden getötet, Häuser stürzen ein und begraben unter sich Gerechte und Ungerechte, Schuldige und Unschuldige. Und dann gibt es ungerechte Kriege. Was geschieht in ungerechten Kriegen? No, da kommen Hunderttausende von Menschen um, kleine Kinder, Frauen, welche ihre Babies noch an der Brust haben, Greise an Krücken werden getötet, Häuser stürzen ein und begraben unter sich Gerechte und Ungerechte, Schuldige und Unschuldige. Das ist der Unterschied zwischen gerechten und ungerechten Kriegen, das ist der Unterschied zwischen bürgerlichem und sozialistischem Imperialismus.

Geschäfte soll man machen, das bringt Leben.

Oder, wie der berühmte Parteichef zu sagen pflegte, wenn er

Staatsoberhäupter aus dem verfeindeten Westen auf seine Staatsjagd einzuladen pflegte: Läbben ist Läbben. Was heißt übersetzt, daß Leben Leben sei.

Was man tötet, nährt einen.

Man muß nur ein gutes Rezept für Wildsäue wissen, ein Wildschwein-Pörkölt zum Beispiel.

So. Hätten wir also einem Menschen, der für harte Devisen unsere weichen Weine kauft und so allerhand Gemüse auch noch – hätten wir seine Hand ausschlagen sollen, nur weil angeblich etwas Blut an der Hand klebt? Wir hatten auch kein Problem damit, ihn als Teilhaber unserer staatlichen Handelsgesellschaft Monimpex eintragen zu lassen.

Vorsichtshalber hat unsere damalige Verwaltung natürlich den Schaden aufgelistet, den der sintemalen Brigadeführer in unserem Land angerichtet hat: Drei Milliarden Dollar. Öffentlich gemacht haben wir aber diese Summe nicht, und die Ermittlungsakten gegen den geschätzten Geschäftspartner, sintemalen Brigadeführer, liegen längst in den tiefsten Tiefen der Archive, vielleicht abgelegt unter Rassenwahn, und in der Nähe werden wohl auch die Rassenwahnergüsse des Herrn Dramatikers Strindberg liegen, was soll man mit derart veraltetem Zeug sonst tun?

Da gab es nur einmal dieses Problem, daß der Wieck uns mal wieder hätte besuchen wollen in Ungarn. Wir hätten ja wohl nichts gegen ihn, habe er sich gedacht.

Es ist wirklich erstaunlich, wie viele Leute es gibt, die geradezu süchtig sind, noch einmal die Orte aufzusuchen, wo sie an Ereignissen beteiligt waren, derer sie sich eigentlich schämen müßten.

Der Herr Botschafter hatte mal einen kennengelernt, einen ehrenwerten Mann deutscher Sprache, der hatte als deutscher Offizier, wie er stets versicherte, eine Artillerie-Einheit befehligt und wochenlang, monatelang, rrumms, Menschen über größere Entfernungen hinweg getötet und dann, bei der Belagerung von Smolensk, rrumms, wie er nicht müde wurde zu erzählen, habe ein gegnerisches Artilleriegeschoß seine Stellung getroffen und ihm ein Bein abgerissen. Jetzt reiste der Mann mit einer sauberen Prothese Jahr für Jahr in die Sowjetunion, um den kommandierenden Offizier jener Artillerie-Einheit zu finden, welche das ihn schädigende Geschoß abgefeuert hatte.

Entschuldigen Sie, hatte der Herr Botschafter gefragt, warum wollen Sie sich denn mit dem Mann unterhalten?

Na ja, hatte der gesagt, ich habe in vielen Kriegsarchiven drüben angefragt, habe Militärhistoriker in Ost und West gefragt, wie damals die Artillerie-Einheit hieß, welche uns getroffen hat am 23. Juli, aber niemand konnte mir helfen. Jetzt habe ich gehört, es hätte auch eine ungarische Exileinheit unter sowjetischem Kommando sein können, welche uns damals in Smolensk gegenüberlag.

Also, es gab gar keine ungarischen Exileinheiten, nur tschechoslowakische und polnische, die polnischen sind recht bald über Teheran ausgereist, die mochten das alles nicht so, wie es ihnen angerichtet wurde. Aber nun frage ich noch mal, warum wollen Sie sich denn mit dem Mann unterhalten, warum wollen Sie sich mit ihm treffen?

Ach, es gab gar keine ungarischen Exileinheiten? Das ist aber interessant, es gab gar keine. Rumänische dann wohl auch nicht?

Soviel ich weiß, gab es rumänische auch nicht, sagte der Herr Botschafter. Nun frage ich noch mal, warum wollen Sie sich denn mit ihm unterhalten?

Nur so, ich wollte ihn einfach kennenlernen, von Mensch zu Mensch. Er war Offizier, wie ich. Er befehligte Artillerie, wie ich. Er war im Krieg, wie ich – jetzt möcht ich wissen, was es für ein Mensch war. Wo kam er her, wie wuchs er auf, wie kam er zum Militär, wie stand er zu Stalin, was ist aus ihm geworden, hat er Frau und Kinder? Was ißt er gerne, haben sich seine Lebensträume erfüllt? Sie verstehen, Exzellenz, ich möchte wissen, was für ein Mensch er ist.

Aber Sie wollen von ihm nicht Ihr Bein zurückhaben?

Nein, Exzellenz, hahaha. Natürlich nicht. Nur, da haben zwei Menschen, die sich nicht kannten, zu einer bestimmten Zeit an einem vorbestimmten Ort das gleiche getan, aufeinander geschossen, ohne sich zu sehen oder zu kennen. Die hatten füreinander gar keine Feindschaft, nur haben sie rrumms Explosivgeschosse aufeinander abgefeuert, rrumms.

Warum liegt Ihnen denn ausgerechnet an diesem einen Offizier? Treffen Sie sich doch mit irgendeinem anderen Menschen, oder gehen Sie auf eine Kolchose in der Ukraine, sagen Sie, es täte Ihnen leid, oder gehen Sie zum Stadtarchiv von Smolensk, gehen Sie ins Kulturhaus dort, zum örtlichen Parteichef oder dem Leiter der Omnibusbetriebe, und sagen Sie, es täte Ihnen leid wegen damals. Warum ausgerechnet den einen? Gehen Sie doch zum Veteranenverband sowjetischer Artilleristen, und unterhalten Sie sich mit ihnen über ballistische Probleme, oder die Berechnung von Flugbahnen bei starkem Westwind oder von mir aus auch Südwind.

Sehr lustig, Exzellenz, hatte der Mann gesagt, ich will aber nur den einen kennenlernen, möchte wissen, wie er heißt und was er im Fernsehen sieht abends, ob er Bier trinkt.

Man hatte äußerst diskret dem Herrn Wieck zu verstehen gegeben, daß er, sollte er einen Besuch in Budapest riskieren wollen, wegen Auffrischung von Erinnerungen an eine ältere Wirkungsstätte, leider keine Garantie dafür gegeben werden könnte, daß nicht irgendeine Person, welche einen tiefen Groll gegen ihn hege, zu den Behörden gelaufen komme, um einen Krawall zu veranstalten. Das würde dann leider, leider, man sei ja ein sozialistischer Rechtsstaat, die Behörden zwingen, in Aktenordnern zu blättern, und dann gebe es keinerlei Garantie mehr für seine Sicherheit.

Unglücklicherweise, also, das müsse man schon verstehen, es sei eine Folge der ersten Nachkriegsjahre gewesen, da sei noch alles durcheinandergegangen, der Stalinismus habe regiert und in Ungarn sein Unterleutnant Rakosi, da seien halt Kriegsverbrecherlisten aufgestellt worden, nun, man mußte die Bürokraten beschäftigen. Sein Name stünde auch, ziemlich weit oben. Von einem derart prominenten Platz könne man ihn gar nicht so schnell herunterholen, also praktisch niemals. Gesetz sei Gesetz und die Bürokratie sei das bedeutendste aller Gesetze, ein eigenes obendrauf noch.

Der Dr. Wieck hatte das alles nur zu gut verstanden. Hatte erwähnt, daß er ja Budapest an sich ganz gut kenne, er wäre halt nur mal wieder in dieses Restaurant gegangen im XIV. Bezirk mit dem Pianisten, der hätte ein so wunderbar weltberühmtes Lied gespielt, das muß man halt am Orte des Entstehens hören, dann wirke das alles viel näher und irgendwie intensiver.

Was also sollte ein Mann wie Dr. Wieck in Budapest?

War er aufgestiegen aus den Niederungen der Niederlage zu den höchsten Höhen des Ruhms und des Ansehens, nur um sich dann und wann an die Anfänge zu erinnern?

Zeitvergeudung.

Er war nach Ablegung seines Ranges und Entlassung aus der automatischen Internierungshaft entnazifiziert worden. Was es damals alles so gab. Man konnte einen desinfizieren, infizieren auch, man konnte desinformiert sein, informiert auch, aber was war entnazifiziert? Dummkram. Mitläufer wurde er, und die Reiter-SS war schließlich keine verbrecherische Organisation, oder wie man heute sagen würde, sie war keine terroristische Vereinigung, das hatte man vom Kriegsverbrecher-Gerichtshof schwarz auf weiß erhalten. Er war wieder geschäftsfähig.

Das mit der Exhumierung der entfernten Verwandten war schon deswegen kein Problem mehr, weil ja in der Verwaltung sofort wieder zuverlässige Personen saßen, ehemalige KZ-Häftlinge hatten keine Chance gegen einen zuverlässigen Beamten, der irgendein kleines Mitglied der Nationalsozialistischen Partei gewesen und unbelastet aus den Entnazifizierungsarien der Sieger hervorgegangen war.

Außerdem, das mußte man bedenken: Die Weiterbeschäftigung der alten Parteigenossen der Hitlerzeit, die hatte man sofort in Verfassungsrang erhoben, das war in der Verfassung verankert worden, mehrmals sogar. Immerhin waren fast sechzig Prozent aller Väter der neuen Verfassung Beamte gewesen, verhaftet den alten Traditionen, die paßten schon auf ihre Interessen auf. Da konnte nichts passieren.

Wo immer ich heutzutage hinkomme, ob es sich um einen Handelsminister des tapferen Landes Israel handelt, oder des politisch verhaßten Landes Sowjetunion, die Aufzählung ließe sich beliebig fortsetzen, da verstehe ich mich mit den Personen auf Anhieb. Staatshandelsländer oder nicht – wir verstehen uns sofort, wir wissen, wovon wir reden, Marx interessiert uns einen Dreck, Lenin auch, Stalin, Hitler, Hindenburg, Adenauer, alles

Mist, Mao, Ho, Castro, Walensa, Pinochet, Botha. Uns geht es um ein gutes Geschäft.

Ein israelischer Handelspartner würde doch niemals auf die Idee kommen, mit mir über Auschwitz, Treblinka oder die Endlösung zu debattieren. Da geht es um Dollarkurs, Zahlungsziel, Lieferkonditionen, Verrechnungstermine, wie man Produkte aus Südafrika so umdirigiert, daß, sagen wir, Ananas aus der Kapprovinz zu Ananas aus Taiwan wird, wie man irakisches Rohöl nach Iran verkauft oder iranisches Öl nach Irak, darauf kommt es an. Oder, wie verkaufe ich Computer mit Liefersperren so, daß sie dann in China landen.

Embargo? Daß ich nicht lache.

Wenn ein Produkt ganz schlecht läuft, dann läßt man von der Regierung ein Lieferembargo verhängen, dann läuft es hintenrum um so besser, dann kann man es teurer verkaufen. Das soll sich doch nun keiner vormachen: Deutsche Panzer, die Esso-Benzin getankt hatten, haben gegen amerikanische Panzer gekämpft, die Esso getankt hatten. Die wahre Internationale der Menschheit sitzt in den Handelskontoren und erkämpft der Menschen Recht. Die einzige internationale Sprache, die es gibt, ist die Sprache des Geldes. Dem, der diese Sprache beherrscht, gilt jede Ehrung, die nur denkbar ist.

Guten Abend. Hier ist wieder das Deutsche Fernsehen auf allen Kanälen.

In Abänderung des ausgedruckten Sonntagabend-Programms übertragen wir um 23 Uhr 30 aus dem Park der Carl-August-Schnefke-Halle einen Großen Zapfenstreich anläßlich der Feststunde, die wir vorhin live übertragen haben. Der im Programm vorgesehene Krimi «Die Stunde des Alten» wird zu einem späteren Zeitpunkt gesendet. Wir bitten um Verständnis für diese Programmänderung.

So ist das nun, leider sind viele, die in Straßburg dabei waren, inzwischen nicht mehr unter uns, sie weilen nicht mehr unter uns.

Dem unermüdlichen Erfindungsreichtum vor allem unserer Bankiers ist es zu verdanken, daß rasch und sicher in eine neue Zukunft gesteuert werden konnte.

Was haben sie nicht alles getan.

Ich denke an die Gründung eines Christlichen Hilfswerkes, das von einem neutralen Land aus, gespeist mit den Fonds, die wir Straßburger dorthin transferiert hatten, die tüchtigen Verteidiger löhnte, die zur Abwehr der Kriegsverbrechens-Anklagen der Alliierten nötig wurden. Alles erdacht von unseren Bankiers, jeder von ihnen war ein As der genialsten Art. Der eine Finanzmann hatte Hitler finanziert, und zwar nicht zu knapp, er hatte die Banken besetzter Länder als erster jeweils ausgebeutet, und man sagte von ihm und seinen Unternehmen, noch vor den deutschen Panzern seien stets er und seine Leute einmarschiert, immer kurz vorher.

Oh, aber dann traf er sich auch regelmäßig mit allen Leuten, welche den sogenannten Widerstandskreisen angehörten, aber es geschah ihm gar nichts, obwohl er immer mitten dabei war.

In Straßburg, ja, da war er auch dabei, ein leitender Geist aller Wege. Die Niederlage überraschte ihn nicht. Bald danach kannte er alle Personen, welche in Frage kamen, eines Tages die neue staatstragende Partei zu bilden. Er hat sie ausgesucht, erwählt hat er sie, er hat sie gemacht. Und die Männer, welche landauf und landab die anderen Funktionen zu füllen hatten, er hat sie ausgesucht, erwählt hat er sie, er hat sie gemacht.

Hier ist Erich Brönert. Wir übertragen jetzt, wie angekündigt, den Großen Zapfenstreich anläßlich der Staatsfeierstunde in der Carl-August-Schnefke-Halle, die wir vorhin live übertragen haben.

Vor der Gartenterrasse der Carl-August-Schnefke-Halle, diesem würdigen und imposanten Bauwerk, ist das große Orchester der Streitmacht angetreten, erhellt wird die Szene von Mannschaftsgraden des Heeres, der Luftwaffe und der Marine, sie halten lodernde Fackeln empor, deren Licht der Szene Würde verleiht. Das große Zapfenstreich-Orchester unter Generalmajor Siegfried Heide mit seinen Kesselpauken und Schellenbäumen steht in Habachtstellung zur Terrasse hin, wo in Kürze der Präsident mit dem Geehrten erscheinen wird.

Die Terrasse hat sich inzwischen mit den Ehrengästen des Festbanketts gefüllt, darunter zahlreiche Stars von Fernsehen,

Bühne und Film, auch diverse Regisseure und vor allem Moderatoren, welche heute in Regierungsdiensten stehen.

Jetzt flammt der Scheinwerfer auf, er richtet sich auf den Terrasseneingang. Da kommen der Herr Föderalpräsident und die First Lady unseres Landes, links von ihr der Geehrte, in heiterem Gespräch. Sie treten an die Balustrade, die Zeremonie kann beginnen.

Vorne rechts erkennen wir den Staatssekretär Heinrich Schnefke, den Sohn jenes Mannes, dessen Namen diese Halle trägt. Sein Gesprächspartner ist der Botschafter der Tschechoslowakei auf der einen Seite und auf der anderen Seite in Gala-Uniform der Botschafter der Sowjetunion sowie der Trainer der Fußball-Nationalmannschaft.

Generalmajor Siegfried Heide hebt den Taktstock.

An sich hätte man die Geschichte auch ganz einfach erzählen können, daß es in Budapest ein Restaurant gab, da wurde ein Lied komponiert, welches in der ganzen Welt berühmt wurde, und daß der Komponist Selbstmord begangen hat. Das ist schon über fünfzig Jahre her, aber seither spielt in diesem Restaurant immer noch irgendein Pianist das Lied vom Traurigen Sonntag. Es wird heute vor allem von Touristen gewünscht, welche aus Übersee kommen oder aus Ländern des westlichen Europa, und sie belohnen den Pianisten mit einer Dollarnote oder zwei. Ein älterer Tourist aus Cleveland hat dem Pianisten mal gar eine Zwanzigdollarnote gegeben.

Der einstige Besitzer, Herr Szabo, ist tot. Er hatte damals einen Gast, einen gewissen Brigadeführer Wieck, der lebt noch, er ist ein bedeutender Unternehmer geworden.

Ja, das wäre eigentlich bis auf ein paar Details alles.

Nun, gleich nach dem Krieg, da war das Restaurant geschlossen. Zwei Fensterscheiben waren durch Schüsse zertrümmert worden, und man hatte die Lücken mit Holzbrettern vernagelt. Das Piano, ein Flügel der Marke Pleyel, war sorgfältig zugedeckt worden, von wem weiß man nicht.

Zum Schluß gehörte das Restaurant einem ehemaligen Kellner, von dem man nur den Vornamen weiß, Gyuszi. Er kam beim Einmarsch der sowjetischen Befreier durch Artilleriebeschuß ums Leben. Ein Pianist mit einem großflächigen Gesicht, den die Gäste scherzhaft Frankensteins Tastenkitzler nannten, ein herzensguter Mensch, flüchtete nach Österreich, wo er Nachtportier in einer Tanzbar wurde, welche einem gewissen Novak gehörte, der mal irgend etwas mit Schallplatten zu tun hatte, dann aber in der Kulturkammer der Ostmark – wie Österreich nach dem Anschluß – also man muß sich schon entschuldigen wegen solcher Ausdrücke, Anschluß!

Nach dem Anschluß, das klingt, wie wenn ein Klempner kommt und schließt die Waschmaschine an oder den Geschirrspüler und muß dazu die Wand aufstemmen und trifft auf eine Wasserleitung, die niemand vermutet hat, dann schießt eine Fontäne in die Küche, und er rennt umher und ruft, wo denn der Haupthahn sei, und rennt von Kammer zu Kammer, bis er den Haupthahn findet, aber Gott sei Dank ist es eine altmodische Küche, die hat einen gegossenen Steinboden, da kann man das Wasser mit einer Besenschaufel aufnehmen und in einen Eimer kippen, das dauert aber lange.

Das ist ein Anschluß, wenn auch ein vorab fehlgeschlagener.

Oder es kommt ein Elektriker und schließt ein neues Gerät an, wenn man dann die Küchentür öffnet, geht im Speisezimmer der Kronleuchter an. Das ist auch ein vorab fehlgeschlagener Anschluß.

Aber in ein Land einzurücken mit Artillerie und Infanterie und Panzer samt Spähwagen, ein wenig Kavallerie wegen der Siegesparade – wenn das ein Anschluß sein soll!

Man kann auf einem Bahnhof im Eilzug eintreffen, der Verspätung hat, dann verpaßt man den Anschluß, weil der Zug nach Mödling schon fort ist, und der nächste fährt erst in vierzig Minuten.

Also noch einmal: Der Pianist, den man Frankensteins Tastenkitzler nannte, flüchtete nach Österreich, wo er Nachtportier in einer Tanzbar wurde, welche einem gewissen Novak gehörte, der in der Kulturkammer der Ostmark tätig war, als Österreich deutsch werden mußte, vorübergehend, wofür man den feierabendverheißenden Ausdruck *Heim ins Reich* erfand.

Dieser Novak betrieb eine Nachtbar mit Tanz. Die wurde sehr berühmt in Wien, weil dort regelmäßig Boogie-Woogie-Wettbewerbe stattfanden, aber der beste Boogie-Tänzer war ein ehemaliger SS-Scharführer, der eine Beinverletzung davongetragen hatte und seither mit dem lädierten Bein schlenkern konnte wie keiner. Der gewann alle Preise. Der Besitzer Novak schätzte ihn, und der Boogie-Tänzer brauchte keinen Eintritt zu zahlen, Getränke hatte er frei. Der Ruhm dieses Boogie-Preistänzers war derart, daß manchmal sowjetische Offiziere in Zivil kamen, um die Demonstration von Dekadenz zu studieren; einmal brachten sie einen Herrn vom Bolschoi mit und zweimal Herren von der Tanzakademie.

Als dann die Tanzbar später nichts mehr abwarf, weil der Herr Novak Schwarzmarktgeschäfte betrieben hatte wie jeder, sich die Zeiten aber normalisiert hatten, bewarb sich der Pianist um einen Tabaktrafik der Österreichischen Regie, dem er später einen Laden für gebrauchte Musikinstrumente hinzufügte, aber selbst gespielt hat er nie mehr. Nach Ungarn ist er auch nie mehr gefahren.

Der Novak ist gestorben, und Frankensteins Tastenkitzler ist Rentner, den Laden mit gebrauchten Instrumenten betreibt ein Enkel von ihm, der hat das Unternehmen mit gebrauchtem Schlagzeug, elektrischen Gitarren und Soundcomputern in ungeahnte Umsatzzonen gebracht. Er fährt einen weißen Cadillac, Cabriolet.

In den ersten Jahren nach dem Krieg, das waren ja nun noch die schlechten Jahre, diente das Restaurant im XIV. Bezirk als Unterstellraum für Betten, die der Stahlarbeitergewerkschaft gehörten; die wartete nur noch darauf, daß man den Betten ein passendes Erholungsheim für Funktionäre zuteilte, möglichst am Balaton.

Dann übernahm ein gewisser Turos das Restaurant als Privatbetrieb. Vorher war er Geschäftsführer beim Gundel.

Turos hatte natürlich in Erinnerung, daß dieses Lokal mal berühmt war wegen des Liedes vom Traurigen Sonntag und daß er sich einen Pianisten suchen müßte, denn wenn überall in Budapester Restaurants Zigeunerbanden spielten, müßte es doch mit dem Teufel zugehen, daß nicht in schick-altmodischer Manier ein Restaurant mit einem Pianisten zurechtkommen sollte, zumal es einen solchen Ruf hatte, und das ursprüngliche Piano war auch noch da.

Ein Teil des Mobiliars war erhalten geblieben und fand sich im hinteren Keller eines der Hofhäuser.

Schwierigkeiten hatte Turos mit den Tischdecken und Servietten, die waren beim Einmarsch der Russen geplündert worden, und viele Leute hatten sie als willkommene Tauschgegenstände an sich genommen. Die Russen gaben dafür Machorka und schickten die Wäsche heim nach Kasachstan. Oder in die

Ukraine oder nach Bjelorußland, denn dort war Jahre vorher die Tischwäsche von den Germanen geplündert worden, die hatten die heimgeschickt nach Sachsen oder nach Schleswig-Holstein oder nach Baden, aber Tabak hatten die dafür nicht gegeben, sie hatten nur mit den Gewehren gedroht. Wenn jemand mit solcher Bezahlung kommt, ist es schon besser zu lächeln und zu sagen, gerade sei man im Begriff gewesen, dieses völlig überflüssige Tischzeug aus der Zarenzeit den blonden Siegern als Willkommensgabe zu überreichen, bittschön der Herr und Gottes Segen über Sie. Wenn ich mal wieder was für Sie tun kann, lassen Sie es mich bitte wissen. Immer zu Diensten.

Auf dem Hinterhof des Restaurants spielten oft ein paar kleine Mädchen, die hatten weiße Schleifen im Haar oder rote oder grüne, und in den verschiedensten Stockwerken saßen alte Leute hinter dem Umgang und blickten hinauf in den Himmel. Zweimal in der Woche kamen die Müllmänner und holten die Tonnen mit dem Abfall ab, die im Hinterhof standen.

Herr Turos hatte anfangs große Schwierigkeiten, ein interessantes Restaurant zu führen, aber nach 1956 wurde ja alles besser, und bald kamen auch Touristen aus dem Westen, darunter auch aus der westlichen Hälfte Deutschlands, die sahen proper aus und man konnte sie leicht mit Amerikanern verwechseln, bis sie den Mund aufmachten und zu sprechen begannen.

Die Touristen aus dem Westen Deutschlands hatten eine herrschaftliche Attitüde, die duldeten keine Widersprüche und keine Entschuldigungen, wenn etwas, was auf der Speisekarte stand, nicht mehr serviert werden konnte, weil die Gerichte ausgegangen waren, wie man so sagt.

Ausgegangen!

Um es also noch einmal ganz einfach und schlicht zu sagen: Es gibt das Restaurant noch, das Lied und die Stadt, und den hochgeehrten Gast namens Wieck, aber den Wirt Szabo gibt es nicht mehr, den Kellner Gyuszi nicht, den Komponisten nicht, aber den Pianisten mit dem breitflächigen Gesicht.

Nun ist es sehr bedauerlich, daß sich zwei Personen nicht treffen und Erinnerungen austauschen können, wo sie doch einander so manches verdanken, der Herr Wieck dem Herrn Szabo und der Herr Szabo dem Herrn Wieck, wenn auch das, was sie einander verdanken, sich so recht nicht gegeneinander aufrechnen läßt, wie Geschäftsleute gerne sagen, es ist so unterschiedlicher Art gewesen, wie man weiß. Außerdem ist der eine tot und der andere nicht.

Daß der hochgeehrte Herr Dr. Wieck das Restaurant des Herrn Szabo noch in Erinnerung hatte, das merkte sogar der gegenwärtige Restaurantbesitzer Turos eines Tages. Das verwirrte ihn anfangs.

Es kamen da, als immer häufiger westliche Touristen kamen, auch einmal Personen aus dem sogenannten Valuta-Deutschland, fragten, ob dieses hier das Restaurant mit jenem bekannten Lied sei, welches man in Deutschland unter dem Titel *Trüber Sonntag* gekannt habe, in englisch singenden Ländern dahingegen *Gloomy Sunday*.

Das konnte Herr Turos gerne und hilfsbereit bestätigen und fragen, ob den Herrschaften dieser Platz hier recht sei oder lieber am Fenster. Wenn sie wünschten, würde ihnen der Pianist des Restaurants dieses weltberühmte ungarische Lied gerne vorspielen.

Ah, das sei nett, sagten sie. Da sei dann noch etwas. Sie hätten gehört, es gebe hier eine bestimmte Art Rouladen, also Rollfleisch, das sei aus Schweinefilet, angebraten in Butter mit Knoblauch, dann geklopft, mit Zitrone beträufelt, dann mit gekochtem Schinken und einem festen Schnittkäse, aber feingeschnitten, gefüllt, paniert und frittiert. Ob es das noch gebe, wenn ja, bitte drei Portionen mit Gemüse, also Karotten in Bierteig frittiert und Tomatensalat in saurer Sahne mit Schnittlauch, gesalzen und so weiter.

Einen Moment bitte, sagte Herr Turos, als er das zum erstenmal hörte, ich werde gleich in der Küche nachfragen, ob wir das bereiten können. Auf der Speisekarte haben wir es diese Woche leider nicht, aber ich werde in der Küche fragen, ob wir es machen können.

Er ging in die Küche und sagte zum Zoltan, dem Chefkoch, da seien Leute, die wollten das Rollfleisch so und so zubereitet haben, was denn das für ein Gericht sei?

Der Zoltan legte eine Schöpfkelle beiseite und sagte ha? So, als hätte er nicht genau verstanden.

Er rief Miklos, übernimm die Suppe, und sagte zum Herrn Turos, er müsse jetzt mal an seinen Schreibtisch gehen. Also, Schreibtisch war schon stark übertrieben, es war eher ein etwas vergrößerter alter Schreibmaschinentisch, aber für die Abrechnungen reichte es.

Also, was wollen die Leut? fragte der Koch Zoltan.

Sie wollen, sagte der Herr Turos und erklärte, was sie wollten.

No, das wollen sie, sagte der Herr Zoltan.

Kennst du das, fragte der Herr Turos.

Das ist italienisch, sagte der Zoltan, soviel ich weiß, ist das italienisch, wir haben es mal auf der Akademie für Kochkunst gestreift, sagte er. Da war es italienisch, ich erinnere mich deutlich daran, weil ich an diesem Tag elende Kopfschmerzen hatte, und wenn ich elende Kopfschmerzen habe, merke ich mir Rezepte besonders gut. Also ich denk, ich könnte den Leuten das machen. Kein Problem. Dreimal?

Dreimal, sagte der Herr Turos.

Und Karotten in Bierteig frittiert? fragte der Zoltan.

So haben sies gesagt.

Und Tejfeles paradiscom?

Auch dreimal, sagte Herr Turos.

Ich werd ihnen geben die Rouladen auf einem Bett von blanchiertem Spinat, das sieht angenehm aus.

Tu das, Zoltan.

Wenn die Leute öfter danach fragen sollten, tun wir es auf die Speisekarte als Rollfleisch Szabo, ist gut, Herr Turos?

Ist gut, Zolty.

No, ist gut. Gebens einen Zettel herein für dreimal Rollfleisch Szabo und so weiter.

Meine Herrschaften, sagte Herr Turos. Unser Koch wird es eigens für Sie bereiten. Aber, wie sind Sie darauf gekommen?

Da sagten die, das habe ihnen ihr Chef empfohlen, der habe hier früher gegessen.

Ah, sagte Herr Turos, das müsse aber schon lange her sein.

Gut möglich, sagten die Leute.

Empfehlung unbekannterweise an Ihren Herrn Chef, sagte Herr Turos.

So kam Rollfleisch Szabo auf die Speisekarte.

Die Verbindung war also nicht abgebrochen. Da erinnerte sich noch jemand an das Restaurant und an Herrn Szabo und das Rollfleisch.

Zu schade, daß sich der Herr Dr. Wieck, ausgezeichnet mit dem höchsten an Ehrenzeichen und Orden, dessen die Republik fähig war, und der Herr Szabo aus dem Restaurant im XIV. Bezirk nicht treffen konnten, um Erinnerungen auszutauschen.

Zu schade, wirklich.

Was heißt schade?

Das heißt schade, weil, der Herr Szabo ist ja auf einen Wink des Brigadeführers Wieck hin abgeholt worden und hat sein Ende gefunden an einem bestimmten Ort, wo er infolge einer Sonderbehandlung, die aber nichts besonderes war, sein Ende fand, beziehungsweise den Tod, und wenn er von christlicher Denkweise gewesen wäre, hätte man ihm dort die Krone des Lebens aufgesetzt.

Um geographisch ganz genau zu sein, dieser Ort lag im ehemaligen Königreich Galizien und Lodomerien nebst dem Großherzogtum Krakau und den Herzogtümern Auschwitz und Zator. So hieß das einstmals ganz korrekt, später gelegen im oberschlesischen Bezirk Kattowitz.

Also gut, warum sollten sie einander nicht noch einmal im gereiften Alter gegenübertreten und sagen zueinander, na, wie geht es Ihnen, was haben Sie so gemacht all die Jahre?

Warum? Nun, weil der Herr Szabo tot ist, und, das weiß man doch nun bereits sehr genau, in die Gaskammern getrieben wurde und dann durch den Schornstein geschickt, wonach mit seiner und anderer Leute Asche die vereisten Lagerstraßen bestreut wurden, damit die Wachsoldaten nicht ausrutschten.

Das mag als Grund triftig genug klingen, aber da war ja noch dieser Oberst-Gruppenführer aus dem Majestic in Budapest, der als Judenfresser und Bluthund gern und ausgiebig bezeichnet worden ist. Dieser Oberst-Gruppenführer...

Was hat denn das nun mit der Sache zu tun?

Es geht darum, daß man manchmal jemanden lebend antrifft, der das nicht mehr sein dürfte, völlig unerwartet also.

Der Oberst-Gruppenführer mußte eines Tages auch Budapest verlassen, nach dem Herrn Brigadeführer Wieck übrigens, aber aus demselben Grund: Die Rote Armee kam näher, und zwar siegreich.

Der Herr Oberst-Gruppenführer fuhr von Budapest davon nach Prag, wo er wohnte und seine liebe Frau und seine zwei Söhne auch. Die schickte er in das idyllische Innviertel nach Österreich, weil sich auch der Stadt Prag die siegreichen Umstände näherten.

Kaum war die Familie fort, fuhr er an einen seiner Arbeitsplätze, ein Örtchen namens Theresienstadt, um zu sehen, ob da noch irgend etwas zu erledigen sei zu guter Letzt.

Der Herr Oberst-Gruppenführer spazierte mit seinen gut geputzten Stiefeln, jeder Zoll ein Offizier, durch den Ort, es sah jetzt alles sehr unordentlich aus, verschlampt, überfüllt. Da liefen ihm zwei zerlumpte Gestalten über den Weg, die zogen ein gebrechliches Wägelchen mit Kübeln darauf. Um es genau zu sagen, mit Scheißkübeln, eine übel riechende Brühe, und die schwappte auf dem unebenen Boden ständig über und bespritzte die zwei zermergelten Gestalten, welche sie zogen. Der Herr Oberst-Gruppenführer schaute die zwei sehr genau an, er hatte ein hervorragendes Erinnerungsvermögen, das haben alle Buchhalter, das gehört zu ihren Fähigkeiten.

Da ging der Herr Oberst-Gruppenführer mit schnellen Schritten auf die beiden zu und sagte: Halt. Die zwei erschraken sich und standen stramm, der Herr Oberst-Gruppenführer musterte den einen und sagte: Was machen Sie denn noch hier? Da sagte der Angesprochene, Sie entschuldigen, Herr Oberst-Gruppenführer, ich ziehe Scheiße.

So, sagte der Herr Oberst-Gruppenführer, Sie ziehen Scheiße. Und der da? Er deutete auf den anderen. Gestatten, sagte der erste, Dr. Daniel Nathan, einst Professor für Philosophie an der Universität Berlin. Zieht auch Scheiße.

Soso, sagte der Oberst-Gruppenführer, und angesichts der siegreich herannahenden Umstände sagte er, dann ziehen Sie man weiter.

Aber in der Kommandantenbaracke sagte er, ich habe eben da draußen den notorischen Oberrabbiner gesehen, und zwar mit einem Philosophieprofessor. Die ziehen hier Scheiße. Ich habe aber bereits vor achtzehn Monaten fernschriftlich Anweisung gegeben, daß der Mann einer Sonderbehandlung zuzuführen sei, warum ist das nicht geschehen?

Der Kommandant sagte, diesen Befehl habe er nie erhalten, und zwei Scharführer mußten alle fernschriftlichen Anweisungen in den Akten durcharbeiten, fanden aber keine fernschriftliche Anweisung des Herrn Oberst-Gruppenführers zur Sonderbehandlung des Häftlings, folgt Nummer, ehemals Oberrabbiner und so weiter. Es gab keine.

Wir werden dann sofort zur Sonderbehandlung schreiten, Oberst-Gruppenführer, sagte der Kommandant.

Solange von mir kein ausdrücklicher und schriftlicher Befehl vorliegt, wird nichts unternommen, verstanden? schrie der Oberst-Gruppenführer.

Zu Befehl, sagte der Kommandant, und die zwei Scharführer hörten auf, in den Akten zu wühlen und nahmen Haltung an.

Also weitermachen, sagte der Oberst-Gruppenführer und fuhr mit seinem Mercedes davon.

Zu merkwürdig, fand der Oberst-Gruppenführer, daß ausgerechnet der noch lebte, dabei sollte der schon seit achtzehn Monaten sonderbehandelt sein und Asche zu Asche.

Es gibt also, das sollte gesagt sein, sonderbare Umstände.

Der Herr Oberrabbiner hatte das manchmal so gesagt, und er muß es ja wissen.

Warum sollte also der Herr Szabo nicht eines Tages hintreten vor den hochgeehrten Herrn Dr. Wieck und sagen, ach, das ist ja interessant, Sie wiederzusehen, Herr Brigadeführer. Wie geht es denn so, Frau und Kinder wohlauf?

Aber wo sollen sie sich denn treffen? Soll der Herr Szabo, inzwischen auch gealtert, in der Carl-August-Schnefke-Halle auf den Herrn Dr. Wieck mit dem neuen Orden am Band zugehen? Den Szabo würde man doch da überhaupt nicht hereinlassen, einen solchen. Der kommt ja gar nicht durch die Absperrungen und die diversen Sicherheitsringe.

Und um Toilettenmann dort zu werden, in der Carl-August-Schnefke-Halle, da fehlten dem Herrn Szabo ja auch sämtliche Voraussetzungen: Er war Ungar, jüdisch, KZ-Häftling, heute ist Ungarn kommunistisch, das kommt auch noch hinzu, nein, Herr Szabo wäre, hätte er das KZ überlebt, durch sämtliche Sicherheitsraster gefallen, welche ein moderner, bürokratischer Staat errichtet und beherrscht, um sich vor potentiellen Staatsfeinden zu schützen.

Man sollte die Worte Sicherheitsraster beachten und potentielle Staatsfeinde. Das sind feine Worte, wie abholen einst und sonderbehandeln.

Also, der liebe Herr Szabo hätte nicht mal Klomann in der Carl-August-Schnefke-Halle werden können, um vielleicht seine armselige Rente etwas aufzubessern, vorausgesetzt, der Herr Szabo hätte überhaupt eine kleine Rente erhalten, denn wenn Herr Szabo nicht durch den Schornstein geschickt worden wäre, hätte er als Ungar und so weiter überhaupt nichts erhalten vom Vaterland, welches ihm sein Schicksal bereitet hat. Vielleicht 1,50 Mark pro Tag in Haft als einmalige Zahlung, aber das waren ja nur 35 Tage vom Abholen bis zu der gewissen Kammer, also genau 52,50 Mark, auch das wäre nur eine Art Gnadenakt gewesen. Schicksale, wie die des Herrn Szabo waren in der vorausschauenden Verfassung des neuen und demokratischen Landes überhaupt nicht vorgesehen, schließlich mußte man erst mal für die eigene Beamtenschaft sorgen. Das muß ja wohl jeder einsehen.

Wie sollte Herr Szabo den Herrn Wieck also treffen?

Wie? Das *wie* ist doch unter gewissen Umständen vollständig gleichgültig, das ist doch geradezu nebensächlich. Es gewinnt doch etwas Erzähltes nicht an Wahrhaftigkeit, weil man die Uhrzeit nicht angeben kann, die Pflasterung des Bürgersteigs an der Ecke, wo sich zwei zufällig treffen, das Alter der einen Person auf Jahr, Monat, Tag genau, und auch der anderen Person auf Jahr, Monat, Tag genau. Wenn man sich bei einer Person, was die Altersangabe betrifft, um einen Tag geirrt hat, weil man sich auf dem Taschenrechner vertippt hat, dann spricht das doch nicht gegen die Wahrhaftigkeit der Geschichte vom Zusammentreffen zweier älterer Personen an einer Straßenecke, und die Wahrhaftigkeit des Erzählten leidet auch nicht darunter, daß man die Farbe der Krawatte der einen Person nicht exakt wiedergegeben hat, die war nämlich nicht grün mit roten Streifen, sondern grün mit rot-blauen Streifen. Das ist wichtig, grün mit rot-blauen Streifen.

Nur was gelogen ist, zeichnet sich durch ein Höchstmaß an Genauigkeit aus und Akkuratesse, man hat die Wahl zwischen diesen beiden Ausdrücken. Deswegen kann man bei gelogenen Geschichten auch stets sagen, wenn schon das Alter der einen Person nicht richtig angegeben worden sei, werde der Rest der Angaben auch nicht stimmen, dem ist sofort ein zischendes «Logo» hinzuzufügen, um die Ehre des Erzählten vollends herzustellen.

Sollte etwas Gelogenes trotz einer Fülle von exakten Angaben immer noch nicht geglaubt werden, dann muß man einfach nur hinzufügen, es sei aber wissenschaftlich erwiesen. Dann erscheint das Gelogene einwandfrei als glaubwürdig und wahrhaftig, und derjenige, der es in Zweifel zieht, ist bestenfalls ein Lümmel, und wenn eine Frau es in Zweifel zieht, ist sie selbstverständlich ein Flittchen. Denn nur Flittchen und Lümmel haben erkannt, daß die Gesetze der meßbaren Wissenschaften von Mathematik, Physik, Chemie sich nicht anwenden lassen auf die unmeßbaren Disziplinen von Historie, Philosophie, Jura, Psychologie, Politologie, Soziologie.

Die Theologie ist die Mutter aller dieser Wissenschaften, die sich, einer populären Dummheits-Definition folgend, durch Mangel an Zweifeln auszeichnen. Darum wissen Eingeweihte und müssen es nicht erst aus diesen Zeilen erfahren, daß Dummheit unerträglich ist, studierte Dummheit aber gefährlich, gefährlich für die gesamte Menschheit.

Spricht jetzt eigentlich noch irgend etwas gegen den Umstand, daß sich der Herr Szabo und der frisch geehrte Herr Dr. Wieck an irgendeiner Straßenecke rein zufällig treffen?

Der Chauffeur eines schwarzen Mercedes riß die Tür des Wagens auf, um der Herrschaft beim Aussteigen behilflich zu sein, und ein alter Mann, der zufällig die Straße entlang kam, tief in Gedanken versunken, wie alte Leute das nun mal sind, weil ihre Neugier inzwischen nachgelassen hat, sie haben schon alles gesehen und erlebt, und das war alles nicht von einer Art, die Neugier am Leben zu halten, rannte gegen die Tür.

Bitte entschuldigen Sie, sagte der alte Herr, der gegen die geöffnete Autotür gelaufen war.

Der Chauffeur rief empört, können Sie denn nicht aufpassen. Er rief das in dem Augenblick, da sein Herr, dem er zuvorkommend die Autotür geöffnet hatte, gerade ausstieg.

Nanu, was machen Sie denn hier? fragte der Herr und schaute den alten Mann überrascht an.

Jessas, der Herr Brigadeführer!

Sagen Sie mal, Sie sind doch der Szabo aus Budapest, oder täusche ich mich?

Gestatten, sagte der Szabo, ich habe Herrn Brigadeführer gleich erkannt, wie er das Wort an mich gerichtet hat. Das ist ja ein Zufall.

Das ist ja nun wirklich ein Zufall, Szabo, das muß ich sagen. Älter sind Sie geworden, auch ein wenig rundlicher, aber ich habe Sie sofort erkannt, wie Sie gegen die Tür gerannt sind. In Gedanken gewesen, was?

Nun ja, in Gedanken, wo sonst, sagte der Herr Szabo.

Na, das ist aber ein Zufall, sagte der Herr Wieck, und dann zu seinem Chauffeur, Georg, das ist alles. Warten Sie hier, nein, Moment mal, Georg. Er schaute auf seine Armbanduhr. Ich habe erst um sechzehn Uhr einen Termin, das ist aber nichts Wichtiges. Verständigen Sie doch über Autotelefon mein Büro, daß der Termin verschoben ist. Sie sollen einen neuen machen. Ich habe einen Bekannten getroffen.

Dann wandte er sich Herrn Szabo zu. Oder haben Sie was vor, Szabo? Wir könnten hier irgendwo in ein Kaffeehaus gehen und miteinander plaudern. Das ist ja nun wirklich ein Zufall, Sie hier zu treffen, wer hätte das gedacht.

No, vor hab ich nichts, sagte der Herr Szabo. Hätt schon Zeit für einen Kaffee, wenns Ihnen recht wär.

Na, wunderbar, gehen wir in ein Kaffeehaus. Moment, Georg, wo sind wir hier, ist hier nicht Eichbaums Kaffeehaus und Restaurant?

Gleich um die Ecke, Herr Dr. Wieck, acht oder zehn Schritte von hier.

Ach ja, natürlich, da wollte ich ja anschließend hin, dem jungen Ricardo guten Tag sagen, mal nach dem Jungen sehen. An sich wollte ich in dem Laden hier etwas erledigen, das hat aber Zeit. Kommen Sie, Szabo, gehen wir zu Eichbaums. Ich muß mich um den jungen Mann etwas kümmern, ist der Sohn eines ehemaligen Waffenkameraden, der hat ein schlimmes Schicksal erlitten damals, nach 1945, na ja, die Welt ist halt nie gerecht.

Hingerichtet haben sie ihn, den Eichbaum, nicht? fragte der Herr Szabo.

Ja, ja, der ist es. Die Kinder waren damals noch kleiner, da haben wir uns alle um die Witwe gekümmert und um ihre Kinder. Sind alles ordentliche Leute geworden, Ricardo ist der Jüngste, er hat sehr an seinem Vater gehangen. Also Georg, wir gehen zu Eichbaum. Die paar Schritte laufen wir, Georg, schon gut. Sagen Sie nur im Büro Bescheid. Ist Ihnen doch recht, Szabo, oder?

Ist schon recht, Zeit hab ich ja.

So gingen die zwei alten Herren zu Eichbaums Kaffeehaus und Restaurant, wo Herr Dr. Wieck vom Inhaber Ricardo Eichbaum sehr herzlich begrüßt wurde. Dr. Wieck stellte Herrn Szabo vor als einen alten Bekannten, und der junge Ricardo Eichbaum sagte zum Herrn Szabo, sehr willkommen, mein Herr. Jeder Freund meines Onkels ist auch ein Freund meiner Familie.

Übertreibe nicht, sagte der Herr Dr. Wieck.

Aber Onkel Reinhard, ich übertreibe nicht, sagte der junge Ricardo und tat etwas pikiert.

Er führte die beiden alten Herren zu einem Tisch, sorgte dafür, daß sie Platz nehmen konnten, indem er erst für den einen, dann für den anderen den Tisch rückte.

Was darf es sein, die Herren? fragte er. Onkel Reinhard, wie gewöhnlich einen feinen Champagner? Und der Herr?

Nun, wie ich den Herrn Szabo kenne, würde er sicher gerne einen Kaffee haben und einen doppelten Barack pálinka, alte Erinnerungen, was, Szabo? lachte er laut und klopfte Herrn Szabo auf die Schultern, daß der zusammenzuckte. Herr Szabo ist nämlich Ungar, mußt du wissen, Ricardo, sagte Herr Dr. Wieck.

Ah, Ungar, sagte der junge Herr Ricardo.

Der hatte ein ausgezeichnetes Restaurant in Budapest, internationale Küche, sehr gepflegte Atmosphäre war das, oder haben Sie das noch, Szabo?

Nein, Herr Brigadeführer, sagte der Herr Szabo. Es traten da Umstände ein, welche mich hinderten, weiterhin das Restaurant zu betreiben.

Ach, die elenden Kommunisten, was? Alles enteignet, was? Verstaatlicht und dann Zuteilungen, die reißen sich doch alles unter den Nagel, diese Kommunisten, sagte der Herr Dr. Wieck.

Nun, die Kommunisten waren das nicht, sagte der Herr Szabo, das waren wohl die Herren, mit denen Sie damals in Verbindung standen, Sie verstehen schon, die Herren vom Hotel Majestic. Also ich dachte da eher an den Herrn Vater des jungen Restaurantbesitzers hier, des Herrn Ricardo.

Ach, Sie haben den Vater des lieben Ricardo damals kennengelernt?

Nein, nicht direkt, sagte der Herr Szabo. Als ich abgeholt wurde, um sonderbehandelt zu werden, Sie verstehen schon, was damit gemeint ist, da wurde mir gesagt, das geschehe auf Grund persönlicher Weisung des Herrn, also, des Vaters dieses jungen Mannes Ricardo, wurde mir gesagt. Mehr so nebenbei sagte das ein Herr Waffenkollege von damals zu einem anderen Herrn Waffenkollegen. Die Herren waren schon sehr schlechter Laune, als sie kamen, mich abzuholen, weil, der eine hat mir ein paarmal eine aufs Maul gegeben, und der andere fand ein Interesse daran, mir mit der stumpfen Seite seines Karabiners in den

Rücken zu stoßen. Schlechte Laune, sage ich, Herr Brigadeführer, solche Leute haben gerne schlechte Laune, weil, sie möchten ja diese unangenehmen Angelegenheiten bald hinter sich bringen, sie denken an ihren Feierabend, an irgendein interessantes Kinostück mit Zarah Leander oder Heinz Rühmann, was gerade im Fronttheater gegeben wird, oder mit dieser Frau Marika Rökk, was immer sagt, sie sei Ungarin und die darum immer die Zeitungen gebeten hat, sie sollten sagen, sie hätte Paprika im Blut. Ich weiß nicht, was Paprika im Blut anderes tut als, sagen wir mal, Maizena, es dickt etwas an und macht die Sauce sämisch.

Interessant, was Sie da erzählen, Szabo. Ich merke, noch immer der alte, obwohl man es Ihnen gar nicht anmerkt. Tut mir ausgesprochen leid, das von damals, daß die Sie gestoßen haben und so. Das waren harte Zeiten.

Der Herr Brigadeführer dürfen nun nicht wütend sein auf die Herren, welche mit Karabiner und Faust ihre Pflicht getan haben an mir, denn vielleicht hat es auch einen Film mit dem Herrn Heesters im Fronttheater gegeben, was immer so schön ausländisch gesprochen hat, oder die Frau Ilse Werner hat so hübsch gepfiffen, daß die Herren den Fall Szabo so rasch als möglich hinter sich bringen wollten, weil sie sich auf den Film gefreut haben als Ablenkung von der täglichen Arbeit. Das ist ja sehr wichtig, sonst hat man an der täglichen Arbeit keine rechte Freude, wenn man nicht abends irgendwo ein hübsches Stück sieht mit dieser Frau Harlan, Herrgott, wie hats denn geheißen, genannt hat man sie die Reichswasserleiche, weil, sie ist immer in Rollen geschlüpft worden, wo sie sich hat so dekorativ und dramatisch ertränken können, weil der Jidd sie geschändet hat, Sie verstehen schon, was damals allgemein so üblich war. Sie möchten den Herren Waffenkollegen von damals bitteschön keine Vorwürfe machen. Außerdem, wenn irgendwo eine Straße mit viel Autoverkehr ist, treibt man das Vieh rasch von der einen Seite auf die andere, damit sie nicht unter die Räder kommen, die Rindviecher und Säue, also hat man sie kräftig prügeln müssen, damit sie unbeschadet auf die andere Seite kommen. Wer denkt schon daran, daß sie eh alle beim Metzger enden.

Onkel Reinhard, der Champagner, sagte der junge Herr Ricardo. Und für den Kollegen aus Budapest einen Kaffee mit Barack pálinka, bitte die Herren. Er stellte alles auf den Tisch und öffnete die Champagnerflasche.

Es machte flopp, und der junge Herr Ricardo sagte mit einer Stimme, die Herrn Szabo befehlsgewohnt vorkam, dann wünsche er den Herren angenehmes Beisammensein, noch irgendwelche Wünsche gefällig?

Der Tonfall war so, daß Herr Szabo sich am liebsten erhoben hätte, um pflichtgemäß die Hände an die Hosennaht zu legen und mit lauter Stimme zu rufen, Häftling A 454 761 zum Appell vollständig angetreten.

Prösterchen, Szabo, sagte der Herr Dr. Wieck. Alles Gute, auf unser unerwartetes Wiedersehen.

Ihr Geschätztes, sagte der Herr Szabo.

Ah, edler Tropfen, sagte der Herr Wieck, nachdem er sein Glas abgesetzt hatte. Selber keinen Champagner, Szabo?

Ich danke, Herr Brigadeführer, sagte der Herr Szabo mit einer gewissen Demut, ich habe nur sehr selten und dann auch nur aus ungewöhnlichen Anlässen Champagner getrunken, ein Kaffee ist mir schon sehr recht.

Hören Sie mal, Szabo, sagte der Herr Dr. Wieck und beugte sich etwas vor. Das mit dem Brigadeführer, das lassen Sie jetzt mal besser. Das ist schon lange her und vergessen. Wir sprechen uns hierzulande nicht mit unseren alten Rängen an.

Das kann ich verstehen, sagte der Herr Szabo, es wäre sicher für viele etwas verwirrend und unter Umständen peinlich auch. Ich werde mich zusammennehmen, man kann sich ja nicht sofort von allem Gewohnten entwöhnen. Aber sagen Sie mir, warum nennt Sie der nette Herr Ricardo, von Ihrem damaligen Kollegen der geratene Sohn, warum nennt er Sie Reinhard?

Das ist so eine alte Gewohnheit, ich habe manchen Leuten nach dem Kriege helfen können, die nannten mich Reinhard, man hat ihnen zu einem Start ins neue Leben verholfen, weit weg.

Sie verzeihen meine Indiskretion, sagte der Herr Szabo, weil Sie doch eigentlich einen anderen Vornamen haben.

Schon gut, Szabo. Nun erzählen Sie mal von sich. Also nicht mehr in Budapest und bei Ihrer Verhaftung etwas rauh behandelt worden, ja, im Kriege herrscht niemals große Vornehmheit, da geht es manchmal rauh zu, das ist wahr. Aber was machen Sie jetzt so, wie kommen Sie hierher, Rentner oder so was? Sie haben doch sicher eine ausgezeichnete Rente erhalten, Wiedergutmachung und so was, was? Lebt sich von, wie?

Also, wenn Sie gestatten, an Wiedergutmachung, wenn denn eine gezahlt worden wäre, war für mich kein Interesse mehr. Die Herren Verwaltungsbeamten Ihres hochgeschätzten Landes, was für eine ehrwürdige Kultur es doch hat, sie haben es schon so eingerichtet, daß man den Fremden nur ein Minimum an Entschädigung für ein Maximum an verdorbenem Leben zahlen mußte. Wer soll die fleißigen Beamten richten, wer möchte sich ernennen zum Richter über sie? Sie haben ihre Pflicht getan vorher, und nachher ganz besonders, sie werden es immer und ewig tun, und im Mittelpunkt allen menschlichen Geschehens steht die Verordnung – sie haben dem neuen Staat viel Ausgaben gespart. Das ist doch nützlich? Und dann, Herr Doktorführer, was ist das Leben eines Menschen wert, na was? Will ich Ihnen sagen: Nix isses wert, wenn es denn vorbei ist oder wenn es verdorben worden ist...

Aber Szabo, ein menschliches Leben ist doch viel wert!

Ich wollt es gerade erklären, denn wenn in der Küche dieses Restaurants im XIV. Bezirk, welches der Herr erinnern, als er noch Brigadeführer war, wenn in der Küche ein Koch ein Schweinefilet verdorben hat, weil, er hat es zu lange im Fett brutzeln lassen, und dann wird es ganz hart, aber nicht hart genug, daß man es sich noch als Schuhsohle annageln lassen könnte, dann kann man es niemandem mehr anbieten, es ist verdorben, es ist nix wert mehr. So ist das auch mit dem menschlichen Leben. Wenn sie hineingebeten worden sind in diese Duschräume, welche die Herren Waffenkollegen betrieben haben, hier und dort mit großem Erfolg, dann haben sie vorher ihre Haare ablegen müssen und was sie noch so an Kleidungsresten hatten. Dann waren sie schon nichts mehr wert, und die paar Goldzähne, welche übrig waren, hat man ihnen noch entnommen, bevor man sie durch den Schornstein geschickt hat – also, was soll man dafür noch verlangen? Einen Sinn hätte es eher gemacht, wenn man irgend jemandem noch hätte die Kosten für das Brennmaterial in Rechnung stellen können und die Arbeitszeit, welche nötig war, um einen vorher lebenden Menschen in den Zustand vollkommener Friedfertigkeit zu versetzen, aber darauf sind die Herren Beamten Ihres Landes bis heute noch gar nicht gekommen.

Szabo! Hören Sie auf, so blasphemisch zu reden, das ist ja gottlos, und zynisch ist es auch. Ich kann ja Ihre Bitternis verstehen. Aber Sie müssen zugeben, vieles davon haben sich die Juden schon selbst zuzuschreiben mit ihrer Art.

Gut, daß Sie darauf kommen, Herr Doktor, weil doch schon ein jeder weiß, daß schuld am Mord immer der Ermordete ist, das gebe ich Ihnen gerne zu. Außerdem hatten die Juden, wissen Sie, ich selber habe mich nie dazu gezählt, weil, es war mir so egal wie nur irgendwas, ich hatte schon Schwierigkeiten, ein anständiger Mensch zu werden, dann sollte ich auch noch ein anständiger Ungar sein, ein anständiger Restaurantbesitzer, ein anständiger Koch, ein anständiger Bürger, ein anständiger Steuerzahler – sie haben einem so viel Anständigkeit zugemutet, daß man die Aufgabe schon gar nicht hat bewältigen können, irgendwo zwischen der Erfordernis, ein anständiger Mensch zu sein und ein anständiger Restaurantveranstalter habe ich aufgegeben. Es hätte meine Fähigkeiten überstiegen, dann auch noch ein anständiger Jude zu sein. Wissen Sie, es wird einem sehr viel Anständigkeit zugemutet, aber von Leuten, welche selbst nicht wissen, was das ist, darum sollen es die anderen gleich für sie selbst auch aufbringen, und man verlangt Anständigkeit immer vom anderen, und das summiert sich mit der Zeit. Es wird einem ganz wirr im Kopf, was man immerfort alles anständig sein soll, benehmen, verhalten. Dabei ist das sehr, sehr schwer, ich gebe es ja zu, darum erzählt man sich immerfort windige Beispiele von Leuten, welche dann angeblich anständig waren, aber man weiß nicht, ob das stimmt und ob es nicht einfach so gedreht wurde, daß es nur noch anständig aussieht, so daß man es den Leuten servieren kann. Schauen Sie sich an den Rabbi Schmelke von Nikolsburg, Sie haben ihn nicht persönlich kennengelernt, dienstlich vielleicht mal?

Nein, Szabo, nie dienstlich kennengelernt, diesen Rabbiner.

Also, es kommt einer und klopft an die Tür vom Rabbi

Schmelke aus Nikolsburg und sagt, er bitte um eine Gabe, er sei so arm und habe auch nichts zu essen, nur drei unmündige, hungrige Kinder und eine schwindsüchtige Frau, und deren Mutter bräuchte auch den Arzt – also der Rabbi Schmelke nimmt seinen Ring vom Finger, den mit dem großen Stein, und gibt ihn dem Mann, und Gottes Segen gibt er ihm auch. Da kommt die Frau vom Rabbi Schmelke gelaufen, sie ruft, was haste gegeben dem Bettler, und er sagt, den Ring mit dem großen Stein. Da schreit sie *wai* und *weh* und sagt, dieses kostbare Stück, und der Stein alleine sei sonstwas wert, Rabbi Schmelke aus Nikolsburg ist ganz erschrocken. Er reißt die Haustür auf und läuft los, hinter dem Bettler her, er sieht ihn, er hält ihn an und ist ganz außer Atem, weil, Rabbi Schmelke ist auch nicht mehr der Jüngste. Er sagt zu dem Mann: Soeben habe ich erfahren, daß der Ring, den ich dir gab, sehr wertvoll ist! Also, wenn du ihn verkaufst, paß auf, daß du einen guten Preis für ihn kriegst.

Also das, könnten Sie sagen, war ein anständiger Jude, ein Rabbi, der Schmelke aus Nikolsburg. Aber Sie werden doch nicht erwarten, daß ein Beamter Ihres geschätzten Landes, welches Ihnen gestern hat eine derart große Ehre verliehen, daß es gleich auf allen Kanälen übertragen worden ist, und alle haben zuschauen müssen, denn auf anderen Kanälen gab es auch nichts anderes, also Sie werden schon zugeben, daß ein Beamter Ihres geschätzten Landes gar nicht so handeln kann wie Rabbi Schmelke aus Nikolsburg, denn man würde ihn gleich rausschmeißen aus dem Amt, er hätte gedacht und gehandelt wie ein Jude. Sie sehen daraus, daß die Juden schon selbst schuld sind.

Verblüffend, Szabo, außerordentlich verblüffend, wie Sie das so vortragen. Gestatte mir noch einmal, das Glas zu erheben und Ihnen ein Prösterchen zu wünschen. Also angenehmes Prösterchen, interessant, Sie wiederzusehen. Erzählen Sie ruhig weiter, wollen Sie noch einen Kaffee? Ist auf meine Rechnung.

Ich danke sehr herzlich und vernehme mit Interesse, daß sich eine so hochgeehrte Persönlichkeit, wie der mir vertraute Herr Doktor Wieck, auch schon haben infizieren lassen von jener hämmernden Denkweise, welche in den Fernsehstationen Ihres Landes gepflogen wird, wo sich ganze Familien darum streiten, wem denn nun ein bestimmtes Deodorant gehöre, jeder will es haben und sagt, es sei seines und mißgönnt es einer dem anderen. Denn ich denke mir, wenn ich so von weither komme, um das alles hier heute mit Interesse aufzunehmen, es müssen Leute schon gewiß sein, in einem üblen Geruch zu stehen, wenn sie sich derart erregen können und aggressiv werden über einen Geruchsbeseitiger, ohne den sie schier nicht mehr leben können.

Ach, Sie kommen von weither, Szabo?

Ja, ja, gewiß, habe ich das nicht erwähnt? Jedoch, ich schulde Ihnen noch Antwort auf die interessante Vermutung, daß die Juden schuld seien an allem, aber unschuldig gewiß nicht, denn möglicherweise sind es ja sehr aggressive Menschen, wobei mir wie selbstverständlich der Golem einfällt, mit Vornamen wird er Joseph genannt und zärtlich Jossile. Der Herr Wieck haben noch etwas Zeit?

Aber hören Sie, ich habe ja den einzigen Termin, den ich hatte, abgesagt, ich habe jede Zeit. Golem, das ist dieses menschenähnliche Monstrum, nicht, der künstliche Mensch, Homunculus, das hat Ricardos Vater immer sehr interessiert, weil er doch eine Weile in Prag gelebt hat.

Nun ja, sagte der Herr Szabo. Man erinnert sich, weil, wie der Herr Oberst-Gruppenführer dorthin kam, hat man schon gewußt, daß er das Motto hatte vivere non necesse est, was ja nun auch wirklich nicht nötig ist, weil das Ziel allen Lebens ist, eines Tages zu sterben, in einen Sarg gelegt zu werden, worauf dann alle Leute anfangen, die betreffende Person zu verwöhnen und der Leiche alles Gute nachzusagen, wohingegen sie im Leben nur Gemeinheiten übrig hatten für die Person und versuchten, sich ihrer zu entledigen.

Ach, Szabo, der Mann hat auch nur seine Pflicht getan.

Wenn er ein Herz gehabt hätte, wär ihm die Pflicht schon vergangen, sagte der Herr Szabo. Er nippte an seinem Glas Barack pálinka, danach nahm er einen Schluck Kaffee.

Er dachte ein wenig nach und sagte dann, aber ich wollte vom Maharal Miprag sprechen, dem Rabbi Löw und seiner Gemeinde in Prag. Da haben die Leute damals außerhalb des Judenviertels angefangen, Juden totzuschlagen, sie haben sie beschuldigt, Ritualmorde zu begehen, das Mittelalter war da nicht weiter als die Zeit, in der der Herr Wieck sich entschloß, ein organisierter Reiter zu werden. Es kam über die jüdische Gemeinde des Rabbi Löw in Prag eine bedrückende Zeit, besonders zum Osterfest sind die Personen, welche außerhalb des Viertels wohnten, in christlicher Liebe über jeden Juden hergefallen, der sich bei ihnen hat sehen lassen, sie haben ihn zu Tode gebracht, es geht nichts über eine feste Liebe im Glauben. Was konnte man dagegen tun?

Szabo! Wenn Sie mich fragen, bewaffnen, ausrücken, sich wehren, den Feind niedermachen, sich Respekt verschaffen durch Waffen. Ist doch klar. Man braucht stets ein einsatzfähiges Heer, entschlossene Männer, gut gerüstet, allzeit bereit loszuschlagen.

Sehen Sie, sagte der Herr Szabo, das ist der Unterschied zwischen einem Orl und einem Jidden. Der Jude denkt, der Orl schlägt tot.

Ach, Sie meinen, der Rabbi Löw hat nachgedacht und hat den Golem aus Lehm gemacht, hat ihm Atem eingehaucht, daß er die Christen Mores lehrt?

Wir kommen jetzt dazu, warum die Juden so verhaßt waren, solange sie noch lebten, aber machen Sie sich keine Gedanken, man wird immer neue Objekte des Hasses finden, kaum hat man keine Juden mehr als Ausrede, wird man sich suchen, weiß ich was, Türken, Neger, Kommunisten, Spanier, Arbeitslose, Jugendliche, Frauen mit Kindern und Greise, es wird die Herren schon nicht der Einfall im Stich lassen, wen man totschlägt, immer noch bestens geeignet sind Leute, die denken. Jetzt kommen wir zu den Juden, warum sie so verhaßt waren: Für diese Leute war es das höchste Ziel im Leben, zu lernen. Sie haben gelernt und gelernt und Nächte hindurch gelernt, wenn sie wieder umziehen mußten, dann lernten sie die neuen Gebräuche, die neuen Sprachen, sie machten sich Gedanken und lernten. Wenn ihnen Berufe eröffnet wurden, lernten und lernten sie mehr als andere Leute – das hat ihnen den Haß eingebracht. Wir kommen jetzt zum Rabbi Löw.

Nana, Szabo, wieso hassen wir jemanden, der gerne lernt?

Ich sagte schon, wer mehr weiß als die anderen, weil er gelernt hat, der hat auch gelernt, sich Gedanken zu machen. Die anderen haben nur gelernt, daß sie es auswendig hersagen konnten, ohne

Gedanken, den man auch gleich als blaß verleumdet. Nun ist das alles schon oberstes Gebot in Ihrem Land: Die geistige Elite sind die Versteller, die kleinen Schauspieler, die Darsteller, die nichts sind, nur darstellen können, und die höchste Persönlichkeit des Landes, der Gipfel aller Kultur, ist der Quizmaster mit der höchsten Einschaltquote, der wird geehrt, sie werden geehrt, sie können sich so schön verstellen. Wir kommen jetzt zu Rabbi Löw, weil, der hat gegen die Gemeinheit den Golem erfunden. Sie wissen, was Golem heißt?

Nee, Szabo, keine Ahnung. Heißt das Lehmmensch?

Es heißt so was wie das Formlose, Sie verstehen, ohne Form, da weiß man nicht, was es ist, es hat ja keine Form, man kann es ansehen als was man will; dann heißt es noch der Keim, da weiß man nicht, ob was herauskommt – aber letztlich heißt es der Narr. Also heißt es der formlose Narr, und man weiß nicht, was bei herauskommt. Aber versuchen soll man es. Oder soll man warten, bis die Arier und Christen oder umgekehrt kommen und ihre zähen Triebe an einem befriedigen können?

So hat sich der Rabbi Löw genommen seinen Schwiegersohn Isak Kohen und seinen Schüler Abraham Ben Secharja, sie haben sich geheimnisvoll zurückgezogen in eine schwer zugängliche Rumpelkammer im Dach der Altneusynagoge in Prag, haben hantiert mit Kerzen und haben sich besprochen. Dann haben sie diskret verbreiten lassen, von jetzt ab werde ein Golem die Gemeinde schützen. Das ist herausgedrungen auf die andere Seite des Viertels, und so ist der formlose Narr, mal sehen, was bei herauskommt, ob was draus erwächst aus dem Keim der Hoffnung, ein Übermensch geworden! Er hat Angst und Schrecken verbreitet bei die Gojim der ganzen Stadt. Jessas, Maria und Josef, jetzt kann man den Juden im Viertel nicht mehr so kommen wie bisher, sonst kommt deren Homunculus, ein herzloses Wesen aus Lehm, der würgt bei Nacht die Übeltäter.

Es hat gleich derart Angst und Schrecken verbreitet, der ausgestreute Gedanke, daß der Fürst Bertier Boten geschickt hat zum Rabbi Sinai, dem Bruder des Rabbi Löw, sie sollen kommen nachts auf den Hradschin zu einer Unterredung. Da hat sie der Kaiser Rudolf II. mit viel Respekt empfangen, am 23. Februar 1590, was geredet wurde, weiß man nicht, aber Rabbi Löw hat sich verpflichtet, den Golem wieder abzuschaffen, weil er so viel Schrecken verbreitet hat, daß es die Angriffslustigen gelähmt hat, die Äxte gegen friedvolle Juden zu erheben. Nur zum Kaiser konnten sie grad noch laufen.

Also Rabbi Löw, gepriesen sei sein Name, hat dem Kaiser gesagt, er werde dem Golem das gegebene Leben wieder nehmen, und der Kaiser hat gesagt, er werde den Leuten verbieten, bösartig zu werden gegen die Bewohner des Judenviertels. Er hat seinen Leuten verboten, von Ritualmorden der Juden zu schwätzen und aufrührerisch zu sein gegen sie, er hat die Obrigkeit angewiesen, über das Friedfertigkeitsgebot zu wachen.

So ist Einvernehmen hergestellt worden, ein friedliches Leben haben sie führen dürfen in Prag, ein jeder nach seiner Façon. Bis halt der Herr Oberst-Gruppenführer mit seinen Arioheroikern gekommen ist – vivere non necesse est.

Also wissen Sie, Herr Brigade, Verzeihung, Doktor, was mich an Rabbi Löw so entzückt? Sein schierer Gedanke, immateriell, hat gesiegt über die organisierte Brutalität der Gojim. Gedanke gegen Gewalt, es gewinnt der Gedanke. Herr, was für eine Nachricht. Dabei hätte man sie gleich am Wort erkennen können, wie man denn immer an den Worten erkennen kann, was bevorsteht. Ein närrischer Gedanke, formlos, erstmal sehen, was draus wird, besiegt die Mord- und Habgier.

Ist ja furchtbar interessant, was Sie da sagen, Szabochen, den Golem gab es nur ausgedacht? Alles furchtbar interessant, ist aber schon lange her.

Nun, der liebe Herr Doktor mögen verzeihen, auch alte Nachrichten müssen nicht schlechte Nachrichten sein, aber neue auch nicht. Die Nachricht von dem Lied, was der Herr Pianist bei mir im Restaurant komponiert haben, diesen Traurigen Sonntag, dem auch der geehrte Herr bei mir im Restaurant mit Gemüt und Anteilnahme gelauscht haben – die Nachricht lautete, daß es besser sei, in Würde zu sterben, als ohne Würde zu leben, auch wenn höchste Ehrungen winken. Es gibt Zeiten, da hat der Tod ein *Schmeckediges Ponim*, aber das Leben nicht mehr. Und weil doch mit den Leuten auch ihre Worte durch die ewigrauchenden Kamine geschickt wurden – das heißt hübsches Gesicht.

Sie können ja wirklich interessant erzählen, Szabochen. Aber eins müssen Sie mir noch zugeben: Ohne diese Kamine und das alles wären die Juden doch nie zur Gründung ihres Staates Israel gekommen, das verdanken sie schließlich uns. Das müssen Sie schon zugeben. Wenn wir damals nicht mit denen so umgesprungen wären, hätten die sich doch nie aufgerafft, ihren eigenen Staat zu gründen. Das mußten sie ja nun gezwungenermaßen. Das hatte ja auch was Gutes. Manche Ereignisse bewirken ja auch was Gutes.

Also wissen Sie, geehrter Herr Doktor, die Zeiten, da man noch lernen wollte, um denken zu lernen, die sind schon vorbei. Die Zeit der Worte und Gedanken ist schon vorbei, höchstens kann man den benutzten Worten noch ansehen, was bevorsteht, aber das Denken wird als eine Tätigkeit empfunden, die nicht angenehm ist, ein flüchtiger Eindruck, ja, das ist was! Aber Gedanken? Die Welt geht ja eh unter.

Tut sie das denn nicht, mein lieber Szabo?

Seit es sie gibt, geht sie unter. Sie geht schon seit Hunderttausenden von Jahren ständig unter, jeden Tag. Es sind auch schon feste Termine genannt worden. Die Gläubigen haben ihre Habe verkauft, das Vieh, das Haus, die Aktien und das Auto, sie sind auf einen Hügel gezogen zur angegebenen Stunde, haben die Arme gen Himmel gereckt, haben die frommsten Worte ausgestoßen und um Gnade gefleht, für was eigentlich? Der Mond hat still geschienen, ein paar Wolken sind friedlich gezogen, die Nachtvögel haben ihren üblichen Hunger gehabt und die Fledermäuse sind auf Motten ausgezogen, die Käuze haben gekäuzt, nur leider, die Welt ist nicht untergegangen. Jetzt standen die Gläubigen trotz frommer Worte und inniger Gläubigkeit auf ihren Hügeln, waren ohne Unterkunft, Arbeit, Habe. Auf nichts ist so wenig Verlaß als wie auf den Untergang der Welt. Selbst wenn feste Termine dafür genannt werden. Also sind die Leute, die heutzutage abends fromm vor ihren bewegten Bildern in den Guckkästen sitzen und sagen, es habe eh alles keinen Zweck mehr, was solle man noch wählen, man habe ja schon alle Hoffnung fahren lassen, sie sind angeschmiert, weil die Welt geht nicht unter, sie tut es nicht. Vielleicht werden die Zeiten mieser, aber die Welt geht nicht unter. Also könnten die Leute in den

Sesseln Hoffnung schöpfen, könnten anfangen zu lernen und sagen, wir wollen nicht länger im Zustand der Blödheit gehalten werden, lang lebe der Rabbi Löw und sein segensreicher Gedanke vom Jossile Golem.

Der Rabbi Schmelke aus Nikolsburg war ein Mensch, aber die Präsidenten, Kanzler, Ordensträger und Ehrenbürger sind alle unreine Tiere.

Aber Szabo! Meinen Sie mich?

Gut, daß Sie es erwähnen. Ich gestehe, daß ich im Moment auch an Sie gedacht habe, ich habe öfter an Sie gedacht, aber öfter an den Herrn Pianisten und an den Herrn Escoffier und, nun denke ich, Sie werden mir verzeihen, an Worte. An erlesene Worte. Auserlesene Schöpfungen, Luxuskategorien, es scheint eine Mitteilung zu sein, deren Wichtigkeit ich anfange zu begreifen. Ich habe gebraucht, bis ich die beiden Nachrichten, die des Herrn Escoffier und des Herrn Komponisten verstanden habe. Ich habe immer den Kopf geschüttelt über die Worte, welche die Herren mit den Totenköpfen seinerzeit so gerne benutzten. Aber es scheint sich alles fortgesetzt zu haben, wenn ich mich umhöre. Hören Sie, Herr Doktor, was ich gehört habe: Man will jemanden im Griff haben, Sie verstehen, Würgegriff. Man hört allenthalben, man wolle jemanden, den man kennt, festnageln auf etwas; dann denk ich an die zarten Handflächen des Rabbi Jeschu und an seine schmalen Füße, da hauen die Unterlinge von der Justizverwaltung nun dicke rostige Nägel hindurch ans Holz. Allenthalben sagen die Leute echt, konkret, exakt und genau, wenn sie es vage meinen, ungenau, nebelhaft. Ein Mord dient der Abwehr von Gewalt, wenn man zehntausend Leute vergiftet, bewegt sich das doch nur im Rahmen der toxischen Gesamtsituation. Wie der Herr Oberst-Gruppenführer herumgezogen ist mit seinem Motto, das vivere non necesse est, und hat die Leute durch den Schornstein geschickt. Heute sagt man mit kühler Stirn, wenn man ein paar hunderttausend Personen gründlich zu vergiften plant, was regen sich die Leute auf, das sei eben das Restrisiko. Wenn einer einen niederschlägt und plündert ihn aus, nennt man das eine Gewinnmaximierung, welche ja wohl nicht strafbar sei, Menschen seien nichts als eine kostentreibende Risikomenge. Das alles sind nicht nackte Worte, Herr, das sind Nachrichten.

Aber Szabo, Sie nehmen das ja alles wohl ein wenig zu ernst, scheint mir.

Nun, ich darf mir den Luxus erlauben, etwas ernst zu nehmen. Ich habe die Erfahrung ja schon gemacht. Soll ich da nicht sagen dürfen, was ich sehe und höre, da meine Erfahrungen vielen Leuten erst noch bevorstehen, die habens nur noch nicht gemerkt. Ich komme auf die Worte zurück, mein Herr. Worte sind die tödlichste Waffe, die es überhaupt gibt. Keiner glaubt es, weil, Worte knallen nicht, explodieren nicht, entwickeln keine Radioaktivität über Tausende von Meilen hin, sie werden nicht hergestellt, daß man sie kaufen kann, sie stehen jedem frei und ins Haus auch noch. Selbst wenn einer seine gemeinsten Absichten verbergen möchte, mit einer Waffe kann er das, mit seinen Worten kann er es nicht mehr. Man hört sie gleich und weiß, was er vorhat, man muß nur hinhören, sie sagen einem die Nachricht schon von selbst. Und von besonderem Interesse sind die Worte, mit denen er seine Absichten verbergen möchte. Sie kennen das schon, er redet von Frieden, wenn er Massenmord plant und neue Kriegszüge, von Verteidigung, wenn er aggressiv werden will, von einem natürlichen Restrisiko, wenn er anderen ans Leben gehen will.

Man wirft heutzutage keine ausgedienten Menschen mehr in die Grube, woher, man schrumpft sich nur gesund. Gesundheit ist gut. Wenn einer 37 ist, ist er selbst schuld, weil er schwer vermittelbar ist für eine vernünftige Arbeit; mit 40 ist er schon hoffnungslos vergreist, ein Problemfall, eine Randgruppe, die man ausdünnen muß. In Ihrem Land müssen die Leute hungern, weil sie zuviel zu essen haben und wissen nicht, wohin mit den vielen Delikatessen, anderswo müssen die Leute hungern, weil sie zuwenig zu essen haben, nichts nämlich. Sollen doch froh sein, die Armen, daß sie keine teure Diät machen müssen.

Darf es noch etwas sein? fragte der junge Herr Ricardo, er kam wohl ganz gelegen, um den lieben Onkel Reinhard zu fragen.

Ach Szabo, das ist gut, daß der Ricardo gerade fragt. Mögen Sie noch etwas, eine Kleinigkeit vielleicht?

Danke die Herren, sagte der Herr Szabo.

Aber weißt du, Ricardo, sagte Herr Dr. Wieck, der Herr Szabo hatte ein berühmtes Lokal in Budapest, wirklich Spitze, vielleicht kann er uns sagen, was man heute für eine lukrative Restaurantkette eröffnen könnte? Szabochen, können Sie unserem Ricardo nicht einen interessanten Rat für sein berufliches Fortkommen geben?

Nun, sagte der Herr Szabo, man weiß schon, daß man den Leuten heute keine Speisen geben sollte, sondern Illusionen von Speisen. Er kann es auf gehobener Betrugsebene betreiben, da kann er zweitausend Prozent nehmen, aber es kommen nur wenige Leute. Dann kann er es auf niederer Betrugsebene betreiben, da kann er fünfhundert Prozent nehmen und hat die Chance, daß viele kommen, man muß nur den Leuten, wo sie gehen, ein solches Eßhaus in den Weg stellen, dann laufen sie vielleicht auch rückwärts rein wie Krebse, aber bei Krebsen fällt mir nur ein Pörkölt ein, das ist nicht so geeignet für Massenabfütterung.

Ah, interessant, sagte der junge Herr Ricardo. Gepökelte Krebse, das machen wir hier nur mit Schweinsfüßen, wir nennen das Eisbein, das wird mit Nitrat gesalzen, aber die Pökelbrühe darf man nicht verwenden, weil sie einen so hohen Schadstoffgehalt hat, wir nennen das Konzentration.

Das verstehe ich, das Wort, sagte der Herr Szabo, weil Konzentrationen sind immer schädlich für die Menschen, es gibt ja sogar Schadstoffe, die haben zwei Beine, tragen Maßanzüge und fahren in schwarzen Karossen oder farbigen oder kommen mit Blaulicht. Aber eine Pörkölt-Bude habe ich nicht gemeint, so viele Krebse gibt es gar nicht mehr. Lassen Sie mich denken, es muß billig sein und viel Illusion haben, also Rahmen. Heute können sie schon einen leeren Rahmen an die Wand des Museums hängen, alle Welt wird entzückt sein und sagen, dieses sei ein echtes Kunstwerk von Anti-Kunst, Sie werden viel Geld zahlen und den Gedankenurheber bestürmen, er solle es signieren. Es kommt auf den Rahmen an. Hühner? Hühner gibt es schon. Hackstücke mit Brot gibt es auch schon; damit es ganz raffiniert wird, tut man ein Scheibchen Käse drauf und gut gewellte billige Salatblätter drunter, damit es erhaben aussieht und nach mehr, das gibt es schon. Lassen Sie mich denken. Argentinien. Fleisch. Sie werden machen ein Haus für Steaks, da kriegen Sie genügend billiges, faseriges Fleisch für, und wenn Sie den

Leuten einreden, Steaks seien ein Sinnbild für Freiheit, dann wollen alle Steaks essen und richtig in die Freiheit beißen. Da läuft ihnen das Wasser im Mund zusammen. Das soll es auch. Steaks aus Argentinien. Eröffnen Sie gemeine Steakhäuser, reden Sie den Leuten ein, so esse man das Zeug in Argentinien und Texas am Lagerfeuer, wo die Freiheit unter dem großen Mond herrsche, wo die Sonne den freien Nacken sticht. Nennen Sie das Pampas, Hacienda, Ranch. Drehen Sie den Leuten beim Rausgehen Ponchos an, original argentinisch, sagen Sie ihnen nicht, daß sie aus Korea kommen, aus Taiwan oder Polen. Lassen Sie herumlaufen die Kellnerinnen oder Kellner kostümiert mit breiten Hüten und Umhängeschals oder wie man sich dort kleidet, wo Sie die Leute glauben machen wollen, daß man das frißt, was sie hier fressen sollen, auch wenn es verhungerte, heilige Kühe aus Indien sind, Gnus aus Afrika oder verreckte Känguruhs aus Australien, Buffalos aus den Vereinigten von SA und alles, was man wohlvermengt auch seinen Hunden geben kann und seiner Katze, vorausgesetzt, es kommt in Schwarzblech. Machen Sie Steakhäuser!

Die Herren Wieck und Ricardo bekamen bei jedem der Worte des Herrn Szabo, und vor allem bei jenen, welche lauteten... so richtig in die Freiheit beißen... begeisterte Augen, Münder, Mienen. Sie gerieten, tief verborgen, in einen Zustand der ungeminderten Zustimmung.

Der Herr Wieck sagte, das ist eine hochinteressante Marktlücke. Und der junge Herr Ricardo sagte, das ist wirklich eine hochinteressante Marktlücke, lieber Onkel Reinhard. Ich muß dir da recht geben.

Also, sagte der Herr Szabo, wenn ich als Restaurateur zum Essenfabrikanten sprechen sollte, diesen Rat würde ich Ihnen geben, meine Herren, das wäre auch marktgerecht für andere Länder. Aber ich muß das Ihnen überlassen, weil, ich wollte mit dem Herrn Brigadedoktor ja gerade über Worte sprechen, welche mir als Nachricht bekannt wurden. Sie gestatten bitte.

Aber klar, sagte der junge Herr Ricardo. Ich danke für den Rat. Ich lasse die Herren jetzt unter sich. Bitte nur zu rufen, wenn ein Wunsch gefällig wird.

Ein wohlerzogener Mensch, der Herr Neffe, sagte der Herr

Szabo. Weil, weiß man schon, jede Erziehung ist eine Erziehung zum Gehorsam, zu welchem Zwecke man Zensuren und Examen erfunden hat, zu keinem anderen Zwecke; wer als Volksschüler oder im siebenten Semester Psychologie ungehorsam ist und nicht den Stoff nachplappern kann, den man ihm mit Drohgebärden vorgelegt hat, wird zum Dummkopf erklärt und herausgetan aus dem Erwerbsleben. Er könnte schon kein guter Beamter werden, sagen wir mal, oder irgendeinen anderen Beruf ergreifen, weil, jeder Beruf setzt die Bereitschaft zum Gehorsam voraus, sonst nichts. Ich möchte auf die Worte kommen und ihre Nachricht.

Steakhäuser sind wirklich eine hervorragende Idee, sagte der Herr Dr. Wieck. Ausgezeichnet. Ich laß das mal kalkulieren. Sie werden natürlich zur Eröffnung eingeladen werden, lieber Szabo, und ich hoffe, Sie werden kommen.

Ich denke, daß ich das nicht weiß.

Na, na, Szabo, sagte der Herr Dr. Wieck. Die Idee ist insofern ja sehr günstig, als der Junge in Argentinien aufgewachsen ist, Teile seines Lebens jedenfalls dort zugebracht hat.

Also, schauen Sie, sagte der Herr Szabo, geben Sie den Gästen in dieser Restaurantkette, was sie wollen, aber geben Sie den Leuten vor allem Illusionen, geben Sie ihnen ein Gefühl von einer Mahlzeit, dann werden sie jubilieren und tirilieren und werden einen mageren Knochen für die grandioseste Mahlzeit ihres Lebens halten. Das ist wie mit Abkürzungen.

Wie bitte, Herr Szabo?

Ich sagte, das sei wie mit Abkürzungen. Vorhin habe ich in eine hiesige Zeitung hineingeschaut, weil, man möchte ja gerne wissen, was die Menschen in so einem Lande bewegt, und ich bin gekommen auf etwas, das hat mich bestürzt. Ich sags jetzt mal. Da stand: VW, BJ, JW, WA, EZ, VB, TÜV, NSW, SSD, SF, AHK, ein paar Ziffern standen auch dabei. Sie werden denken, da sind Geheimdienste am Werk und funken sich gegenseitig höchst verdächtige Dinge zu. Aber es hat heißen sollen, hier solle ein Volkswagen mit Baujahr soundso verkauft werden, der sei ein Jahreswagen von einem Werksangehörigen, die Erstzulassung sei dann und dann gewesen, die Verhandlungsbasis soundsoviel, die nächste Prüfung beim Technischen Überwachungsverein sei dann und dann, er habe Nebelscheinwerfer, Stahlschiebedach, Sportfelgen und eine Anhängerkupplung. Ich hab's mir genau erklären lassen.

Na ja, Szabochen, Sie leben hier nicht.

Drum habe ich mir das erklären lassen. Dann bin ich gekommen darauf, daß die Leute hier gleich was verstehen unter SA, SS, SDI, RSHA, NATO, SD, KV, AEG, MVV und MDB. Sie sagen CSU und DDR, NVA, SBZ, COMECON, EG, USA, HEW und HVV, HSV, HJ, FDP, NSKK, RK, CDU, ARG, BRD, CSU, DKW, MBB, BMW, NSFK, DKP, AA, MDB, AIDS, CENTO, PM, PS, sie reden von SED und SPD, GAL, TH, UK, JEEP, HKL, RFSS, UDI, KPM, FAZ, ZDF, AZ, UZ, SZ, BR, HA, und SW, JR, UK, KA, NKA, ND, ZK, TBC, BBC, TNF, US, USSR, TV, HR, WDR, DFB, FIFA, und DTB, DNB, DPA, NPD, BASF...

... aber ich verstehe jedes Wort, sagte der Herr Dr. Wieck. Ausgenommen vielleicht KA und NKA.

Nun, das freut mich, das heißt Kapitalistisches Ausland und Nicht-Kapitalistisches Ausland, man benutzt es flüssig. Dann hab ich weiter in die Zeitung reingeschaut und bin gekommen auf SAS, IWF, EWS, FPÖ, ÖTV, SPÖ, DTI, KGB, BND, EKZ, BAB, HDW, TNT, UKW, KPI, KPF, CIA, OK, BO, VD, AWOL, ALDI, REWE, HASPA, DGB, GM, LTU, GEO, PS, ADAC, BP, FIAT, INFO, DEMO, ESSO, ABM, BR, RAF, LA, YUPI, LMAA. Sogar das kürzen sie schon ab und WAA, AKW, WHNS, NH, WHW, DAG, WB, LKW, SAT, SAD, NASA, PROMI, PKW, UNO, BGS, DB, IG, AG, SHAPE, BFBS, DTV, AFN, SALT, IBM, FKK, da habe ich mir gedacht, wenn einer derart mit Worten umgeht, mit Namen und Begriffen, daß er sie verstümmeln muß – nun, mein Herr, da habe ich mir gedacht, solche Leute werden sich auch nicht scheuen, ihre Mitmenschen zu verstümmeln und umzubringen, klammheimlich, weil es dient dem Zweck, sich rascher zu verständigen, und abends kann man ja immer noch in diese Geräte mit den Glasscheiben und auf die vielen bunten schönen Bilder schauen, welche sich so lebhaft bewegen, als fände alles stark verkleinert statt, wie ein Abbild des Lebens, ein Stück Knochen, statt eines Stückchen Fleisches. Nun nagen alle am Stück Knochen, es geht nichts mehr ab, es ist ja gar nichts mehr dran, dann denken sie, das sei eine wunderbare Nahrung. Herr, an sich habe ich nur mal vorbeikommen wollen und sehen, wie es heutzutage so geht, wie es Ihnen geht, seit wir uns nicht mehr gesehen haben. Aber ich sehe, darauf hat mich die Nachricht von der Verstümmelung der Worte und Begriffe gebracht, daß nach wie vor alles so zugeht, wie es mal zugegangen ist, nur ist jetzt jedermann zufrieden damit. Früher haben sich die Opfer noch empört, haben sich aufgelehnt, wenigstens im Geiste, sie haben gedacht, die Untaten werden eines Tages über die Täter kommen. Ich sehe, daß nichts gekommen ist. Sie machen jetzt alles wie einst, nur viel, viel besser. Dazu möchte ich meinen herzlichen Glückwunsch aussprechen. Es war sehr interessant für mich.

Szabo! Ja! Wir machen alles viel, viel besser als einst! Wir haben aus unseren Fehlern gelernt. Ja, wir haben uns eine Grundordnung geschaffen, der wir alle, alle zustimmen und an deren Erhaltung wir mit allen Kräften arbeiten werden, mit allen Mitteln.

Merken Sie sich das, Szabo, Sie und alle diese kleinen Kritikaster, alle diese Intellektuellen und Denker und Klugredner über schmackhafte Mahlzeiten, merkt euch das: Wir haben alle unsere Probleme gelöst, alles, was uns belastet hat in der Vergangenheit, alle Probleme haben wir auf die nur denkbar menschlichste Art gelöst, durch Ausatmen.

Darum gilt: Wer sich uns jetzt noch in den Weg stellt, den schaffen wir beiseite. Ja, wir haben alles im Griff, Szabo. Wir haben die Medien im Griff, Szabo. Alles gehört uns, alles dient uns. Ja. Alle Zeitungen, alle Zeitschriften, jedes Buch gehört uns, die Rundfunksender und die Fernsehsender, wir haben sie zu unserer Mediokratie gemacht, sie dient uns wie ein schlecht gehaltener Hund, dem wir ab und zu, ja, einen Knochen zuwerfen, und dann winselt er uns dankbar zu, leckt uns die Hände, dient und verteidigt uns.

Und wenn die kleinen Leute in den Slums je unruhig werden sollten, an sich herunterschauen, um zu entdecken, daß sie wie Lumpen dastehen, ausgemergelt wurden und abgezehrt sind, dann lassen wir durch unsere dankbaren Hunde in der Mediokratie flugs eine bunte Serie mit bewegten Bildern aus den Traumbereichen der Menschheit auflegen, das wendet die Blicke der Erwachenden ab von sich und hin auf die gläserne Scheibe.

Szabo! Achtung! Hergehört! Wir haben aus unseren Fehlern gelernt. Weg mit Führerprinzip, Rasse, Reichsführer, Gestapo, ekelerregend, wenn man daran denkt. Wir brauchen keine Blitzkriege mehr, um Märkte zu erobern. Wir kaufen die Märkte einfach. Unser Kapital ist stärker als hunderttausend Kanonen, Tausende von Raketen, Hunderte von Interkontinentalen Raketen. Wir brauchen keine großen Aufmärsche mehr, Fackeln, Gummiknüppel.

Szabo! Wir haben unsere Lehre gelernt. Die blonden Götter sind aufgestanden. Uns gehört, was produziert wird. Sklaven sind auch Menschen? Alles Gefühlsduseleien, Humanismus. Kultur ist ohne Sklaventum nicht möglich. Jede Kultur, die Großes hervorbringt, braucht Sklaven. Wenn unsere Sklaven nicht gehorchen wollen, werden sie gefeuert. Ha! Sie werden nicht an die Wand gestellt und gefeuert. Das ist vorbei. Wir lassen unsere Sklaven verrotten bei lebendigem Leibe, lassen sie durch die Löcher des sozialen Netzes rutschen, und unten zerschellen sie dann lautlos, wir haben keine Probleme mehr, unsere Massengräber hinterlassen keine Spuren.

Szabo! Achtung! Stillgestanden, richt euch! Abgezählt! Wir haben dem Führer Ungehorsam bewiesen, und darum sind wir zur vollkommenen Herrschaft vorgedrungen. Wir haben die vollkommene Herrschaft errichtet, wir, die blonden Götter. Wir sind der Götter Meisterwerk, die dunklen Arbeitssklaven sind der Götter Pfuschwerk. Hören Sie nur, Szabo! Hören Sie das Schmettern unserer Fanfaren, hören Sie doch, da ziehen sie heran. Aus dem dumpfen Nebel ziehen unsre Fahnen heran in die Sonne unserer vollkommenen Gegenwart... unsre Fahne flattert uns voran, in die Zukunft ziehn wir Mann für Mann, wir marschieren mit der Fahne der Tugend...

Onkel Reinhard? Hallo, Onkel Reinhard? Was summst du da?

...durch Nacht und durch Not mit der Fahne der Freiheit für Zukunft... unsere Fahne flattert uns voran, in die Zukunft ziehn wir Mann für Mann.

He! Onkel Reinhard! Was ist dir? Warum stöhnst du so? Ist dir nicht gut? Soll ich einen Arzt rufen? Onkel Reinhard!

Ja, ja? Was ist, Ricardo?

Onkel Reinhard, wach auf. Du mußt geträumt haben. Du hast

so gestöhnt. Du hast gezuckt und ganz tief gestöhnt, als hättest du einen Traum. Was ist? Soll ich einen Arzt rufen, Onkel Reinhard? Soll ich einen Arzt rufen? Willst du ein Glas Wasser?

Ich? fragte der Herr Dr. Wieck und erwachte wie aus einem traumbestraften Schlaf. Ich, habe wohl... ein wenig... Ricardo, wo bin ich denn?

Onkel Reinhard, du bist hier im Café, bei mir, Ricardo.

Herr Dr. Wieck sah sich um.

Er sah sich verwundert und erstaunt um, er blickte auf den Tisch mit dem halbleeren Glas Champagner, in dem es müde perlte.

Onkel Reinhard, sagte der Herr Ricardo. Soll ich dir einen starken Kaffee machen lassen? Das ist sicher die Erschöpfung von der gestrigen Feierstunde, Onkel.

Ricardo, wo ist denn der, wo ist denn der Szabo?

Der wer? fragte der Herr Ricardo.

Der Szabo, na, der Szabo! Ich bin doch vorhin mit diesem Mann hergekommen, dem Szabo. Der – den kannte ich aus Budapest. Der hatte da ein Restaurant.

Onkel, hier war kein Mann. Du bist alleine hereingekommen, hast gesagt, du wolltest dich etwas ausruhen, und ich habe dich gefragt, ob du einen Kaffee möchtest oder einen Champagner. Dann hast du gesagt, einen Champagner. Dann habe ich dir den Champagner gebracht, den du immer trinkst.

Aber wo ist denn der Szabo? Der war doch hier. Wir haben uns doch unterhalten. Hier an diesem Tisch. Mit dir auch.

Onkel Reinhard. Hier war kein Mann, überhaupt niemand. Und einer namens Szabo schon gar nicht. Niemand.

Ricardo, der Mann, der Szabo, der hatte ein Restaurant in Budapest, wo ich 44 war. Da war ein Piano, da spielte einer so ein weltberühmtes Lied vom Traurigen Sonntag.

Onkel Reinhard, ich weiß nicht, wovon du sprichst. Hier war kein Szabo. Soll Georg dich heimfahren?

Wo ist Georg?

In der Küche, Onkel Reinhard. Er sitzt in der Küche und trinkt Kaffee.

Er muß doch wissen, daß ich mit diesem Szabo reingekommen bin. Er ist uns draußen gegen die Tür des Autos gelaufen.

Onkel Reinhard, du bist alleine hereingekommen. Du hast dich alleine an diesen Tisch gesetzt. Erst später ist Georg reingekommen und hat gesagt, er solle auf den Chef warten, der wolle sich nur etwas ausruhen, und ich habe zu Georg gesagt, er solle sich in der Küche was geben lassen.

Bist du sicher, Ricardo?

Aber ja, Onkel Reinhard, ganz sicher. Du kannst ja Georg fragen, wenn du mir nicht glaubst.

Ach! Ich bin alleine hereingekommen? Warst du nicht dabei, als wir über Steakhäuser gesprochen haben?

Steakhäuser? Ich weiß nicht, was du meinst, Onkel Reinhard, sagte der Herr Ricardo.

Es trat eine längere Pause ein.

Der Herr Dr. Wieck erholte sich allmählich, und plötzlich richtete er sich auf.

Ah, das ist gut! Also, Ricardo. Wir haben uns doch oft überlegt, wie man dieser Art von bescheidenem Restaurantbetrieb eines Kaffeehauses eine festere, breitere, solidere kommerzielle Grundlage geben kann. Jetzt ist es mir eingefallen. Wir werden Steak-Grillhäuser im argentinischen Stil aufziehen. Steaks in allen Formen. Gegrillt, gebraten, Holzkohle. Ponchos werden wir verkaufen, das Interieur wird aus kunstvoll geschwärzten Balken bestehen, einer Hacienda gleich. La Pampa könnte man es nennen oder so ähnlich. Wir werden den Leuten Steaks verkaufen aus allerlei Fleisch, es muß vorher nur gut geweicht werden, es muß aus den Steaks noch das rote Blut der Frische fließen.

Onkel Reinhard, das ist ja eine hinreißende Idee. Umwerfend einfach, was dir immer und immer wieder so einfällt, das ist ja phantastisch, Onkel Reinhard.

Merkwürdig, Georg, sagte der Herr Dr. Wieck zu seinem Fahrer, als er bald darauf ging, auf was man manchmal so alles kommt, was einem manchmal so einfällt, sehr kurios.

Die Erzählerbibliothek

James Baldwin
Sonnys Blues
Gesammelte Erzählungen
Deutsch von Gisela Stege
256 Seiten. Gebunden

Gottfried Benn
Das letzte Ich
Sämtliche Erzählungen
256 Seiten. Gebunden

Albert Camus
Jonas oder
Der Künstler bei der Arbeit
Gesammelte Erzählungen
Deutsch von Guido G. Meister
256 Seiten. Gebunden

Roald Dahl
Geory Porgy
Gesammelte Erzählungen
Deutsch von H.-H. Wellmann/
W.v.d. Mülbe/F. Güttinger
448 Seiten. Gebunden

Ernest Hemingway
Die Stories
Deutsch von Annemarie Horschitz-Horst
500 Seiten. Gebunden

C 2329/1

Sprich, Erinnerung, sprich

Hans Eppendorfer
Der Magnolienkaiser (5939)

Ida Ehre
Gott hat einen größeren Kopf mein Kind ... (12160)

Graham Greene
Fluchtwege (5285)

George Grosz
Ein kleines Ja und ein großes Nein (1759)

Zarah Leander
Ein Kultbuch von Paul Seiler (5497)

Henry Miller
Die Welt des D. H. Lawrence (5140)

Axel Madsen
Jean-Paul Sartre und Simone de Beauvoir (4921)

Edith Piaf
Mein Leben (859)

Jean-Paul Sartre
Sartre über Sartre (4040)

Irving Stone
Vincent van Gogh (1099)

rororo

C 2142/6

Literatur für Kopf Hörer

Produziert von Bernd Liebner

«Es ist eines, ein Buch zu lesen. Es ist ein neues und recht andersartiges Erlebnis, es von einem verständigen Interpreten mit angenehmer Stimme vorgelesen zu bekommen.»
Rudolf Walter Leonhardt, DIE ZEIT

Bruno Ganz liest Albert Camus
Der Fall
Deutsch von Guido Meister.
3 Tonbandcassetten im Schuber mit je 90 Minuten Spieldauer
(66000)

Eva Mattes liest Roald Dahl
Küßchen, Küßchen
Die Wirtin, Der Weg zum Himmel, Mrs. Bixby und der Mantel des Obersten
Deutsch von Wolfheinrich von der Mülbe.
1 Tonbandcassette im Schuber mit 90 Minuten Spieldauer
(66001)

Erika Pluhar liest Elfriede Jelinek
Oh Wildnis, oh Schutz vor ihr
Keine Geschichte zum Erzählen
1 Tonbandcassette im Schuber mit 90 Minuten Spieldauer
(66002)

Rowohlt
Cassetten
C 2321/2

Literatur für Kopf Hörer

Otto Sanders liest Robert Musil
Drei Frauen
Grigia, Tonka
2 Tonbandcassetten im Schuber mit
je 90 Minuten Spieldauer
(66005)

Armin Müller-Stahl liest
Vladimir Nabokov
Der Zauberer
Deutsch von Dieter E. Zimmer
2 Tonbandcassetten im Schuber mit
je 90 Minuten Spieldauer
(66005)

Uwe Friedrichsen liest
Kurt Tucholsky
Schloß Gripsholm
3 Tonbandcassetten im Schuber mit
je 90 Minuten Spieldauer
(66006)

Christian Brückner liest John Updike
Der verwaiste Swimmingpool
Der verwaiste Swimmingpool,
Wie man Amerika gleichzeitig liebt und
verläßt
Deutsch von Uwe Friesel und Monika
Michieli.
1 Tonbandcassette im Schuber mit
90 Minuten Spieldauer
(66004)

Produziert von Bernd Liebner

Rowohlt Cassetten

C 2321/2 a